CONTOS LEGAIS

WILLIAM BERNHARDT

JAY BRANDON

PHILIP FRIEDMAN

JOHN GRISHAM

JEREMIAH HEALY

MICHAEL A. KAHN

PHILLIP MARGOLIN

STEVE MARTINI

RICHARD NORTH PATTERSON

LISA SCOTTOLINE

GRIF STOCKLEY

Organização de
WILLIAM BERNHARDT

CONTOS LEGAIS

Tradução de Alberto Lopes

Título original
LEGAL BRIEFS
Stories by Today's Best Legal Thriller Writers

Copyright © 1998 *by* William Bernhardt

As histórias deste livro são obras de ficção. Nomes, personagens, localidades e incidentes são produtos da imaginação dos autores ou são usados de forma ficcional. Qualquer semelhança com acontecimentos ou lugares, pessoas reais, vivas ou não, é mera coincidência.

Direitos mundiais para a língua portuguesa
reservados com exclusividade à
EDITORA ROCCO LTDA.
Rua Rodrigo Silva, 26 – 4º andar
20011-040 – Rio de Janeiro, RJ
Tel.: 2507-2000 – Fax: 2507-2244
rocco@rocco.com.br
www.rocco.com.br

Printed in Brazil/Impresso no Brasil

preparação de originais
EBRÉIA DE CASTRO ALVES

revisão técnica
RUTH ALVERGA

CIP-Brasil. Catalogação-na-fonte.
Sindicato Nacional dos Editores de Livros, RJ.

C781	Contos Legais: uma coletânea dos melhores autores de thrillers da atualidade/ organização de William Bernhardt; tradução de Alberto Lopes. – Rio de Janeiro: Rocco, 2003.
	Tradução de: Legal briefs: stories by today's best legal thrillers writers
	ISBN: 85-325-1514-2
	1. Antologias (Conto). 2. Advogados – Estados Unidos – Ficção. I. Bernhardt, William, 1960–. II. Lopes Alberto. II. Título.
03-0006	CDD – 813.008 CDU – 821.111(73)-3

SUMÁRIO

INTRODUÇÃO / 7
William Bernhardt

O DIVÓRCIO / 15
Grif Stockley

JUSTIÇA POÉTICA / 69
Steve Martini

JUSTIÇA DE VÃO DE ESCADA / 97
Jay Brandon

O CLIENTE / 123
Richard North Patterson

É PARA ISSO QUE ESTAMOS AQUI / 145
William Bernhardt

A REDENÇÃO DO CONDADO DE COOK / 181
Michael A. Kahn

ADVOGADO DE CADEIA / 217
Phillip Margolin

VOIR DIRE / DIZER A VERDADE / 233
Jeremiah Healy

O ANIVERSÁRIO / 275
John Grisham

ESTRADAS / 281
Philip Friedman

CARGA OCULTA / 303
Lisa Scottoline

SOBRE OS AUTORES / 335

INTRODUÇÃO

Se todo mundo odeia tanto os advogados,
por que os livros sobre nós são tão vendidos?

Sabe por que os técnicos de laboratório começaram a usar advogados em vez de ratos nas suas experiências? É muito provável que saiba. As piadas de advogado estão em toda parte – elas são ainda mais indefectíveis do que os livros sobre eles. Os advogados substituíram os grupos étnicos e os times esportivos adversários como tema principal do humor popular. Pessoas que jamais ousariam contar piadas étnicas contam e recontam sem cerimônia "piadas de advogado", não sentindo o menor remorso ou constrangimento ao classificar milhares de pessoas como "más" só porque pertencem a esse grupo profissional específico.

Como podem agir com tanta desenvoltura?

Simplesmente porque todo mundo tem ódio dos advogados, pelo menos se você acredita na mídia – nos humoristas atrás do riso fácil ou nos políticos em busca de aplausos. Não é difícil compreender a razão desse sentimento público negativo. A cobertura jornalística de assuntos legais é atroz. A maneira como a televisão focaliza os julgamentos dá à América uma visão absurdamente distorcida do sistema judiciário; as emissoras de TV escolhem invariavelmente os casos mais atípicos e sensacionalistas para apresentar aos telespectadores. As decisões do Supremo Tribunal geralmente são noticiadas da maneira mais conclusiva – um resultado sem uma explicação da deliberação ou dos antecedentes que levaram a ela. Conseqüentemente, é comum as decisões parecerem ilógicas e inexplicáveis.

Embora a maioria das pessoas compreenda que, num sistema de confrontação, os acusados tenham direito à assistência jurídica, muitas mostram-se indignadas se o advogado representando o acusado é bem-sucedido. E, naturalmente, é uma verdade inerente a qualquer disputa litigiosa que se um lado ganha, o outro perde. Isso significa que em todos os processos judiciais sempre haverá um litigante que sairá do tribunal resmungando que o sistema não funciona e que os advogados são todos velhacos. Na verdade, tendo em vista que a maioria dos processos judiciais é resolvida antes do seu julgamento – vale dizer, ambas as partes contemporizam e nem uma nem outra obtêm tudo o que desejava – não raro as partes deixam o tribunal descontentes.

O público americano passou a ver as salas dos tribunais não como um lugar onde a verdade emerge, mas, onde os litígios são resolvidos, geralmente em função do maior ou menor talento dos causídicos. É essa noção nebulosa, essa ausência de linhas definidas estabelecendo o que é certo, o que é errado, que tornaram populares muitos romances ambientados nos tribunais, como os de Jay Brandon e Richard North Patterson, por exemplo. E é também o que fez com que a opinião pública visse os advogados tão pouco lisonjeiramente.

Como autor de diversos romances tendo julgamentos tumultuosos como tema, obviamente isso tem a ver comigo. Afinal, se ninguém suporta os advogados, não seria lícito esperar que as pessoas se mostrassem propensas a ler a respeito deles. Entretanto, freqüentemente, listas dos mais vendidos ostentam títulos dos autores que participam desta antologia – John Grisham, Phillip Margolin e Steve Martini, para mencionar apenas alguns –, todos eles advogados que escrevem sobre advogados. Inicialmente, escrevi sobre lei e advogados, não devido a qualquer tendência de mercado (que ainda não existia), mas porque minha mulher me disse que devia escrever sobre o que sabia, e isso foi tudo o que consegui engendrar. Nunca imaginei que as pessoas fossem capazes de ficar tão intrigadas pelo drama judicial como as listas de *bestsellers*, julgamentos rumorosos transmitidos pela televisão, como o de O. J. Simpson, atestam eloqüentemente.

Portanto, se os advogados são tão execrados, por que tanta gente anda lendo nossos livros? Acredito que há diversas razões. Nossa sociedade tornou-se extremamente complexa e, como resultado, cada um de nós é cada vez mais dependente dos outros na luta pela sobrevivência. Há cinqüenta anos, ainda era possível viver mantendo muito pouco contato com os outros, hoje isso é praticamente impossível. Todos nós interagimos mais, e a natureza humana sendo o que é, a interação gera disputas. Em gerações passadas, essas diferenças eram geralmente dirimidas por outras instituições – igrejas, famílias, grupos comunitários. Hoje, as pessoas apelam invariavelmente para os advogados; a resposta universal, aparentemente automática, para qualquer erro ou prejuízo vislumbrado é: "Vamos processar!"

Isso não deve ser imputado somente aos advogados. Não posso deixar de rir quando ouço pessoas dizerem que os "advogados" estão sempre movendo ações. Parecem esquecer que, na maioria dos casos, foi um cidadão, um cliente, que procurou um advogado para instaurar uma ação judicial. O advogado limita-se a fazer o que lhe é solicitado. Os advogados, sabendo melhor do que ninguém a maneira como são capazes de utilizar o sistema funcional, relutam em dar início a ações em causa própria.

As salas dos tribunais, nos últimos cinqüenta anos, também se tornaram um caldeirão onde os valores nacionais são moldados. As cortes de justiça passaram a ser mobilizadas para arbitrar contendas de significação moral e até mesmo religiosa – direito ao aborto, assédio sexual, discriminação baseada em preferência de raça, gênero ou sexual. As gerações que nos antecederam teriam certamente ponderado que essas questões eram inadequadas ao procedimento judicial; hoje, os tribunais têm a última palavra. Na medida em que a influência de outras instituições sociais definhou, os tribunais preencheram a lacuna. É de admirar que as pessoas se mostrem curiosas sobre os mecanismos internos do judiciário, quando tantas questões cruciais são decididas no seu âmbito?

Uma outra razão para o crescente interesse despertado por assuntos legais decorre da expansão da ingerência do estado, que intensificou a interação pública com advogados e ações judiciais. O Estado moderno é cada vez mais interveniente; o cidadão comum é contido, reprimido por advogados ou forçado a contratá-los para repelir ou evitar uma barragem de regulamentação estatal. O fato de os políticos, na sua grande maioria, serem advogados tampouco contribui para melhorar a reputação dos bacharéis. Uma vez que os indivíduos são forçados a interagir com advogados, é natural que queiram saber mais sobre eles, que desejem compreender melhor como o sistema funciona.

Desde que meu primeiro romance foi publicado, tornou-se evidente para mim que muitas pessoas têm um desejo genuíno de compreender o processo jurídico. A verdade é que, em grande medida, as pessoas não são os fantoches que a televisão acredita que sejam. Elas querem ir além dos clichês superficiais da mídia e saber o que os advogados e os juízes fazem, o que realmente acontece nas salas dos tribunais, o que se passa nos bastidores, nos bares das proximidades freqüentados pela fauna forense e nos gabinetes dos magistrados.

Leia as histórias dos autores da antologia que você tem nas mãos. Cada um deles explorou o mundo da lei e dos advogados, contribuindo com seu ponto de vista e percepção pessoais sobre uma arena quase sem fronteiras. O que deve surpreender inicialmente os leitores desta coletânea é a enorme variedade de temas, estilos e conteúdo. Os livros de advogados parecem ter o mesmo aspecto gráfico, mas entre as capas há mundos de diferença. Embora cada um seja brilhante à sua maneira, o mundo sombrio, quase *noir*, do personagem Gideon Page, de Grif Stockley, fica muito distante do mundo mais luminoso e cordial do juiz Harry Stubbs, de Michael A. Kahn. O avuncular Monte Bethune, de Phillip Margolin, contando suas histórias de guerra em programas de rádio, parece estar a mundos de distância da combativa "advogada de vão de escada" Helen Myers. E as obscuras estradas do obcecado protagonista de Philip Friedman devem ficar num universo totalmente diferente do habitado pelo advogado e chefe de família Tom Moran, de Lisa Scottoline. Isso não quer dizer, entretanto, que essas narrativas se restrinjam a juízes federais e advogados de poderosas organizações. O conto de Jeremiah Healy focaliza John Francis Cuddy, um investigador particular, mas que tem muito a ver com advogados – da mesma forma que o autor, ex-criminalista e professor de direito. Minha história centra-se em Ben Kincaid, o advogado idealista de meus sete romances. Uma vez que os romances giram tipicamente em torno de casos criminais, aproveitei esta oportunidade para escrever sobre uma causa cível – mas que acaba não sendo tão cível assim.

A vantagem de uma antologia como esta é a oportunidade que ela proporciona aos romancistas de fazerem algo diferente do que costumam fazer em seus romances. No conto de Steve Martini, por exemplo, descobrimos a verve, o talento humorístico do autor – raramente evidenciado em seus romances. Richard North Patterson revela um dom especial para a evocação de personagens e incidentes de forma concisa – sem o luxo do número ilimitado de páginas de que dispõe o romancista –, na sua história do amadurecimento de um jovem advogado. E John Grisham, livre das amarras do enredo do *thriller*, revela notáveis dotes para o delineamento de personagens e uma prosa cristalina em "O aniversário", um conto que poderia facilmente ter sido veiculado em qualquer publicação literária dos Estados Unidos.

Os romances abordando temas legais desses autores poderão ter influenciado a opinião pública sobre o sistema judicial? Sei que influenciaram. Sentei-me num avião ao lado de uma mulher que tinha em mãos um dos romances de Philip Friedman, virando sofregamente as páginas, sublinhando os termos legais que não conhecia, para poder conferir seu significado mais tarde. Conheço um juiz que tem o hábito de colecionar romances de Richard North Patterson no seu gabinete, para ajudá-lo a "manter as coisas numa perspectiva correta". Conversei numa noite de autógrafos com um casal desiludido que citou os romances de John Grisham como "prova" da corrupção que campeia no sistema judicial. Poderia facilmente mencionar uma dúzia de outros exemplos.

O elo de ligação é o seguinte: esses leitores se tornaram mais bem-informados, mais versados sobre o assunto, e talvez até mais compreensivos em relação ao sistema jurídico americano como resultado do que leram nesses romances.

Também não posso deixar de notar a freqüência com que a palavra "justiça" aparece nos títulos e no texto dos contos deste volume. Embora a princípio tenha julgado tratar-se de uma homenagem pessoal (meus sete romances protagonizados por Ben Kincaid ostentam de uma forma ou de outra a palavra *justiça* nos seus títulos), acho agora que isso possa ter significação mais ampla. A ficção criminalística sempre se preocupou com o certo e o errado; quando o detetive captura o criminoso, há uma sensação de que o mundo foi resgatado do caos, que a ordem foi restabelecida. Esses contos podem levar essa idéia ainda mais longe, na medida em que os personagens se esforcem para compreender não apenas o que é certo e o que é errado, mas o sentido de justiça – um conceito muito mais difícil e ilusório. Esse desejo de justiça num mundo que freqüentemente parece injusto ao extremo é compartilhado não somente pelos advogados, mas pela maioria dos americanos contemporâneos – e essa poderá ser outra razão da atual popularidade da ficção legal.

Tendo sido advogado criminalista durante dez anos, eu seria o primeiro a admitir que o sistema não é perfeito. Mas não acredito que das condenações genéricas ("O sistema não funciona" ou "Os advogados são todos velhacos") possa resultar algum benefício para quem quer que seja. O cinismo é uma atitude fácil e totalmente improdutiva. Se quisermos reformar o sistema, precisamos observar atentamente o que realmente acontece para que possamos conceber propostas úteis, consistentes, para uma mudança efetiva. Obviamente, o coeficiente de "esclarecimento" não é o único nem mesmo o aspecto necessariamente mais importante desses romances. Mas a verdade é que a maioria dos leitores é constituída de pessoas muito inteligentes, e muitas vezes os livros a que dão preferência são aqueles que esclarecem ao mesmo tempo em que divertem.

Perguntam-me se acho que os romances de temática legal continuarão populares. Bem, nada é capaz de manter o *status* de modismo indefinidamente, mas não creio que o interesse do público pela lei e pelos advogados esmoreça tão cedo. Nosso mundo está mais complexo do que nunca, e as pessoas ainda buscam respostas e soluções. Sempre haverá quem procure compreender o mecanismo de nossa sociedade, como funcionam as engrenagens por trás dos cenários, e que acredite que os advogados têm a chave desses segredos. Na verdade, muitas pessoas acreditam que são os advogados que acionam essas engrenagens, e por conseguinte são os únicos que podem fazê-las girar em proveito delas, os únicos capazes de consertar as coisas. Enquanto isso for verdade, essas pessoas continuarão interessadas em romances que, pelo menos pelo breve espaço de algumas horas, as façam acreditar que a justiça ainda é possível.

E para aqueles de vocês que estão querendo saber como é que a piada acaba, aí vai: os técnicos de laboratório substituíram os ratos pelos advogados porque não morrem de amores por advogados. E, afinal, há algumas coisas que um rato simplesmente não fará.

– WILLIAM BERNHARDT

A recente onda ficcional em torno dos advogados tem revelado notáveis protagonistas, mas poucos têm sido apresentados com tanta genuína emoção e sincera honestidade quanto Gideon Page, de Grif Stockley, o advogado retratado em diversos romances de Stockley e neste conto. Prepare-se para penetrar no mundo escuso de Gideon Page – onde a "verdade" é um conceito abstrato e nada é precisamente o que parece ser.

O DIVÓRCIO

Grif Stockley

— A senhora foi ao Juizado Especial Criminal? – pergunto à mulher sentada à minha frente depois de ela ter tirado os óculos escuros. Lydia Kennerly ostenta um olho roxo que mais parece obra de um exímio maquiador. Sutis gradações de roxo, azul e verde. Ah, as mulheres! Surpreende-me o fato de um maior número de homens não serem mortos por elas.

– Não sei o que é isso, dr. Page – ela diz, com voz chorosa. Segundo nossa recepcionista, Julia, ela chorou o tempo todo desde que se aboletou na nossa sala de espera há uma hora. Essencialmente um advogado de defesa de causas criminais, não sou grande entusiasta de causas domésticas, mas assim como a urina tentando passar sem sucesso por uma próstata inflamada, meu fluxo de caixa ficou reduzido a uma gotícula no mês passado, e por isso eu a trouxe de volta ao meu escritório em vez de encaminhá-la ao meu melhor amigo, Dan Bailey, que ultimamente parece se especializar cada vez mais em casos de abusos conjugais.

Explico-lhe que qualquer mulher (ou teoricamente um homem, em casos dessa natureza) nos EUA pode solicitar ajuda a um escrivão do foro para preencher uma petição alegando agressão doméstica, e um juiz às vezes expede um mandado *ex parte*, expulsando de casa o agressor, mesmo sem ouvir inicialmente a suplicante. É marcada então uma audiência em que o acusado conta sua versão dos fatos, mas a queixosa pode ser representada por um advogado e, se for bem-sucedida, poderá obter tudo, desde pensão para os filhos a uma medida de cerceamento de direitos que terá efeito por diversos meses.

– Quero um divórcio, e posso lhe pagar – ela diz com firmeza, cerrando os maxilares por baixo da maquiagem. – Estou com muito medo do Al, doutor. Ele é muito manipulador. É capaz de "levar na conversa" um policial e "enrolá-lo" em cinco segundos. É preciso ver para acreditar.

Visto que ela levantou a questão de dinheiro, apresso-me em adverti-la.

– Pode ser uma empreitada dispendiosa, se eu tiver de representá-la numa ação contestatória.

Como resposta, ela enfiou a mão numa bolsa ao seu lado e retirou cinco notas de cem dólares.

– Isto dá pra começar? – pergunta, os olhos castanhos pestanejando descontroladamente, como se eu fosse estender a mão por cima da escrivaninha e esbofeteá-la.

– Claro – digo e pego o dinheiro. Como na maioria dos casos que surgem dessa maneira, esse tipo de trabalho é um jogo de dados. Posso nunca mais pôr os olhos num centavo, mas, por outro lado, há mais de uma semana não vejo tanta grana, desde que representei um traficante de drogas pé-de-chinelo que foi em cana por posse de maconha. Além do mais, ela não está malvestida, vai ver é cheia da nota. Terá pouco mais de trinta anos. Está vestindo um desses conjuntos de verão de duas peças combinando, que vejo anunciados nas revistas na mesa da Julia. O vestido azul realça sua silhueta que, agora que desviei os olhos do seu rosto, vejo ser delicada. Seu manequim deve ser quarenta.

A América está se tornando uma nação de ursos polares, e me incluo nesse rol. A cada verão, prometo a mim mesmo que vou perder peso e me manter em forma, mas minhas boas intenções têm a vida da validade de um litro de leite. Ainda hoje de manhã me pesei e constatei, pesaroso, que estou chegando aos noventa quilos. Tiger Woods, o único tópico das conversas no nosso lado do décimo sexto andar no Layman Building, onde divido espaço e despesas com outros cinco advogados, pesa quinze quilos menos e, com um metro e oitenta e cinco de altura, é quase oito centímetros mais alto. Naturalmente, meu consolo é que ele é trinta anos mais moço (se isso chega a ser um consolo). Lydia Kennerly, por outro lado, dá a impressão de caber numa dessas balanças com que pesam tomates nos supermercados. Nunca vi referências a pancadaria entre cônjuges em livros de dieta, mas bem que merecia um capítulo à parte. Levo os quarenta e cinco minutos seguintes colhendo todas as informações básicas de que necessito, e faço-a assinar meu contrato de prestações de serviços. Lydia Kennerly não tem filhos, o que conta a seu favor. Se esse cara é um mau-caráter tão grande segundo ela diz, ela poderia se divorciar dele, mas nunca se ver livre dele se tivesse filhos. Em Arkansas há quatro meses apenas (é preciso cumprir uma exigência de sessenta dias de residência para poder dar entrada nos papéis de divórcio), ela diz gostar da gente e querer ficar. Mudara-se antes da Carolina do Norte para ajudar a cuidar de uma tia diabética que mora no campo, mas que melhorou consideravelmente. Desconfio de que tenha feito isso para fugir das garras do marido, Al, que veio atrás dela há dois meses. Formada em contabilidade, está à procura de emprego. Seu marido vende carros, mas não está trabalhando no momento, o que não chega a surpreender. Aparentemente, o dinheiro vem da tia, que está recompensando minha cliente pelos serviços que lhe prestou. Ela e Al alugaram uma casa por seis meses na zona sudoeste da cidade.

— Não poderia ficar com sua tia até que as coisas se acalmem? — perguntei, a experiência tendo me ensinado que maridos espancadores de mulheres raramente ficam felizes quando são intimados com mandados de proteção ou recebem documentos de divórcio.

— Não posso incomodá-la com isso — diz enfaticamente a sra. Kennerly. — Posso muito bem ficar num hotel barato por alguns dias.

Sugeri o abrigo de mulheres vítimas de maus-tratos infligidos por seus maridos ou companheiros, mas minha cliente torceu o nariz. Francamente, não posso censurá-la. Por mais necessários que sejam, esses lugares obviamente não podem ser o supra-sumo da alegria e bem-estar. É outro sinal de que minha cliente tem condições de pagar os cinco mil dólares que acertamos, caso Al esteja disposto a revidar com unhas e dentes, e não serei eu quem vai dissuadi-la. Muitos dos detalhes que ela me forneceu são vagos, mas isso não chega a ser incomum. Quando você não consegue pensar em outra coisa a não ser na maneira como poderá escapar, apelando para uma plástica no rosto ou coisa pior, há de convir que fica difícil fazer a lista dos móveis e utensílios.

– Até que ponto ele pode se tornar violento? – pergunto depois de fazer um inventário dos bens e das dívidas do casal. Os dois não possuem muita coisa, mas por outro lado não têm muitas dívidas. Somos, basicamente, um estado que privilegia o regime de comunhão de bens, mas isso não vai ajudar muito no caso dela. Esse sujeito não parece ter trabalhado muito durante os cinco anos em que estão casados. Pleitear uma pensão alimentícia seria um esforço inútil.

– Ele quebrou meu nariz no ano passado – ela admite, tocando de leve uma das faces. – Está piorando.

Quando ficar boa do olho, essa mulher será um estouro. Exagera um pouco na maquiagem para o meu gosto, mas ainda assim é extremamente atraente – loura, pele magnífica e uma boca rasgada, sedutora. Desde que minha filha Sarah passou a trabalhar comigo como auxiliar paralegal neste verão, Dan e eu temos sido constantemente advertidos sobre nosso comportamento sexista. Sarah não se farta de mencionar como olho insistentemente para as minhas clientes (as atraentes, bem entendido) e como comentamos em pormenores a aparência delas. Ela tem razão, mas é difícil acabar com velhos hábitos.

– Seu nariz está perfeito – não resisto a dizer. De fato está, provando que a profissão médica não é boa apenas para servir de pretexto a piadas de advogado.

– Ele é grandalhão – esclarece a sra. Kennerly – e quando tem um dos seus ataques de fúria, parece um animal selvagem.

Aceno com a cabeça como se tivesse ouvido tudo antes, e na verdade ouvi, mas o fato é que um dos meus pesadelos secretos é ser alvejado por um/a esposo/a fora de si. Os advogados são mortos

mais do que o absolutamente necessário, e já fui ameaçado mais de uma vez.
— Alguma vez tentou deixá-lo, mas acabou voltando para ele? — pergunto, começando a rabiscar meu bloco.
A sra. Kennerly brinca com seus óculos escuros.
— Desta vez não voltarei — ela diz, com a voz rouca do choro, mas determinada. — Nunca cheguei tão longe. Quer dizer, assim me parece, que nunca chegou ao extremo de iniciar uma ação de divórcio. Dei uma mordida na maçã do casamento, mas foi um bom casamento. Casado com uma sul-americana depois de servir no Corpo de Voluntários da Paz há trinta anos, a união durou vinte e um anos, até que um câncer no seio levou a melhor. Uma mistura de índia, negra e espanhola, Rosa era encantadora, mas teimosa como uma mula colombiana. Ela vivia a vida mais apaixonadamente num só dia do que consegui nos nove anos desde sua morte. A partir de então minha vida amorosa tem sido provavelmente tão caótica quanto a de Lydia Kennerly, mas sem a violência. Nunca bati numa mulher, embora pudesse mencionar muitas que teriam se sentido muito melhor se tivessem me dado um soco ocasionalmente.
— Seu marido anda armado? — pergunto, desenhando uma 38 rudimentar no meu bloco.
— Às vezes — ela responde, respirando fundo. — Ele quer obter uma licença de porte de arma. Não que precise. Quase matou com suas mãos um sujeito que achou que estava dando em cima de mim.
Bacana! Se este país se tornar mais violento do que já está, teremos de trocar a ave emblemática nacional por um galo de briga. Não possuo arma.
— Vamos até o foro — digo, levantando-me. — Não sou de briga.
— Mas na verdade quase ganhei a última em que me vi envolvido, há quatro ou cinco anos, até me arrancarem um dente. O problema com as brigas é que raramente se justificam. Tinha ido a um desses redutos ultraconservadores do sul, no condado de Saline, para falar com uma testemunha, e seus amigos não viram com bons

olhos a minha presença. Durante uma semana fiquei arrancando asfalto da cara. Tive de me contentar em ir à forra na acareação.

Depois de apanhar um recibo para ela com a Julia – que me lembra não haver taxa inicial para a expedição de um mandado de proteção, e portanto não preciso de um cheque para pagamento de emolumentos forenses –, caminhamos lado a lado no calor de agosto em direção ao foro do condado de Blackwell. Embora pudesse tê-la deixado ir sozinha, ela se sentirá melhor se eu ajudá-la. Ao meu lado, ela parece tão tensa que chego a pensar que o sujeito possa estar nos seguindo. Meus clientes têm a virtude de me tornar tão paranóico quanto eles. Disparei minha última bala há quarenta anos depois de minha mãe ter confiscado a pistola calibre 22, o rifle e a espingarda de caça de meu pai, quando ele começou a apresentar sérios sintomas de insanidade mental.

– Como foi que me escolheu? – pergunto ao avançarmos um sinal de trânsito. Está fazendo muito calor para se obedecer a lei.

– Fiz uma pequena pesquisa – ela me diz, esbarrando de leve no meu braço ao pisarmos na calçada da Third Street. – Sei que fez sua reputação como advogado criminalista. Achei que não seria má idéia contar com a assistência de um advogado que certamente mantém bom relacionamento com policiais e detetives.

Olho por cima do ombro, mas só vejo a figura familiar de uma inofensiva criatura mentalmente perturbada que perambula pelas ruas do condado de Blackwell com um paletó imundo que parece nunca tirar do corpo. Como as mulheres conseguem conviver com o medo? Sinto-me ansioso e irritado e ainda nem vi o tal sujeito. Talvez devesse arranjar uma arma. Acho que me sentiria melhor se Sarah, que está morando no centro da cidade neste verão, me obtivesse uma.

– Ganhei alguns processos – digo, envaidecido por ela ter ouvido falar a meu respeito. Estou advogando somente há sete anos, depois de um desvio de dezoito anos como assistente social, antes que Rosa me incentivasse a fazer um curso noturno de direito. Duas décadas investigando abusos de toda espécie praticados contra crianças era mais do que suficiente, e sabia que poderia me sair tão bem quanto os advogados que via atuando nos tribunais de causas juvenis. Mas foi minha mulher quem, depois de se tornar a mais orgulhosa enfermeira diplomada e cidadã deste país, me convenceu de que era possível conciliar o trabalho com a faculdade e o casamento. Ela conseguira.

— Foi o que ouvi falar — diz Lydia, ao entrarmos no foro de Blackwell, que tinha sido completamente reformado, em vez de demolido e substituído por um desses horrendos caixotes de teto baixo que a gente vê na televisão. Me sentirei melhor depois de termos passado pelo detector de metais, embora desconfie de que eles estão longe de ser totalmente eficientes. Recentemente, li mais de um relato sobre juízes que foram assassinados em seus tribunais. No elevador para o terceiro andar ela é imprensada contra mim. Não é uma sensação desagradável.

— A bajulação, a lisonja levam você longe — digo, sabendo que minhas palavras serão entreouvidas, e que os outros passageiros ficarão imaginando o que ela terá dito. Apesar do olho avariado, Lydia é 99 por cento mais atraente do que qualquer mulher com quem tenho andado ultimamente. Sinto o leve, almiscarado perfume de uma fragrância de rosa vindo de seu pescoço. Por que as mulheres se envolvem com homens capazes de espancá-las? Se Sarah se envolvesse com um homem que batesse nela, não sei o que faria.

Na sala do escrivão, depois de termos cumprido as exigências burocráticas e sermos encaminhados à Quinta Divisão, pergunto a Barbara Simmons, uma de minhas funcionárias preferidas, se tinha visto o juiz Ryder naquela manhã. Quero mostrar à minha cliente que estou fazendo jus aos meus honorários. Sempre gostei de Murry Ryder, que faz questão de tratar com cortesia e justiça todos que comparecem perante seu tribunal, procedimento não compartilhado por muitos de seus colegas. Barbara, que tem uma filha da idade de Sarah, me diz que acha que ele acabou de lavrar uma sentença e está de volta ao gabinete depois de uma rápida passada na lanchonete. Acompanho Lydia ao escritório de Sandra Denny, sua coordenadora de processos. As mulheres dominam nos tribunais, da mesma forma que nas bancas de advocacia. Chegará

O DIVÓRCIO 23

o dia em que as mulheres também exigirão exercer o cargo de meirinho, e a tomada de poder será completa. A metade dos juízes-chanceleres (extraordinários) de Blackwell já é constituída por mulheres.

O juiz Ryder é um admirador do belo sexo, e quando Sandra nos introduz no seu gabinete, ele se mostra mais lépido do que de costume, cumprimentando-me como se eu fosse um de seus companheiros de pescarias e não um eventual advogado que fora procurá-lo no seu gabinete.

– Gideon, quando é que você vai acabar com esse calor infernal? – ele diz, empertigando-se na cadeira para poder apreciar melhor minha cliente. O juiz é um homem realmente bonito e se parece com o falecido presidente do Supremo Tribunal, Warren Burger, que, com sua imponente cabeleira branca, era a própria imagem do juiz provecto, de ilibada reputação. Embora as opiniões de Burger nunca me tenham parecido destituídas de conteúdo, não faltava quem dissesse sarcasticamente que havia tanto algodão por dentro quanto em cima de sua cabeça.

Um perfeito cavalheiro, o juiz levanta-se quando lhe apresento Lydia e me faz prestar um pequeno depoimento, como se o caso não fosse favas contadas mesmo que ele não a tivesse visto. Eu a instruí para que tirasse os óculos escuros, e na penumbra do gabinete do magistrado seu olho parece realmente preto, e não com as cores do arco-íris.

– Pelo menos ele não a cortou – diz o juiz, apertando os olhos por cima de seus óculos de leitura. – Ontem esteve aqui uma senhora cujo marido lhe retalhou o rosto com sua aliança. Por algum motivo, o corte começou a sangrar durante a audiência e foi um transtorno. Tive de chamar a Sandra para que ela providenciasse uma atadura.

Lydia, que não sabe o que dizer sobre o comentário do juiz, limita-se a olhar fixamente para ele, e eu quebro o silêncio, informando-o que o acusado às vezes anda armado.

– Quando ele comparecer à audiência – aconselho –, talvez o senhor deva mandar Ralph revistá-lo antes de permitir que ele entre no seu gabinete. Seria fácil para ele escamotear uma arma ao passar pelo detector de metais lá embaixo. Acabei de ler sobre um caso em que um juiz em Ohio foi baleado.

Murry estremece visivelmente, abre uma das gavetas de sua escrivaninha e retira uma pistola calibre 45 com o cabo de madrepérola.

– Também li sobre isso – ele diz, e, franzindo as sobrancelhas, aponta na direção da porta. – Se algum dia precisar usar isso, provavelmente errarei o alvo e atingirei Ralph e Sandra. – Ele coloca a pistola de volta na gaveta e faz uma anotação no seu bloco.

Dependendo do juiz, os procedimentos *ex parte* podem rapidamente perder sua aura jurídica, e Murry é uma figura original. Por outro lado, é possível que ele tenha exibido sua famosa pistola esperando que Al Kennerly venha a saber que o juiz está disposto a morrer de pé. Olho para Lydia, cuja expressão está escondida atrás dos óculos escuros. Só Deus sabe no que estará pensando.

– Estive em Conway a semana passada – digo a Murry. – Não há nenhuma segurança. Foi por volta das quatro e meia, e tive acesso direto ao gabinete do juiz. Ele era a única pessoa que estava lá. Poderia ter atirado entre os olhos dele e ter ido embora tranqüilamente.

– Quem era? – Murry pergunta, lançando um olhar para Lydia, cuja postura perfeita faz minhas costas doerem.

Menciono um nome, e Murry ri.

– Você nunca seria condenado mesmo que o tivesse matado em plena sessão do tribunal.

Sorrio discretamente, concordando. Uma fofoca, Murry se encarregará prazerosamente de passar essa história adiante. Mas nesse momento, como se fosse uma esposa acabando com a festinha do marido, Sandra entra pela porta da frente com seu livro, sem bater.

– O senhor vai autorizar isso? – ela pergunta a Murry, com sua voz friamente profissional.

– É claro – Murry responde, sorrindo para mim com ar de garoto. – Devo emitir um parecer sobre um caso que me foi submetido há um ano. – Como se estivesse assinando a Declaração da Independência, ele apõe sua rebuscada assinatura no formulário preparado e o entrega a mim.

Levanto-me e sorrio reconhecidamente, como se estivesse na presença de um jurista sobrecarregado de trabalho em vez de um magistrado que está sendo tratado como um colegial por um professor não muito satisfeito.

– Obrigado, Meritíssimo – digo, e acompanho minha cliente à sala de Sandra. Ela sorri significativamente para mim ao marcar uma data para a audiência.

– Você não devia contar histórias como essa. Eles ficam nervosos, e já temos problemas de sobra com litigantes descontentes.

– Mas são fatos verídicos, não são invencionices – protesto. – Ser juiz é realmente perigoso.

Sandra acena com a cabeça gravemente para minha cliente, que está apreciando uma fotografia na parede da sala.

– Também é perigoso ser mulher.

Depois de uma ida ao subsolo para registrar o mandado, saio com Lydia Kennerly pela porta automática, e lhe pergunto ao chegarmos à calçada:

– O que achou do juiz?

Ela se inclina na minha direção e sussurra.

– Acho que ele estava se exibindo um pouco.

Foi isso o que realmente aconteceu? Sei que minha filha provavelmente concordaria. Ao caminharmos de volta para meu escritório, a umidade opressiva cansa visivelmente Lydia, e sou obrigado a diminuir o passo.

– Na verdade, ele é um juiz muito competente – digo, segurando-lhe o braço, uma vez que ela parece oscilar quando descemos da calçada, ainda a quatro quarteirões de distância do Layman Building. – Está sentindo alguma coisa?

Sua blusa fina lhe gruda na pele, e ela pára para desgrudá-la, como se esse gesto a refrescasse.

– As coisas são mais difíceis do que pensava. De repente, sinto-me meio estonteada com isso tudo.

Sacudo a cabeça, esquecendo como sempre que as mulheres devem sentir-se pessimamente, mesmo ao enfrentarem a parte mais simples do processo. Fico satisfeito por ter resolvido acompanhá-la. A menos que alguém se disponha a ajudá-lo, pode ser uma pedida indigesta. E é sempre bom levar um papo descontraído com um juiz.
— Não se preocupe. Estarei ao seu lado durante todo o andamento do processo.
Ela põe a mão no meu braço e diz fervorosamente:
— Acredite, dr. Page, estou contando com isso.

À tarde, no meu escritório, entrego o processo de Lydia à minha filha para que ela providencie a minuta da petição de divórcio. Sarah está terminando o curso de direito na universidade em Fayetteville.
— Eu mesma a teria entrevistado — ela diz, franzindo as sobrancelhas para conseguir decifrar meus garranchos. — Aposto que ela é bonita. Você já se deu conta de que sempre faz questão de atender pessoalmente as bonitas?
Giro minha cadeira e apóio os pés na última gaveta da direita de minha escrivaninha. Será que isso também é ser sexista, pergunto-me, começando a ficar um tanto cansado da infindável ladainha de minha filha. Há muito tempo sonho em nos tornarmos um dia Page & Page — Advogados, mas tenho de admitir que o começo não está sendo fácil. Licenciada em história, Sarah me julga o tempo todo, e até agora, de acordo com seus critérios, não tenho obtido boas notas.
— Você não estava aqui — refresco-lhe a memória. Como parte do nosso entendimento, ela passa a manhã uma vez por semana no abrigo de mulheres vítimas de violência. Minha filha, fisicamente cópia carbono de sua falecida mãe, é o que se pode chamar de uma obra em contínuo progresso; desde o ensino médio, em diversas ocasiões, foi uma cristã fundamentalista, animadora da torcida dos Razorbacks, integrante de um grupo feminista denominado War — Women Against Rape (Mulheres contra o Estupro), voluntária da

campanha contra a AIDS, e agora, ao que tudo indica, minha consciência autonomeada.

— Você disse a ela para ir para o abrigo? — Sarah pergunta, olhando para uma foto do hematoma no olho de Lydia. — Ela é bonita.

— Isso não é crime — lembro a minha filha, que tem até a cor exótica de sua mãe e exuberantes cabelos negros. — Ela vai ficar uns dias num hotel, até que possamos intimar o marido a deixar a casa. Fui com ela ao foro para obter um mandado de proteção.

Sarah revira os olhos. Obter mandados de proteção para os clientes geralmente é sua atribuição.

— Ela deve ter algum dinheiro.

— Isso também não é crime — digo. Sarah ainda não percebeu bem o espírito do sistema de iniciativa privada, acreditando que nenhum cliente, especialmente uma mulher espancada, deva ser recusado. É um sentimento admirável, mas até hoje nenhum dos meus credores o aceitou no lugar de um cheque. — A propósito, esse cara pode ser perigoso. Ela diz que ele às vezes anda armado e perde o controle facilmente.

Sarah faz uma careta.

— Pai, sabia que mais de quarenta por cento de todas as mulheres assassinadas foram mortas por seus parceiros íntimos?

— Não — digo, olhando para um saco de balas na gaveta, mas resistindo a apanhá-lo. Já chupei seis e ainda não são nem duas horas. Com vinte calorias cada uma, elas vão somando. — Isso, por acaso, é surpreendente? — Desde que começou a trabalhar como voluntária no abrigo, Sarah está sempre citando algum dado estatístico sobre violência doméstica. Ontem foi a revelação de que uma mulher é agredida de nove em nove segundos neste país. Anteontem foi a de que pelo menos 25 por cento das mulheres em situação de violência doméstica estão grávidas.

— Pense no que isso significa. Uma mulher está mais segura na rua do que na própria casa. Na verdade, a violência doméstica é a causa principal de ferimentos graves nas mulheres, mais freqüente do que assaltos com emprego de força física e acidentes de automóvel combinados.

— Somos uma espécie violenta — concordo, imaginando até que ponto as informações de Sandra são acuradas. Ela se tornou um âncora do *USA Today* ambulante. — Sei que li em algum lugar que são as mulheres quem geralmente iniciam a violência. Creio que alguém fez um estudo a esse respeito.

— Isso é ridículo! — diz Sarah previsivelmente. — Se eu lhe trouxesse alguns folhetos do abrigo, você pelo menos passaria os olhos?

O que aprecio em minha filha, assim como apreciava em sua mãe, é a maneira apaixonada de encarar a vida. Mas Sarah tem mais senso de humor, ou talvez seja simplesmente mais sarcástica. Ela sabe que me limitarei a folhear o material e direi que o li, sendo apanhado na mentira quando questionado sobre o assunto. Dan diz que eu devia me sentir lisonjeado pelo fato de Sarah achar que ainda tenho salvação.

— É claro — digo a ela. — Alugue um caminhão e despache o material para mim.

Ela ri.

— Não é preciso exagerar, não é tão volumoso assim. O que seria realmente bom era você e Dan assistirem a um dos seminários sobre violência realizados no abrigo. São estritamente sobre poder e controle.

— Não é isso que Ann Landers diz — provoco-a. — O camarada que fez essa pesquisa afirma que 60 por cento das mulheres ouvidas admitem ter atacado primeiro.

Minha filha esfrega as mãos no seu jeans, num gesto característico de que está tentando controlar sua irritação.

— Ann Landers tem quatrocentos anos. Ela não saberia reconhecer um pesquisador confiável se um deles lhe mordesse a perna. Ela não iria alienar metade do seu público leitor revelando a verdade sobre a violência doméstica. De acordo com o FBI, em 1989, 98 por cento de todas as agressões ocorridas entre casais foram perpetradas por homens contra mulheres.

Meu telefone toca, e tenho uma desculpa para encerrar o debate inútil. Questiono a validade dos abrigos de Sarah como laboratórios para o estudo da violência doméstica em termos abrangentes. Enquanto falo com um de meus clientes, que se queixa torrencialmente de uma audiência de revogação de liberdade condicional amanhã, a mente deriva para a conversa com Sarah. Minha experiência como advogado me diz que ela está certa. São as mulheres que, em esmagadora maioria, requerem mandados de proteção, são elas que aparecem no nosso escritório ostentando toda sorte de equimoses e contusões, são elas que telefonam para minha casa contando as mais horripilantes histórias de brutalidade e intimidação de seus desvairados companheiros. Prefiro mil vezes defender nos tribunais um traficante de drogas do que um desprezível torturador de mulheres. Esses indivíduos, que nunca admitem ser covardes e cruéis, são os clientes mais indesejáveis.

– Sente-se, Jessie! – ordeno pela décima vez, mas não adianta. Minha galgo de cinco anos choraminga em protesto. Como me disseram para fazer no curso de adestramento de cães, tento dobrar-lhe as pernas e ao mesmo tempo pressionar-lhe as cadeiras para obrigá-la a sentar-se, mas ela gane como se a estivesse matando. Sua expressão perniciosa me diz que os galgos não foram feitos para sentar.

– Você realmente leva jeito para amestrar animais – diz meu amigo Dan, e ri por trás da tela do pequeno terraço que construí no meu quintal. – Arrasaríamos se comercializássemos um vídeo de você com a Jessie. – Ele pega a cerveja e me faz um cumprimento.

Enxugo o suor da testa.

– Tudo bem, garota – digo e lhe dou um biscoito de cachorro. – Agora vá descansar. – Abro a porta do terraço e, segurando sua correia, afasto-me para que ela possa entrar. Como sempre, ela hesita antes de subir os degraus. Decididamente não é nenhum gênio! – Vamos, você pode! – procuro incentivá-la.

Dan contém o riso e apanha uma batata frita no prato em cima da mesa.

– Quanto foi que você gastou com as aulas de adestramento? – ele pergunta, divertindo-se com o espetáculo do cão confrontando-se com o homem.

– Cem dólares – resmungo, e jogo um biscoito para ele. – Chame a Jessie – digo a ele.

– Vem cá, meu bem – Dan arrulha, e inopinadamente tira um naco do biscoito.

Ao ver a guloseima desaparecer na boca de Dan, aparentemente Jessie se motivou a pular os dois degraus, esparramando-se no piso de madeira e arrancando a correia da minha mão. Ela bate com a cabeça na mesa de plástico com força suficiente para derrubar o prato de batatas fritas e a cerveja de Dan no chão. Suas enormes mandíbulas abocanham as batatas fritas e nós nos precipitamos para apanhá-las como se fôssemos rivais disputando comida numa fila de fome.

– Que diabo, Jessie! – reclamo. – Devia ter deixado você presa dentro de casa.

– De jeito nenhum – diz Dan, tendo conseguido salvar quase toda sua cerveja. – Mesmo com o calor que está fazendo aqui, não perderia este espetáculo por nada neste mundo. Seus dois melhores amigos fazendo o que sabem fazer melhor.

Despenco na cadeira em frente a Dan. Comer, ele quer dizer.

– Que tal o gosto? – Dan é grande. Mais de cento e vinte e cinco quilos. Não sei o que o faz comer tanto. Nem mesmo ele sabe. O comportamento humano, ele gosta de pontificar nestes momentos de desconcentração nos fins de semana, é o último grande mistério. A despeito dos avanços científicos, a compatibilidade da mente com o corpo continua sendo a suprema equação.

– Eu poderia me acostumar a eles – diz meu amigo, mastigando compenetradamente. Tendo terminado de comer, Jessie estica o longo e esbelto corpo no assoalho, que não está lá muito limpo. Jessie é de longe a criatura mais atraente de nós três. Seu corpo é geneticamente perfeito. Quando saio com ela pela vizinhança para dar uma de suas voltas habituais, nunca olham para mim, mas invariavelmente ela é alvo da admiração geral. Não podia ser de outra maneira. Ela tem uma classe incrível, ao passo que seu dono não pertence exatamente à mesma categoria de galgo aposentado das pistas de corrida de Southland Park em West Memphis.

– Nosso grande engano – diz Dan, inclinando-se para trás na cadeira e apoiando os pés na trave interna – é pensarmos que há alguma diferença fundamental entre nós e Jessie. Se pudéssemos aceitar que não há, a raça humana seria infinitamente mais feliz.

Esfrego as mãos e respiro fundo. Deve estar arraigado em mim o amor por esse ar úmido insuportável do verão de Arkansas.

– Foi isso o que lhe ensinaram no curso de filosofia? – escarneço, fazendo pouco da licenciatura de Dan na universidade. Criado na religião católica, há dias em que acredito que a vida deve ter um propósito, mas meus questionamentos religiosos não vão além disso ultimamente. Dan fala como se fosse um cínico empedernido, mas no fundo é um coração de manteiga. Acabou de sair de um divórcio complicado. Deveria estar casado e feliz com cinco filhos, mas depois de penar cinco anos num dueto sem amor, saiu do casamento de mãos abanando, sem nada que justificasse o sacrifício. Acho que ele promove tantos divórcios porque tem pena das crianças.

– A ciência acabou com tudo! – diz ele. – Mas é difícil como diabo as pessoas admitirem isso.

Através da tela que protege o terraço, podemos ouvir meu telefone tocando baixinho no interior da casa. Quase decido não ir atendê-lo, mas me levanto porque pode ser minha namorada, Angela, chamando da cidade em que nasci, Bear Creek, no oeste de Arkansas. Depois de um mês de julho tumultuado, venho tentando negociar uma reconciliação. Há tanta água debaixo de nossas respectivas pontes que ambos estamos com medo de atravessá-las. Jessie, tendo se refestelado no chão, não me acompanha até a casa. Dan berra:

– Me traz outra cerveja, doutor!

Entro na cozinha, pensando como realmente são tão poucos os problemas que tenho no grande esquema das coisas. Sinto uma sensação agradável, descontraída, que o clima quente, conversa e cerveja combinados proporcionam. Numa tarde de sábado de agosto o mundo não parece um lugar de todo mau. Dan, depois de algumas cervejas, gosta de divagar sobre a natureza problemática da existência. De minha parte, cada vez mais contento-me simplesmente em desfrutá-la, procurando manter o relacionamento com Angela sob controle. Se não sou capaz de compreender como o telefone funciona, não tenho por que me preocupar com minha mente.

– Alô – atendo, enunciando cuidadosamente. Liquidei minha segunda cerveja e ao contrário de Dan não me empanturrei de batatas fritas. Não quero que ela pense que fico sozinho em casa "enchendo a cara" todos os fins de semana. Meu caso com Angela é uma longa e velha história, talvez velha demais.

– Dr. Page, aqui é Lydia Kennerly. Desculpe por incomodá-lo no seu fim de semana, mas estou realmente apavorada. Dispõe de alguns minutos?

Alguma coisa na sua voz me arrepia os pêlos da nuca. Seu marido deve ter recebido a notificação do pedido de divórcio. Presumi que tudo estivesse correndo relativamente bem a partir do momento em que obtive o mandado de proteção, obrigando-o a deixar o domicílio conjugal. Ele tinha gritado e espernado, mas não fizera nada violento, e na quarta-feira ela havia me telefonado para me dar o endereço de um hotel onde ele se hospedara. Sarah dera entrada na petição na terça-feira e em seguida registrara a intimação judicial na corregedoria.

– Que foi que aconteceu? – pergunto.

– Tenho certeza de que Al esteve aqui. Sabia que ele faria isso.

Olho pela janela para Dan e contenho um suspiro. Ele teria aceitado esse caso sem pestanejar.

– Mandou trocar as fechaduras como lhe disse?

– Ainda não – ela diz com voz trêmula. – Devia ter feito isso.

O que ela está esperando, penso com meus botões, enquanto o ar-condicionado de minha casa liga automaticamente. Lá fora, está fazendo quase quarenta graus, mas não me parece tão quente assim.

— Ele levou alguma coisa?

— Não que eu tenha percebido. Por favor, seria impossível para o senhor dar um pulo até aqui enquanto apanho algumas coisas? Não posso passar a noite aqui.

Com mais paciência do que sinto realmente, explico-lhe que isso está fora de cogitação e sugiro que chame a polícia.

— Diga que foi expedido um mandado de proteção em seu favor.

— Já fiz isso — ela diz, com a voz cada vez mais descontrolada.

— Me disseram que se eu não tiver uma prova contra ele, não podem fazer nada.

— Não tem um vizinho que possa ajudá-la? — pergunto, vendo Dan inclinar-se para dar à Jessie um punhado de batatas fritas.

— Não — ela diz, começando a chorar. — Ninguém quer se envolver. Ele telefonou e desligou duas vezes. Acho que está vigiando a casa.

Se sabia que isso iria acontecer, devia ter se mudado para outro estado sem dizer a ele para onde ia.

— Vou ligar para um amigo meu na polícia — digo, tentando resistir à culpa que não deveria sentir. — Não sei se ele poderá fazer alguma coisa. Ligo de volta.

Telefono para a delegacia e peço para falar com Wayne Hunter, um detetive que conheço há muitos anos, mas ele não está de serviço. Tento encontrá-lo em casa, mas ninguém responde, nem mesmo sua secretária eletrônica registra a chamada. Pego uma cerveja para Dan e volto para o terraço, explicando-lhe o que está acontecendo.

— Você acha que eu devia ir até lá enquanto ela pega suas coisas?

Dan, que se depara com essas situações mais freqüentemente do que eu, põe os pés no chão e apóia os braços nas coxas grossas.

De bermudas que lhe vão até os joelhos e sandálias, ele não está mais disposto a enfrentar um marido irado do que eu.

– Você acha que ela pode estar correndo perigo?

– Sei lá – respondo, irritado. – De qualquer maneira, o que é que posso fazer? O filho-da-puta poderia acabar me dando um tiro.

– Pense em como ela deve estar se sentindo – diz Dan, levantando-se. – Se nós dois formos e ele estiver vigiando a casa, provavelmente não fará nada. Ela podia estar transando com algum cara, e ele ficou com ciúmes. Você sabe como raramente nos dizem a verdade.

Jessie ouve alguma coisa em nossas vozes e se levanta. Gostaria de que ela fosse um cão de guarda. Devo admitir que sou basicamente um covarde, tenho medo da agressão física. Não briguei com aquele reacionário e seus amigos lá no sul porque quisesse. Não tive escolha. Vou ligar de volta para ela, e lhe dizer que vamos até lá, mas que ela não faça disso um hábito.

A sra. Kennerly atende ao primeiro toque da campainha, mas diz que não precisamos ir. Pede-me para permanecer ao telefone enquanto faz rapidamente a mala. Digo a Dan, e ele sacode a cabeça, agradecido. Ele também não estava a fim de se meter no meio da confusão. Dez minutos depois, ela diz que está saindo e me telefonará mais tarde para me dizer que não foi seguida.

– Eu lhe diria o nome, mas provavelmente ele está escutando – ela diz, com a voz de uma criança desamparada.

Acho que o sujeito conseguiu grampear o telefone dela, e sugiro novamente que vá para o abrigo, mas ela diz que estará bem num hotel. Desconfio de que está querendo ir a um lugar qualquer onde possa tomar um drinque. Não a censuro por isso. No lugar dela, eu também gostaria de beber alguma coisa.

Depois de desligar o telefone, Dan e eu, como dois policiais dispensados de enfrentar um tumulto de rua, voltamos a nos abancar em torno da mesa do pavilhão, e conto a ele o pouco que sei sobre Lydia Kennerly.

– As bem-apanhadas geralmente são as que criam mais problemas – ele pondera, as tábuas do piso estalando com o seu peso.

Muitas vezes, em situações como essa, acho que a mulher é o único trunfo de que o cara dispõe. Ele é um chato no trabalho e ninguém gosta dele. Não consegue ser promovido nem se manter num emprego, mas certamente pode fazer sua cara-metade rebolar. Não é de admirar, portanto, que fique completamente transtornado quando a mulher tenta levantar vôo. Sem ela, não têm nada.

Olho através do quintal para o parque do outro lado da rua. Pensando bem, o marido da sra. Kennerly poderia estar me espreitando de lá. Dan sabe por experiência própria que as prédicas que Sarah vem me fazendo têm fundamento. É mais fácil ouvi-las dele. E, ao contrário do que ocorre com Sarah ultimamente, nossa conversa também gira em torno de outros tópicos, principalmente sobre se Kenneth Starr, o advogado que investiga o escândalo de Whitewater, deixará um dia Arkansas.

— No fundo, o odiamos tanto porque ele nos lembra os aproveitadores políticos que surgiram depois da Guerra Civil.

Pego minha cerveja e tomo um gole, começando a sentir fome. São mais de seis horas.

— Ninguém mais pensa nessas coisas.

Dan meneia a cabeça.

— Veja bem, é parte do nosso inconsciente. Primeiro, a Reconstrução, depois a cagada da integração de 57 com as tropas federais em Central High o ano todo. Agora, Kenneth Starr está aprontando alguma merda novamente. Me admiro que alguém ainda não tenha dado um tiro nele.

Pego uma batata frita e passo a língua nela para sentir o gosto do sal. Dan tem um jeito de associar coisas que quase fazem sentido. Pelo que sei, ele está escrevendo um livro sobre o assunto que lhe vai render uma nota preta. Pergunto-lhe se quer que mande buscar comida chinesa, mas ele olha o relógio e diz que precisa ir para casa se aprontar para um encontro.

— Você ainda está amarrado nesse lance de encontros amorosos pela internet? — pergunto, não acreditando que ele pague um bom dinheiro para arranjar mulher através de um desses serviços que se propõem a aproximar corações solitários.

Ele sorri, encabulado.
— Ainda tenho direito a uns dois encontros. Nunca se sabe, a gente pode acabar encontrando uma alma gêmea. Fico de boca fechada, já tendo implicado demais com ele. No início do verão, a procuradoria geral mandou um de seus advogados conversar com ele, como parte de uma investigação para apurar se esses serviços eram arapucas. As mulheres com quem Dan saíra queixaram-se de que ele mentira diversas vezes ao fornecer seus dados pessoais. Naturalmente, ele ficara embeiçado pela advogada que o procurou, uma jovem de minissaia com a metade de sua idade.

— Boa sorte — desejo-lhe, ao acompanhá-lo até seu pequeno Honda Prelude. Quanto mais velho vai ficando, mais jovem tenta parecer. Embora tenha um coração de ouro, Dan é propenso a se meter em confusões; uma vez foi preso por roubar ninharias numa loja; de outra feita, a coisa foi mais séria quando teve um caso com uma prostituta que era sua cliente.

Depois que ele foi embora, em vez de sair para comer, fico pela casa esperando que Angela ligue de Bear Creek. Dou o jantar a Jessie e abro um pacote de Pasta Secrets, que só tem seiscentas calorias mesmo que eu coma as seis porções. Enquanto espero na cozinha que os legumes fervam, penso em Dan e concluo que sua vida amorosa não é muito mais esquisita do que a minha. Embora me sinta quase que indecentemente atraído por Angela, quando estamos juntos o desentendimento é inevitável. Sua recente revelação de um caso com um homem que odeio ainda me irrita. O fato de ele estar agora na penitenciária cumprindo pena de prisão perpétua por homicídio não torna as coisas mais fáceis. Escôo a água de meu jantar sem carne e levo-o para o terraço com um copo de Chablis. Como posso me queixar do caso de Angela? Duas semanas depois da morte de Rosa, passei algumas horas num motel com uma de suas melhores amigas, que na ocasião era casada. Lembro-me de que houve mais pesar do que luxúria naquela tarde chuvosa. Nós dois choramos. Desde então, estive envolvido com diversas outras mulheres, nem sempre nas melhores circunstâncias. As boas deixei que se fossem, ou elas tiveram o bom senso de ir embora. Angela, que está tentando vender sua casa em Bear Creek depois do suicídio do marido, ainda não se decidiu.

Dez minutos depois volto a casa para apanhar outro copo de vinho e um livro cujo personagem principal está morto. Inconseqüente em vida e agora reduzido a cinzas numa garrafa, sua lembrança domina as vidas de seus amigos, pelo menos durante vinte e quatro horas. Fico imaginando quantas mulheres compareceriam ao meu velório e o que diriam. Talvez seja preferível não saber. Às oito o telefone toca, corro para atendê-lo e acordo Jessie, que cochila na sua almofada num canto da cozinha. Não é Angela, mas Lydia Kennerly novamente, que se desculpa desnecessariamente por ter me incomodado no fim de semana.

– Reagi exageradamente – ela diz, com a voz muito mais calma do que há duas horas. – Vou voltar para casa segunda-feira e mandarei trocar as fechaduras. Sou uma idiota por já não ter feito isso.

– Não diga uma coisa dessas – replico, sentindo-me um pouco culpado por não ter ido à sua casa quando me chamou. Essa mulher não se precisa culpar por tão pouco. Sem dúvida, estava evitando provocar o marido ainda mais. Raciocínio errado, mas compreensível diante das circunstâncias. – Está passando por um pesadelo. Admiro-a por ter tido a coragem de pôr um fim nessa situação inadmissível.

Em vez de animá-la, minhas palavras provocam lágrimas.

– O senhor não faz idéia! – ela se lastima no meu ouvido. – Meus pais morreriam se soubessem com que tipo de homem me casei. Ficariam tão desapontados!

Surpreendo-me sacudindo a cabeça. É fácil reduzir meus clientes a irritantes telefonemas que estragam um tranqüilo fim de semana. Minha própria mãe, que viveu nove décimos de sua vida numa época de segregação, ficou horrorizada com minha escolha de uma mulher que, embora bonita, obviamente tinha sangue negro correndo nas veias. Choca-me perceber como levou tanto tempo para eu admitir como sua rejeição de Rosa me magoou. O que esperava? Mimado em criança, sem dúvida achava que podia

fazer a cidade voar pelos ares e ela diria, orgulhosa, que filho maravilhoso eu criei!
– Há quanto tempo eles morreram? – pergunto, localizando uma lata de cerveja que havia deixado lá fora. Parece estar pegajosa, e me lembro de bebê-la antes de ir para a cama. Se essa mulher tivesse tido uma rede de apoio, seus esforços para deixar esse indivíduo teriam se tornado muito mais fáceis.
– Eles morreram numa colisão de frente faz dez anos este mês.
– Lydia diz, com a voz ainda trêmula. – Os seus ainda estão vivos?
No fundo de minha mente imagino se sua decisão de finalmente agir teve alguma coisa a ver com o aniversário da morte dos pais. Mas não farei essa pergunta. Qualquer coisa me diz que essa mulher quer desesperadamente falar, e satisfaço-lhe a vontade contando alguma coisa a meu respeito. É o mínimo que posso fazer. Depois de lhe contar que meu pai era mentalmente enfermo e morreu no hospital estadual, explico:
– Apesar da esquizofrenia e do alcoolismo, ele era um homem doce, se você puder acreditar nisso.
– Acredito – ela diz ansiosamente e me fala de seu pai, que era engenheiro civil e trabalhava no departamento de estradas de rodagem de Ohio. – Depois que ele morreu, descobri através de um de seus colegas que ele era dependente de cocaína havia anos. Foi o momento mais devastador de toda a minha vida.

Observo Jessie agachar-se para passar pela portinhola de cachorro com dificuldade e me dou conta de que a nossa espécie é desnecessariamente cruel. Podia ter aberto a porta para ela, mas gosto de vê-la espremer-se porque ela assume posições as mais cômicas.
– As pessoas não sabem o que dizer aos sobreviventes – comento inconvincentemente.
– Ele bem sabia o que estava dizendo – replicou Lydia. – Vim a tomar conhecimento depois, que ele tinha sido preterido numa promoção que favorecera meu pai.
Enquanto ela fala, vejo minha cachorra urinar no pátio, ficando de cócoras na sua posição cômica familiar. É o único momen-

to em que ela parece perder sua dignidade. Sabendo que tem uma vida bastante boa com uma ou outra humilhação ocasional, ela volta imediatamente para dentro de casa.

– Os homens provavelmente não ocupam lugar de destaque na sua lista, não é mesmo? – pergunto, imaginando por que as mulheres se casam.

– Pode-se dizer isso – Lydia responde, mas me fala de um casamento anterior, que funcionou até que o marido morreu de um coágulo na perna aos trinta anos.

A semelhança entre nós me surpreende e lhe conto do câncer no seio que matou Rosa. Ela parece genuinamente comovida e me pergunta se tenho filhos, e levo-a às lágrimas quando me refiro orgulhosamente à Sarah.

– Um dia, a placa na porta do nosso escritório será Page & Page, a menos que nos matemos antes.

Ela ri pela primeira vez desde que nos conhecemos, e pergunta:

– Então não voltou a se casar?

– Talvez – respondo, olhando para Jessie, lembrando-me de que é hora de darmos nossa volta noturna – só haja realmente uma pessoa numa vida inteira. – Ao dizer isso, percebo que estou começando a acreditar.

– Creio que sou uma prova viva disso – Lydia diz com voz grave. – Gostaria de vir até aqui para conversarmos à beira da piscina? Me hospedei no Delta Inn no caminho para Benton. Estou começando a ficar maluca sozinha aqui neste quarto.

Ao fundo, ouço música clássica sendo tocada certamente pela KUAR – a emissora de rádio pública. Sei que ela está se sentindo solitária, mas essa não é uma boa idéia.

– Não posso esta noite, mas agradeço o convite.

Ela se apressa em dizer:

– Compreendo.

Pelo seu tom de voz, sei que magoei seus sentimentos.

– Temos de voltar ao tribunal na próxima semana – lembro a ela, tentando colocar as coisas num contexto mais profissional –,

para tornar o mandado de proteção permanente. Tem certeza de que ele comparecerá?
— Acho que sim — ela diz, parecendo distraída. Deve estar mudando de estações, porque agora ouço a voz inconfundível de Buddy Holly. Ela não tem idade suficiente para se lembrar dele.
— Me telefone se surgir algum problema, tá certo? Mas, de qualquer maneira, ligue para meu escritório na segunda-feira, para que possamos preparar seu depoimento.

Ela diz que telefonará, e eu desligo, pensando no que Lydia Kennerly estará vestindo àquela hora.

As luzes da rua ainda não foram acesas, e Jessie e eu damos uma volta tranqüila pelo parque no outro lado da rua. Cruzamos pelo menos com uns três casais, o que me deixa ainda mais frustrado com meu relacionamento com Angela.

Ela devia ter me ligado esta semana. Está muito enganada se pensa que vou ligar para ela. Em vez de agirmos de acordo com nossas idéias (cinqüenta e um anos), parecemos dois colegiais, brincando de gato e rato. Mas não sei qual dos dois sou eu. De certa forma, Angela acende um pavio em mim que desafia qualquer explicação. A primeira garota com quem transei (à luz do painel de instrumentos do Ford Fairlane 58 de minha mãe, como mandava o figurino da época, no verão do nosso último ano no colégio) e talvez a última, mas não ao ritmo atual das coisas. Jessie, presa na correia por causa de uns vira-latas que apareceram na noite anterior, pára a todo instante para fuçar os arbustos, que ficam tão encorpados no meio do verão que é praticamente impossível enxergar mais do que uns poucos metros em qualquer direção se sairmos de um dos caminhos de terra que cortam o parque.

— Anda, garota! — digo com voz aguda e sacudo sua correia quando ela começa a cavar a grama alta. Paciência não é uma de minhas virtudes.

Arrasto Jessie para casa, sentindo-me só e com pena de mim. Encho a vasilha de água dela, grato pela sua companhia. Pensei que, ao chegar aos cinqüenta, não sentiria essa inquietação. Talvez seja uma das vítimas de muitos comerciais da Hallmark com cenas nostálgicas de velhinhos bem-postos enfeitando a árvore de Natal, quando ocorre algum evento maravilhoso que enche de ternura seus corações e leva o telespectador às lágrimas. Pego o telefone e disco com raiva o número de Angela, mas quando o ouço tocar sei que ninguém atenderá. Tento ler meu livro, mas me perco porque embaralho os personagens. Com a cabeça de Jessie descansando confortavelmente no meu colo na sala de estar, apanho o controle remoto e passeio pelos canais de televisão até me fixar num programa sobre o falecido cantor Marvin Gaye. As drogas o destruíram. Talvez haja pessoas que estejam envelhecendo com categoria, mas não sou uma delas. Vou para a cama às dez e sonho, não como esperava, com Angela, mas com o marido de Lydia Kennerly. Tudo de que me lembro ao acordar é que ele é enorme, do tamanho de um lutador de sumô.

Al Kennerly não tem advogado, mas se defende da melhor maneira que pode, preferindo sabiamente não ser acareado com sua mulher, que chorou durante todo o depoimento. Ele é menor do que eu esperava, mas seus ombros impressionam por baixo da camisa de malha. Lembrando-se de minha recomendação, Murry manda revistá-lo quando ele chega ao tribunal. Na verdade, o cara não parece ser de modo algum um seviciador de mulheres, mas mesmo os indivíduos de aparência mais inofensiva não me surpreendem mais. Lembro-me das palavras de Lydia descrevendo Al Kennerly como um sujeito charmoso, astuto, mas ele exibe mais autoconfiança do que charme propriamente. Sobe no estrado dos acusados e nega friamente todas as alegações de sua mulher.

— O senhor não estava no tribunal — pergunto sarcasticamente, depois que ele nega a Murry ter espancado a mulher —, quando estas fotografias do olho contundido de sua esposa foram apresentadas como prova? — Aproximo-me da tribuna, e Murry, sem dizer palavra, me entrega as fotos, como se fosse meu assistente em vez do juiz.

— Estava, sim senhor — ele responde afavelmente —, mas eu não fiz isso com ela. Foi ela mesma quem se machucou.

Embora tenha mostrado as fotografias a ele enquanto Lydia estava depondo, peço permissão ao juiz para mostrá-las ao acusado novamente.
— Está dizendo que sua mulher inventou toda essa trama?
— O que estou dizendo, doutor — Al Kennerly diz tranqüilamente, virando a cabeça para falar diretamente com Murry —, é que minha mulher é uma mentirosa patológica. Acho que ela não consegue evitar.
— Ela é uma artista extraordinária — digo, apanhando de volta as fotografias que ele mal chegou a olhar.

Ele diz inexpressivamente:
— Lydia bateu com o rosto na porta do banheiro à noite quando estava bêbada dois dias antes de me dizer que queria o divórcio.

Que cara-de-pau é esse sujeito! Volto-me para Lydia, que não olha para ele.
— A senhora admite perante este tribunal que suas lágrimas são falsas, sra. Kennerly?

Kennerly vira-se para o juiz Murry e diz:
— Ela é capaz de chorar com a maior facilidade, Meritíssimo. Deus é testemunha de que nunca encostei um dedo nela num momento de descontrole emocional. Eu ainda a amo.

Sinto os pêlos da minha nuca começarem a se eriçar. Kennerly é tão espantosamente calmo que concluo que, dos dois, ele é o mentiroso patológico. Se ela não me tivesse prevenido a respeito dele, talvez me sentisse tentado a acreditar na figurinha difícil.

— Gostaria então de que ela se ajoelhasse aos seus pés — digo, pondo a mão no ombro de Lydia, tentando provocá-lo —, lhe pedisse perdão por ter inventado essa farsa ridícula e voltasse para casa, e tudo seria esquecido? — Estou carregando um pouco nas tintas, mas como ele não tem advogado, não temo contestação. Murry já viu muitos acusados que mentem tão bem quanto esse homem.

— Se Lydia quer o divórcio — diz o sr. Kennerly —, não vou criar obstáculos. Fiz um juramento perante Deus, e gostaria de cumpri-lo acima de qualquer coisa, mas se ela insiste, não há nada que eu possa fazer.

Olho para Lydia, que sacode a cabeça curvada. Pela maneira como Murry se mexe na cadeira, percebo que ele está a fim de encerrar o depoimento. Às vezes, testemunhas como Kennerly podem ser divertidas, mas esse homem não é. Fisionomicamente, ele se parece um pouco com Frank Gifford. Os dois litigantes inegavelmente são bastante atraentes. As manchas no olho de Lydia desapareceram completamente, e até começar a chorar, ela estava deslumbrante num vestido azul simples com um decote alto. Pergunto-me qual será a história verdadeira. A verdade sempre fica no meio-termo. Sabendo antecipadamente qual será a resposta, pergunto se ele tem licença de porte de arma, o que ele nega. Também se recusa a admitir que usou sua chave para entrar na casa, a não ser para apanhar suas roupas e alguns objetos de uso pessoal. Dou de ombros e me sento, sabendo o que o juiz fará.

Murry inclina a cabeça e admoesta seriamente o marido de minha cliente.

– Ouvi seu testemunho, sr. Kennerly, e não acredito nele. Quero que se mantenha distante de sua mulher. Não quero que lhe telefone, que chegue perto da casa e muito menos a ameace. Se o fizer, fique certo de que se arrependerá. Aconselho-o a contratar os serviços de um advogado. Está me entendendo?

Longe de parecer um marido injuriado, Kennerly responde docilmente.

– Não tenho a menor intenção de violar o mandado judicial expedido por este tribunal.

– Acho bom não fazê-lo – Murry diz com severidade. Ele levanta os olhos para mim como se quisesse saber a verdadeira razão do litígio. Esse sujeito pode dar eventualmente uns sopapos na sua mulher, mas ele vê casos muito piores nos relacionamentos do dia-a-dia. Eu também.

Ao acompanhar Lydia até seu carro, comento que seu marido não me pareceu ser tão mau-caráter como supunha.

– Pensei que ele fosse mais corpulento, tivesse um aspecto mais assustador. – Percebo agora que esperava ver Mike Tyson adentrar a sala do tribunal.

Lydia bate com as palmas das mãos nas pernas, como minha mãe costumava fazer quando ficava exasperada.

– Sabia que ele daria um jeito de parecer um mártir – ela diz amargamente. – Al tem uma incrível capacidade de angariar simpatia para ele.

– Talvez ele nem conteste o divórcio – observo. – Só conta com mais alguns dias para responder à petição, e já apanhou suas roupas. Acha que não terá problemas para dividir os móveis?

– Provavelmente – Lydia responde, acrescentando calorosamente: – Estou tão contente por isso ter acabado! Não faz idéia de como estava apreensiva. Obrigada – ela acrescenta, apertando meu braço. Sinto a pressão de sua mão através do tecido do meu paletó.

Não comento que ela teria obtido o mesmo resultado se eu não tivesse estado presente. Murry teria acreditado nela mesmo que não tivesse outra prova para sustentar a queixa do que um olho roxo. As mulheres geralmente não esbarram em portas com essa violência.

– Às vezes, essas coisas não acabam tão mal como presumimos.

– Talvez não – ela diz, suspirando: – Estou pronta para recomeçar minha vida.

Não quero lhe dizer que achei sua reação exagerada. Vai ver que até não foi. Mas minha mente já começou a se desviar para um processo criminal que será julgado amanhã no condado de Saline. Vou defender um cliente de uma acusação de estupro que girará essencialmente em torno de credibilidade. Gostaria de que meu cliente tivesse estado aqui para assistir ao desempenho de Al Kennerly.

Explico que a lei do estado de Arkansas lhe permitirá obter um divórcio não contestado em apenas trinta dias a partir da data de entrada da petição.

— Poderá ser uma mulher livre dentro de poucas semanas. Se ele não apelar, resolverei o caso imediatamente.

Pela primeira vez, vejo Lydia Kennerly sorrir, e é um prazer. Ela tem dentes maravilhosos, e seus olhos positivamente cintilam com a perspectiva de um divórcio rápido.

— Por favor, faça isso.

Deixo-a no estacionamento a um quarteirão do tribunal, especulando por quanto tempo ela conseguirá deixar os homens em paz. Acredito que não demorará muito.

Depois do almoço, Sarah aparece no escritório para saber como transcorreu a audiência com os Kennerly.

— Jóia — digo a ela. — O cara portou-se como um carneirinho. Um perfeito cavalheiro. A história que contou foi que ela trombou contra uma porta quando estava de porre, mas ele não contestará o divórcio se ela insistir.

Minha filha relaxa a olhos vistos.

— Fico contente. Confesso que estava preocupada com você.

Sinto-me culpado por lhe ter revelado que Al Kennerly eventualmente carrega uma arma. Sarah é do tipo que se preocupa demais. Leva tudo muito a sério, mas a verdade é que me orgulho tanto dela que às vezes meus olhos ficam marejados. Se ela soubesse como é importante para mim, talvez se sentisse sufocada. Devolvo-lhe o processo e digo-lhe que o caso pode ser dado praticamente por encerrado.

— Ele é um cara boa-pinta e provavelmente está indócil para voltar ao mercado dos prazeres da carne.

Minha filha, que a cada dia aprende um pouco mais sobre os escusos meandros do mundo, torce o nariz.

— Se já não tiver.

Na noite de quarta-feira, depois de um julgamento bem-sucedido de estupro (meu cliente foi condenado apenas por agressão e estará em liberdade em poucos meses), comemoro parando para um drinque no Kings & Queens, local freqüentado pelos que buscam parceiros na noite, aonde vou de vez em quando. Digo a mim mesmo que estou ali somente para festejar e não para pegar mulher, mas acabo cedendo à tentação de dar uma olhadela em volta. Enquanto meu cliente e eu esperávamos que o júri chegasse a um veredito, escrevi uma carta para Angela, dizendo-lhe que tinha de tomar um rumo na vida, não podia ficar esperando indefinidamente. Encostado no balcão do bar, observando um desses casais que parecem ter passado todos os minutos em que estiveram acordados na última década na pista de um salão de danças (o cara faz toda sorte de malabarismos, só falta arremessá-la atrás de suas costas), pego a carta no bolso e releio-a. Escrevi que é uma loucura pensar que podemos pegar trinta anos de nossas vidas e pôr de lado, para tentar recomeçar da estaca zero. Sinto-me como um desses sujeitos que comparecem a uma reunião de ex-colegas e reencontram sua antiga paixão. Esses relacionamentos são construídos, sem sombra de dúvida, em cima do que desejávamos que fosse a realidade e recordações nostálgicas de hormônios em ebulição. Não deram certo na época, por que haveriam de dar certo agora, penso amargamente, enquanto bebo meu segundo bourbon com Coca-Cola.

A música berrando do sistema de som é, apropriadamente, "Kodachrome", de Paul Simon. A realidade nunca é tão boa quanto a lembrança. Uma liberal de Nova Jersey, cujo pai se transferira para Bear Creek para dirigir uma fábrica local no nosso último ano de colégio (eu tinha sido despachado para um internato no oeste de Arkansas), Angela combatia coberta de razão nosso racismo. Sua crítica era contundente, e embora nosso sectarismo fosse insustentável, ela sempre levava a melhor em todas as discussões que tivemos sobre o assunto naquele verão antes de irmos para a universidade. Meu melhor amigo dos tempos de colégio, John Upton, ao comparecer ao enterro de minha mãe alguns anos mais tarde em Bear Creek, me cutucou no cemitério e disse melancolicamente que Angela, que estava conversando com minha irmã num canto, conservava a mesma bunda gloriosa que tinha no colégio. Embora fingisse ter ficado chocado com o comentário tipicamente irreverente de John, foi o primeiro pensamento que me veio à mente quando bati na sua porta há alguns meses, ao ir à cidade para acompanhar um julgamento que, casualmente, envolvia seu ex-amante.

Amasso a carta e coloco-a de volta no bolso do paletó, sabendo que não a remeterei. Olho em volta e tenho a impressão de ver Lydia Kennerly, mas é outra loura que nem de longe é tão atraente quanto ela. O bourbon começa a subir, mas de repente sinto-me exausto. O sujeito que represento provavelmente estuprou sua namorada, mas também sabe mentir, talvez tão bem quanto Al Kennerly. Sabendo no fundo que não tenho nenhum motivo especial para comemorar e que estou ali me lastimando, pago a conta e vou para casa decidido a ter uma boa noite de sono. Jessie, que estava aflita para dar sua volta, pula em cima de mim como uma esposa zangada, e digo a ela que vamos dar nosso passeio assim que eu tiver vestido uma bermuda.

Ao ver a luz piscando no telefone, o idiota aqui fica todo alvoroçado, mas é Lydia Kennerly informando-me que está de volta ao Delta Inn e pedindo que entre em contato com ela assim que eu chegar. Imaginando o que possa ter acontecido, telefono para ela, que atende ao primeiro toque da campainha.

– Al me seguiu até minha casa ontem – ela diz, atropelando as palavras. – Quando saí de casa hoje de manhã, ele estava no carro estacionado do outro lado da rua. Não agüento mais isso.

– Ele lhe encostou a mão ou lhe dirigiu a palavra? – pergunto, pensando que Murry pode mandá-lo para a cadeia, mas provavelmente ele se limitará a adverti-lo novamente caso o sujeito não tenha feito mais nada. Puxo minha gravata, ansioso para tirar a roupa. Foi um longo dia.

– Ele está tentando minar meus nervos – ela diz. – Vou me mudar para outro estado assim que o divórcio for concedido, para algum lugar onde ele não possa me encontrar.

Sinto até cheiro de cigarro na minha gravata. Por que vou a lugares como esse, Kings & Queens? A última vez em que estive lá,

uma professorinha me disse em palavras mais amenas que sou um pé no saco. Que não dá para ir para casa com um sujeito como eu.
— É provavelmente uma boa idéia — concordo, sentindo Jessie me cutucando por trás. Com efeito, os cães são realmente leais, penso, ainda um pouco alto do segundo bourbon. Preciso urgentemente comer alguma coisa. — Ele a seguiu até onde se encontra agora?
— Não. Saí pelos fundos lá pelas quatro horas, dei a volta no quarteirão e não vi o carro dele em parte alguma. Escute aqui, apreciaria muito se pudesse dar um pulo até aqui para conversarmos um pouco. É muito tarde?
Afagando Jessie com a mão direita, afasto o fone do ouvido e vejo que não são nem dez horas. Estou muito chateado com Angela para ir me deitar agora.
— Se der um jeito de me arranjar um sanduíche de peru e uma Coca, encontro-a na piscina daqui a pouco — respondo, não me questionando se devo ir ou não. O Delta Inn tem um restaurante, mas não tem bar. A esta hora não deve haver ninguém que me conheça. — Tem certeza de que ele não a seguiu?
— Sei que ele não me seguiu — ela insiste. — Parei em frente a um estacionamento do Kroger's, depois de ter avançado um sinal vermelho, e ele não apareceu. Não vi mais o carro dele desde o meio-dia.
Sabendo que Jessie me perdoará, digo a Lydia que estarei lá dentro de quinze minutos.

Entro no estacionamento do Delta Inn, procuro cuidadosamente o Chrysler Le Baron 1988 do marido dela, mas não o vejo. Situado à margem da estrada para Benton, mas ainda no condado de Blackwell, o Delta Inn foi deliberadamente projetado de maneira a obrigar os hóspedes a passarem com seus carros por uma guarita para se registrarem. Se Al Kennerly por acaso estiver rondando as imediações, provavelmente estará no 7-Eleven, um pouco mais adiante. Já tive outra cliente hospedada no Delta Inn. Suspeita de ter cometido um crime de morte, era tão vistosa quanto Lydia

O DIVÓRCIO   49

Kennerly, que vejo esperando por mim do outro lado da grade que cerca a pequena piscina. Seu Nissan Sentra 94 está estacionado em frente ao quarto número 7, a uns trinta metros de distância. Desço do meu Blazer, prometendo-me que demorarei o tempo de comer o sanduíche e me certificar de que ela está bem, com a cabeça menos entorpecida pela bebida, sinto-me meio constrangido por ter vindo. Contudo, a temperatura está agradável no estacionamento. Deve ter caído bastante, e há uma brisa constante que não sentia na cidade.

– Oi – ela diz, sorrindo quando atravesso o portão de ferro de acesso à piscina. Ela tira um sanduíche de um saco de papel, enquanto segura uma lata de cerveja na outra mão. Tinha pedido uma Coca, mas tudo bem.

Dois garotos estão fazendo uma zorra dentro d'água. Pergunto-me onde estarão seus pais. Sento-me em frente a ela numa das frágeis cadeiras espalhadas em torno da piscina e dou uma olhada em volta.

– Esses garotos são muito pequenos para permitirem que fiquem aqui sozinhos – digo desaprovadoramente. Lembro-me de uma vez ter levado Sarah, que mal sabia nadar, ao lago Nixon e tê-la perdido de vista. Quando levantei os olhos do jornal que estava lendo, não a vi. Se Sarah tivesse se afogado, teria me matado.

– Não se preocupe, estou de olho neles, deixe eles se divertirem – diz Lydia, oferecendo-me o sanduíche. – Nunca aprendi a nadar quando era criança, só fui aprender depois de adulta.

Embora visivelmente estressada, essa mulher sente uma necessidade compulsiva de conversar. Percebo isso, e ficamos batendo papo durante mais de uma hora. Vou bebendo minha cerveja, esperando não acordar com dor de cabeça. Ela, por sua vez, toma seguidamente pequenas garrafas de vinho tinto. Os garotos acabam indo embora depois de meia hora de algazarra, e Lydia e eu finalmente ficamos com a área da piscina só para nós dois. Sinto-me descontraído pela primeira vez durante todo o dia.

– Fui uma dessas crianças cujos pais a inscreviam em tudo que era concurso de beleza desde os três anos – ela diz depois que lhe pergunto como foi sua infância. – Na verdade, desde que nasci, meus atributos físicos contaram mais do que qualquer outra coisa. Aos poucos fui compreendendo como isso era fútil, vazio, mas não deixava de ser uma forma de chamar a atenção, só que durante muitos anos me dispensaram a espécie errada de atenção. Sei que sou bonita – ela acrescenta petulantemente –, mas veja como acabei: um saco de pancada.

Não ostenta nenhum sinal de injúrias externas. Ao contrário, parece sensacional de short e blusa de algodão tão fina que mesmo na iluminação deficiente consigo ver o contorno do seu sutiã. As injúrias são internas, dentro de sua cabeça.

– Nem pense uma coisa dessas. Você se livrou para sempre desse tipo de relacionamento.

Ela me dá outra cerveja, que tira do *cooler* ao lado de sua cadeira. Ao fazê-lo, seus cabelos quase roçam em mim.

– O fato – ela diz, com a voz subitamente embargada – é que fui dominada toda minha vida pelo que os outros diziam da minha aparência física. Você é o primeiro homem que não me trata dessa maneira. – Ela estica a mão e toca no meu braço, apertando-o suavemente.

Abro a lata de Budweiser e fico contente por ela não poder ler meus pensamentos. Devia me levantar e ir para casa, mas naquele momento me é simplesmente impossível.

– A gente sempre tenta melhorar, pelo menos alguns de nós – digo, e conto-lhe do empenho de Sarah para me reformar. Se seus esforços forem coroados de êxito – concluo –, serei emasculado.

Ela ri, seu riso cristalino se esprai sobre a água, e o ar da noite fica impregnado do seu perfume.

– Você deve ter muito orgulho de sua filha – Lydia diz, ajeitando uma mecha rebelde de seus cabelos, erguendo os seios com o gesto.

– De fato, tenho – digo, pavoneando-me novamente ao falar de meus planos de um dia ter Sarah como minha sócia no escritório de advocacia. – Ela é bonita como você – digo, esquecendo momentaneamente os comentários que ela fizera há pouco.

– Tem uma fotografia dela? – Lydia pergunta, repousando sua garrafa de vinho na mesa.

– Creio que tenho uma velha foto do colégio – digo, tirando a carteira do bolso de trás de minha calça. – Mas você não poderá ver direito com esta luz.

Ela se inclina novamente antes de eu entregar-lhe a foto, e dessa vez não resisto ao impulso, e beijo-a. Ela corresponde e quase caio da cadeira, tentando manter o equilíbrio. Pisei na bola, penso, mas a sensação de constrangimento desaparece quando sinto sua mão na minha coxa.

– Vamos para o meu quarto – ela murmura no meu ouvido. – Estou sentindo um pouco de frio.

Eu não estou, mas aceito prontamente sua sugestão, e segurando o pequeno congelador ela me conduz à porta do quarto número 7. Embora de pilequinho, olho em volta e fico feliz por ver que muito poucos hóspedes escolheram o Delta naquela noite. O quarto é ridiculamente pequeno, e o tapete ao lado da cama está todo marcado de pontas de cigarro, mas não estou aqui para reparar nessas coisas. Despimo-nos rapidamente, e desisto da idéia de tomar uma chuveirada aos primeiros contatos de suas mãos hábeis e incrivelmente suaves.

– Você está em boa forma – ela diz, provocante, puxando-me para perto dela na cama, que não se dá ao trabalho de desfazer.

– Espero que sim – murmuro, satisfeito por ela não ter apagado a luz. No meu estado semi-etílico e cansado como estou, vou precisar de toda a ajuda que puder obter. Mas meus receios são infundados. Nua, ela é um espetáculo, e logo me sinto excitadíssimo e plenamente capacitado; põe capacidade nisso!

– Devagar – ela pede, e penso brevemente em controle de natalidade, mas, lendo meus pensamentos, ela se apressa em dizer que tem tomado a pílula. Ainda assim, gostaria de ter uma camisinha. Nunca se sabe por onde Al Kennerly possa ter andado se o cara é tão louco a ponto de bater numa fêmea exuberante como esta. Ela não tem pressa e monta em cima de mim, esticando meus braços para cima, como se fôssemos dois garotos brigando. Repentinamente, sem se fazer anunciar, Al Kennerly irrompe pelo quarto adentro com uma câmara na mão, batendo fotos adoidado. Lydia vira-se e grita:

— Al! — Mas parece paralisada pelo medo, em estado de choque, e tenho de tirá-la de cima de mim.

Procuro puxar a colcha, mas não há o que puxar, pois nos deitamos por cima das cobertas. Não posso acreditar que tenha sido tão estúpido.

— Caia fora daqui! — grito, mas minha voz sai rouca de pânico. Com o coração na garganta, procuro ver se ele está armado, mas fico ofuscado pelo clarão dos flashes. Finalmente, pulo da cama e pego minhas calças, mas, com a mesma rapidez, ele se esgueira pela porta, batendo-a atrás dele. Corro para a janela, mas ele já está saindo de ré do estacionamento. Volto-me para Lydia, que está vestindo as calcinhas. Ela chora, de cabeça baixa. Viro as costas e vestimo-nos em silêncio, como um casal que teve uma briga. Quando olho novamente, ela está calçando as sandálias.

— Devia saber que ele estava nos espreitando. Sinto muito — ela diz, quase inaudivelmente.

Infeliz, abaixo a cabeça, consciente de que fiz a pior coisa que se pode fazer a um cliente (além de roubá-lo) como advogado. Contudo, não é a primeira vez que deixo minha vida pessoal extravasar para a profissional. Fui para a cama com duas testemunhas potenciais em processos criminais, inclusive Angela, embora, felizmente, nenhuma das duas tenha chegado a comparecer ao julgamento.

— Sou eu quem lamenta profundamente — digo, sentindo-me com cem anos. — Nunca deveria ter vindo aqui. Sei que agi irresponsavelmente. Uma coisa, porém, me deixa intrigado. Como foi que ele conseguiu a chave?

Já vestida, Lydia penteia energicamente o cabelo em frente ao espelho da pequena penteadeira.

— Al é capaz de tudo quando encasqueta uma coisa.

Ela parece resignada. Pergunto-lhe, admirado:

— Não vai ficar aqui?

— Não — ela responde com firmeza. — Ele já conseguiu o que queria.

Enfio a fralda da camisa nas calças.

— Você não pode voltar para a companhia dele. Ele vai espancá-la novamente.

Ela sacode os ombros, como que impotente diante do inexorável.

— Podia fazer o favor de se retirar?

O tom de sua voz é polido, mas imperativo. Já aprontei muita merda para uma noite só, e ela tem todo o direito de pedir que eu vá embora. Não sabendo o que mais fazer, saio, arrasado, depois de lhe dizer para me telefonar de manhã. Ao dirigir meu carro de volta para casa, sinto a indignação crescer dentro de mim. Minha cabeça começa a latejar, e tenho vontade de vomitar. O trânsito está fraco, e preciso me controlar para não ultrapassar o limite de velocidade. Para encerrar uma noite inesquecível, só me falta ser preso por estar dirigindo embriagado. Em que pensava? Soco o volante do carro na escuridão da noite úmida. Só Deus sabe o que vai acontecer amanhã. A menos que consiga tomar-lhe as fotografias, Al Kennerly terá posto um laço nos nossos pescoços para o resto de nossas vidas. Por um instante, considero a hipótese de ir à casa deles, mas ao me aproximar da cidade, convenço-me de que serei morto se for até lá. Dez minutos depois, entro na minha garagem sem a menor dúvida de que, além de antiético, sou covarde. Arrasto-me pela casa adentro, mas não passo da cozinha, vomitando na pia. Ao meu lado, assustada, Jessie choraminga, andando de um lado para outro, até ir dormir na despensa. Jogo-me na cama, pensando que até minha cachorra tem repugnância de mim.

— Pela sua cara, deve ter sido uma noitada e tanto — Dan diz me gozando, quando entro no seu escritório na manhã seguinte.

Fecho a porta e me abanco numa cadeira em frente à escrivaninha dele. Uma grande noite, sem a menor dúvida. Nas paredes de Dan vêm-se desenhos de heróis de histórias em quadrinhos: o juiz Parker, Mary Worth. Tenho vontade de virá-los contra a parede para que não ouçam a conversa constrangedora.

– Fiz uma cagada-mãe! – Começo a contar toda minha odisséia a Dan. Ele me ouve com simpatia, como sabia que faria. Sempre achei que Dan era um cara mais fodido do que eu, mas agora tenho sérias dúvidas.
– Pelo menos a transa valeu a pena? – ele pergunta, curto e grosso, quando termino meu relato. – Você deve ter ficado completamente baratinado.
Em vez de me evocar um momento de prazer, a lembrança de Lydia por alguma razão me deixa arrepiado, no mau sentido.
– Não chegamos às vias de fato – confesso, lembrando que não passamos das preliminares. Alguns dos desenhos atrás da cabeça dele parecem deformados. Tive ressacas piores, mas nunca me senti tão mal.
Dan mexe o corpanzil, fazendo sua cadeira, que mais parece um trono do que um móvel comum de escritório, estalar sob seu peso.
– Tenho cá minhas desconfianças, vai ver você foi vítima de uma armação. Pensou nisso?
Coço a cabeça.
– Pra dizer a verdade, por volta das três horas da madrugada, a hipótese me ocorreu.
– Como é que ele poderia entrar no quarto se ela não lhe tivesse dado uma chave? – ele pergunta retoricamente. – Tive clientes que podiam abrir uma fechadura com uma faca de manteiga, mas você ou eu seríamos capazes dessa proeza?
Olho fixamente para o chão.
– Por que ela me escolheria? – pergunto. – Não tenho dinheiro.
Dan abre as mãos como se fosse um mágico depois de fazer um pombo desaparecer.
– Mas recentemente você defendeu alguns casos que lhe renderam certa notoriedade. Conseguiu absolvições consagradoras por todo o estado no ano passado. E não se esqueça da matéria publicada a seu respeito no *Arkansas Times* não faz nem um mês.
Deveria ter aparecido na capa, mas fui rebaixado para uma página interna. Os editores devem ter achado que não estou com

essa bola toda como o repórter que lhes vendeu a idéia os fizera acreditar. Bastaria verificar como foram irrisórios os honorários que meus clientes me pagaram. De qualquer maneira, a edição será uma boa recordação para Sarah.

– Não acredito, sinceramente, que Lydia esteja envolvida na extorsão – digo, tentando me lembrar de algum indício no seu comportamento que pudesse comprometê-la e que eu teria certamente percebido. – Ela me parece uma dessas vítimas típicas de violência doméstica.

Dan coloca as mãos atrás da cabeça e boceja, aparentemente pouco impressionado com meu testemunho.

– Você vai ficar sabendo dentro de muito pouco tempo.

Às onze, Julia me avisa que a sra. Kennerly está no escritório e deseja falar comigo. Vou até a recepção e encontro Lydia de pé, entretida, apreciando uma de nossas gravuras. Ela está usando um vestido turquesa informal que esconde sua silhueta, como se o simples fato de ter tomado uma ducha quente e trocado de roupa pudesse apagar os acontecimentos da noite anterior. Quem dera fosse tão fácil assim! Ela também parece não ter dormido grande coisa, mas não noto nenhuma contusão.

– Como vai? – pergunto, procurando ler sua fisionomia.

– Preciso lhe falar em particular – ela murmura sem mesmo olhar para mim.

– Acompanhe-me à minha sala – digo, esperando que Julia, que é muito bisbilhoteira, esteja ocupada ao telefone e não tenha ficado muito curiosa com essa súbita aparição. Geralmente, mas não desta vez, Julia funciona como uma espécie de sistema de alarme e é capaz de farejar encrenca a um quilômetro de distância. Sobrinha do proprietário do edifício, rotineiramente vem trabalhar vestida como uma garota de programa vulgar e normalmente desconta as frustrações do seu trabalho em cima dos advogados que serve. Hoje, ela está usando um vestido tão pouco sexy quanto o de Lydia. Ao abrir o caminho que leva à minha sala, me dou conta de que vou culpar todo mundo que encontrar esta manhã pelo que aconteceu ontem à noite.

De volta ao meu escritório, Lydia senta-se de frente para minha mesa e me encara resolutamente.

– Ele quer dez mil dólares pelas fotos e os negativos – ela diz, sem perda de tempo. – Se não receber o dinheiro até as cinco horas da tarde de hoje, ele contestará o divórcio em juízo e moverá uma ação por quebra de ética contra você. Ele me pediu para lhe dizer que se não receber o dinheiro, passará o resto da vida lutando para que seu diploma seja cassado.

Sinto minha cara despencar ao ver confirmados meus piores temores.

– Acredite se quiser, mas chantagem é crime – digo, controlando-me para manter minha voz calma. Idiota que sou, ainda não sei se ela é meramente a mensageira ou a má notícia. – Não posso ser conivente com uma coisa dessas.

– Como pode ficar sentado aí – ela diz, a raiva pontuando o tom de sua voz a cada palavra que pronuncia –, pensando só em você? Além de mostrar as fotos a qualquer um na rua que se interesse em vê-las, ele diz que irá procurar minha tia hoje à tarde se não tiver nenhuma notícia minha. Isso simplesmente a matará! Você se aproveitou de mim ontem à noite, Gideon.

Olho para meu calendário, tentando me lembrar de quanto dinheiro posso dispor. Sei que tenho três mil dólares depositados numa conta destinada a pagar meus impostos estimados trimestralmente, e talvez uns cinco mil de um seguro que fiz quando prestei serviços ao condado, mas não teria condições de levantar todo esse dinheiro até as cinco horas. Tenho algum dinheiro numa conta separada para cobrir despesas de estudo e manutenção de Sarah no seu último ano colegial antes de ir para a universidade, mas não posso tocar nessa poupança.

– Por que a pressa? – pergunto, fingindo uma descontração que não sinto. – Ele tem de pegar algum avião?

O rosto de Lydia transfigura-se numa máscara de ódio.

– Ele não está brincando! – ela grita. – Ele fará o que está dizendo. Não estamos lidando com um ser racional. Sei que você pensa isso, mas ele não é.

Percebo pânico genuíno nos seus olhos, mas talvez esteja projetando o meu pânico nela. Sinto que estou começando a suar abundantemente por baixo da camiseta.

– Não sei se vou poder levantar tanto dinheiro antes das cinco.

Como um *bookmaker* que está começando a perder a paciência, ela diz asperamente:

– Ele não vai barganhar com você, e eu não tenho um centavo!

Era isso o que eu receava. Para ter tempo para pensar, tiro da gaveta uma calculadora de bolso e começo a fazer toda sorte de operações. Estico meu crédito ao limite máximo no meu banco. O que diria à Sarah se mexesse na sua poupança? *Seu velho é muito pior do que você pensa. Não olho apenas para minhas clientes...* Sinto-me tão nauseado quanto ontem à noite.

– É, acho que posso dar um jeito.

Seu rosto, tão suave ontem, agora parece de granito.

– Leve o dinheiro à nossa casa hoje à tarde, e ele assinará o que você quiser e nos dará as fotos e os negativos.

Minha voz está tão tensa que mal consigo falar. Quando ela se levanta, pergunto:

– Você as viu?

Ela suspira, deprimida.

– Somos nós mesmos, não tenha dúvida. Não creio que você queira que sua filha veja essas fotos.

A menção do nome de Sarah me deixa transtornado, mas ela está certa, naturalmente. Acompanho-a até a saída, atordoado. Era como se ela fosse uma médica indo à casa de um paciente para dizer-lhe que só lhe restam alguns dias de vida. Nenhum de nós diz uma palavra quando o elevador fecha a porta na minha cara. Faço o melhor que posso para disfarçar meu mal-estar e recompor minha fisionomia, mas Julia não é facilmente enganada.

– Pela sua aparência, até parece que essa mulher veio lhe dizer que vai presenteá-lo dentro de alguns meses com um Gideonzinho

— ela diz maliciosamente, reassumindo sua função, agora que é tarde demais.

Não confio em mim para falar, ultrapasso-a apressadamente no corredor e entro no escritório de Dan. Ele está falando ao telefone. Sento-me, inclino-me para frente e coloco a cabeça entre as pernas. Dan não tem dinheiro nem para pagar seus impostos este ano, senão era capaz até de lhe pedir algum emprestado. Minha cabeça gira, estonteada, enquanto tento pensar inutilmente em quem poderia me ajudar a pagar as despesas de Sarah. Somos todos uns tesos neste andar, penso amargamente. O público pensa que os advogados são ricos; todos que conheço queixaram-se recentemente de que tiveram um trimestre apertado. O nome de John Upton me vem à mente. Dou um pulo, corro para meu escritório e procuro o nome dele no meu fichário, mas quando lhe telefono, a secretária de sua corretora de seguros informa que John e sua mulher estão fazendo canoagem no rio Colorado. Desligo e estou folheando o fichário quando Dan entra esbaforido e pergunta:

– Que diabo aconteceu?

Olho para o chão e digo, ouvindo minha voz como se ela viesse do fundo de um poço:

– Ele quer dez mil dólares até as cinco horas de hoje, ou o ventilador vai começar a espalhar a merda.

Dan senta-se tão pesadamente na cadeira em frente à minha mesa que tenho a impressão de que a quebrou. Ele assobia.

– E você tem essa grana toda?

Sinto meus olhos ficarem congestionados, e grasno.

– Se contar com o dinheiro da poupança de Sarah para seus estudos.

Dan não diz nada momentaneamente, e depois comenta:

– Esse cara está querendo que você entre em pânico.

Enxugo os olhos. Enfrentei tempos difíceis com Dan, mas nunca chorei na sua presença. Devo parecer um idiota tão grande quanto me sinto.

– Ele está indiscutivelmente fazendo um bom trabalho – digo com voz débil.

Dan segura as laterais da cadeira com força, fazendo-a gemer.

— Quem são essas criaturas que baixaram na sua vida? De onde elas vieram? Você tem de descobrir isso. Esse cara pode estar sendo procurado pela polícia em dez estados. Ela também. Vou ligar para o Renny. Me dê o processo. Ele pode dar uma verificada nesses dois.

Renny O'Connor é um policial em quem ambos confiamos, e, ao contrário da metade da cidade, ele não vai dar com a língua nos dentes.

— Ele não vai descobrir nada até as cinco horas — digo, mas entrego a Dan a pasta de Lydia que está na minha mesa.

Quando Dan se levanta, alguém bate na porta:

— Quem é? — pergunto, tentando eliminar a irritação do meu tom de voz. Além de estar enterrado até o pescoço nesse show de horror, tenho de apresentar um sumário ao tribunal de apelação amanhã em que mal comecei a trabalhar.

Sarah abre a porta e pergunta:

— Pai, você esqueceu o compromisso de hoje?

Olho para meu relógio. Tinha prometido a Sarah levá-la para almoçar num restaurante bacana no seu último dia antes de voltar para Fayetteville para renovar sua matrícula.

— Não — digo, forçando um sorriso. — Estou pronto. Só estava esperando você.

Dan se desculpa, dizendo que está muito ocupado para nos acompanhar quando faço de conta que o convido. Escondendo a etiqueta da pasta de Lydia com sua mão direita, ele se encaminha para a porta, conseguindo não chamar a atenção de Sarah. Tento me levantar, mas caio como uma pedra na cadeira e peço-lhe para fechar a porta.

— Que está acontecendo, papai? — ela pergunta. — Você está com uma aparência péssima. A Julia me contou que tinha estourado alguma coisa no caso Kennerly, mas não me disse exatamente o quê.

— Sente-se — digo-lhe, com a voz trêmula. Há muito pouco tempo para esconder-lhe o fiasco. — Fiz uma coisa horrível.

– O que foi? – ela pergunta, sentando-se na cadeira que Dan ocupara. Começa a torcer os viçosos cabelos encaracolados, marca registrada de sua inquietação interna. Ela me lembra tanto sua mãe que chego a sentir falta de ar.

Não consigo olhar para ela e pego uma caneta, começando a rabiscar o bloco de apontamento à minha frente.

– Pai, o quê? – Sarah pergunta, levantando o tom de voz. – O que foi que você fez?

Desenho uma câmara rudimentar. Como racionalizar uma coisa dessas? Digo-lhe que estava me vingando de Angela? Ou que me sentia só e estava meio bêbado? Que sou uma pessoa fraca e irresponsável que não merece um diploma de advogado?

– Ontem à noite fui a um hotel onde Lydia Kennerly estava hospedada e acabei indo para a cama com ela, sendo flagrados pelo marido dela, que entrou intempestivamente no quarto e começou a tirar fotografias de nós dois.

Sarah não contém um grito.

– Ó pai, não!

– Não fui lá com essa intenção – digo, tentando me defender.

– Ela estava muito assustada e queria conversar.

Os olhos de Sarah encheram-se de lágrimas.

– Como foi capaz de fazer uma coisa dessas, pai?

Pela segunda vez nos últimos minutos, começo a chorar.

– Não sei – digo, com a voz entrecortada. – Sinto muito.

Sarah encolhe-se na cadeira e abaixa a cabeça. Nunca mais serei o mesmo aos seus olhos.

– Que aconteceu depois disso? Tem como reaver essas fotografias? – ela pergunta, aflita.

Desenho um cifrão acima da câmara.

– Se pagar dez mil dólares até as cinco horas da tarde.

– Você não tem esse dinheiro todo. Além do mais, isso é chantagem – minha filha diz, com o rosto congestionado. – Isso está errado!

– Terrivelmente errado – concordo, sentindo-me deprimido como nunca me senti desde a morte da mãe dela. – Mas se eu não fizer o que ele está exigindo, a sra. Kennerly diz que seu marido passará o resto da vida tentando fazer com que minha licença de advogado seja cassada. E não é só isso. Ela tem uma tia que está muito doente, a quem ele ameaça mostrar as fotografias. Diz ainda que vai espalhá-las por toda a cidade.

Sarah põe as mãos no rosto, e noto que ela pintou as unhas com o mesmo vermelho vivo do corpo de bombeiros, uma das cores preferidas de sua mãe. Quando saíamos, típica latina que era, Rosa tirava do armário seus sapatos salto dez, brincos e anéis, e se transformava numa sofisticada modelo que não tinha nada a ver com a enfermeira que chegava à casa exausta depois de um plantão agitado. Ela me mataria se eu tivesse entrado numa fria dessas no seu tempo.

— Ela telefonou para você? — Sarah pergunta, pegando um lenço de papel numa caixa em cima da minha escrivaninha.

— Foi — respondo —, mas eu não devia ter ido. Já tinha me esquivado uma vez.

Sarah assoa o nariz, produzindo um barulho indelicado que nos teria feito rir em outras circunstâncias.

— Pai, será que você não percebe? — ela pergunta enfaticamente. — Essa mulher lhe armou uma cilada.

— É isso o que o Dan pensa. Não tenho tanta certeza. — Será que o meu ego não me permite admitir que eles têm razão? Eles não sabem nada a respeito dessa mulher, mas o que me leva a pensar que eu sei? Por que não aceito simplesmente que sou o maior imbecil da paróquia? Não resta a menor dúvida de que agi como um consumado cretino. Ego? O meu será a última coisa a morrer em mim. Sou capaz de ouvir o agente funerário dizendo à minha filha: Sarah, ele não cabe no caixão. Vamos ter de enterrá-lo em duas partes.

— Está na cara que foi uma armação — Sarah insiste. — Provavelmente, fizeram isso antes com outros infelizes.

— Você não pode ter certeza — digo, com pouca convicção, pensando no comentário de Dan. Nunca a ouvi falar com tanto cinismo. Até então, sempre se mostrou insuportavelmente idealista. Talvez não a conheça tão bem quanto suponho.

— Ela não está se oferecendo para pagar um centavo sequer dessa grana, não é verdade? — Sarah adivinha.

Sacudo a cabeça.

— Ela alega que não tem dinheiro.

Sarah abaixa a cabeça e após longo silêncio diz, com voz enérgica:

— Por que não mexe na minha poupança para a universidade, pai? Não morrerei se tiver que adiar meus planos por um ano. Tenho um emprego novamente, e provavelmente poderei obter um empréstimo estudantil.

Começo a chorar de novo. Não consigo evitar. Levanto-me, dou a volta na mesa, encontramo-nos no meio da sala e ela me abraça, batendo nas minhas costas como se eu fosse uma criança pequena. Não sei o que fiz para merecer uma filha como essa menina. Nada, obviamente.

— Obrigado, querida — digo, sentindo-me reconfortado. — Se conseguir sair dessa — digo com convicção —, será uma lição que jamais esquecerei.

Em vez de concordar, Sarah acena com a cabeça, parecendo desligada, como se fosse uma promessa que não espera que eu cumpra.

Em vez de ir almoçar com minha filha para comemorar seu último ano na universidade, vou ao meu banco e retiro de duas contas US$ 10.000 em notas de cem dólares. Ao sair do elevador com minha pasta cheia de dinheiro, sinto-me como se fosse um traficante de drogas. Dan me encontra na porta e me leva de volta ao seu escritório.

— O Renny não conseguiu descobrir nada sobre eles, mas disse que deveríamos ficar de pé atrás — ele diz antes que eu me sente.
— Comentou que armações como essa não são raras. Com certeza, você já ouviu a velha piada: quando Deus descansou no sétimo dia,

o Diabo apareceu vindo não se sabe de onde e tentou chantagear o Senhor. É o segundo crime mais antigo do mundo.
Ri, mas a pressuposição de que sou um otário começa a me encher.
Dan acrescenta:
– O Renny deu a entender que gostaria de atuar no caso em caráter oficial. Adoraria ferrar esse casal de pilantras. Duelo das Câmaras Ocultas. Não creio que queira ver esse filme. Conto o dinheiro, embora o tenha verificado havia cinco minutos. Ele me deixa nervoso.
– Acho que dispensarei o oferecimento desta vez – digo. – Telefonarei para ele mais tarde e direi o que está acontecendo.
Dan consulta um bloco em cima da mesa.
– Telefonei para o foro da Carolina do Norte, e o escrivão com quem falei me disse que os dois são de fato casados.
Tenho vontade de dizer que não está inteiramente afastada do terreno das possibilidades a hipótese de essa mulher ter sentido qualquer coisa por mim, mas posso antecipar o olhar de gozação que Dan me lançará. Menciono minha conversa com Sarah, e ele comenta:
– Considere-se um cara de sorte. Não é qualquer filho que seria tão compreensivo.
– Você tem razão – digo e mordo a língua, contendo-me para não lembrar a Dan quantas vezes ele quebrou a cara. – Aprecio a força que você está me dando. – Não faz muito tempo o assisti profissionalmente num tribunal municipal, quando ele admitiu o furto de bugigangas numa loja. Presumindo que vou sair dessa hoje à tarde, minha reabilitação vai ser longa.

Paro em frente à casa alugada de Lydia na zona sudoeste da cidade, um bairro operário sem árvores nem trânsito, às três e meia, não conseguindo aguardar até as cinco horas. Sua grama está precisando ser aparada, e a fachada da modesta estrutura de madeira está pedindo uma boa mão de tinta. Não creio, entretanto, que os dez mil dólares que tenho na pasta vão contribuir de alguma forma para uma guaribada geral. Presumo que Al Kennerly chegará a qualquer momento, pois não vejo seu carro. Vai ver, ela está me reservando uma surpresa como uma festa de aniversário antecipada, com Al, Sarah e Dan esperando atrás de um sofá para caírem em cima de mim. Para seu crédito, Dan ofereceu-se para vir comigo, e eu teria deixado, mas Lydia foi logo advertindo que Al, como era de supor, tinha decretado que não haveria convidados. Trago comigo um acordo de divisão de bens e uma concessão de divórcio para eles assinarem. Para um casal com tão poucas posses, o divórcio é bastante dispendioso.

Lydia, ainda com o vestido informal com que apareceu no escritório, abre a porta e olha para a rua, como se esperasse que eu viesse acompanhado de um fotógrafo para registrar o infeliz desfecho das negociações.

– Trouxe o dinheiro? – ela pergunta, com o rosto parcialmente velado pela tela de arame da porta.

Balanço minha pasta contra a tela, ela destrava a porta e me deixa entrar.

– Terei de conferir o dinheiro – ela diz pragmaticamente, com voz enérgica.

Passo por ela e fico surpreso com o despojamento da sala, parecendo não estar sendo usada, cuja única mobília consiste em um monstruoso sofá verde, uma mesinha e um abajur. Há algumas cortinas, mas não se vêem quadros nas paredes nem tampouco livros, lembranças, ou objetos de qualquer espécie. O aspecto é de uma casa cujos ocupantes estão de mudança. Tenho minhas dúvidas se Lydia Kennerly chegou a morar aqui. Pergunto:

– Quando é que ele vai chegar?

– Não se preocupe, ele virá – diz Lydia, tomando-me a pasta e sentando-se no sofá.

– Que fim levou o resto desta sala? – pergunto, observando atentamente seu rosto quando ela começa a contar o dinheiro.

– Ele levou alguns móveis hoje de manhã – ela diz sem me olhar.

De repente, tenho a impressão de que seu marido está na casa e sinto um arrepio na espinha. Como ele não estava armado ontem à noite, e saiu disparado do estacionamento, como se estivesse com medo de mim em vez de ser o contrário, não me preocupei quanto à minha integridade física, mas subitamente me dou conta do risco que estou correndo. Olho em volta da sala, para fora das janelas, e quando me viro para perguntar-lhe onde ele está, eis que ele surge na soleira da porta que dá para os fundos da casa. De jeans, uma camiseta preta e mocassins, está com as mãos nos bolsos de trás das calças. Digo a mim mesmo que não faria muito sentido ele me matar, mas, tendo em vista minha recente performance, não creio que meu raciocínio seja confiável.

– Está tudo aí, Lydia? – ele pergunta, aproximando-se do sofá sem tirar os olhos de mim.

– Ainda estou contando – ela responde, em voz baixa. – Por favor, relaxe. Estou quase terminando.

– Se mentir para mim, Lydia, sabe muito bem o que farei.

Enojado com a presença do asqueroso indivíduo e querendo acabar logo com a humilhante situação, entrego-lhe os documentos que tenho nas mãos desde que entreguei minha pasta à Lydia.

– Vai ter de assiná-los.

Em vez de lê-los com atenção, ele se limita a passar os olhos superficialmente, e fica mais do que evidente que o casal está agindo de comum acordo, os dois estão envolvidos na tramóia. Foi realmente um golpe cuidadosa e minuciosamente preparado, penso com meus botões, lembrando-me do nosso primeiro encontro. Isso tudo é efetivamente uma tremenda armação. Sou o maior "panaca" que já veio ao mundo.

Ficando cada vez mais indignado, observo Al tirar uma caneta do bolso e assinar displicentemente na última página, na linha onde Julia datilografou "Aprovado". Provavelmente, ele assinou dúzias de documentos semelhantes no ano passado. Terminando de conferir o dinheiro, Lydia diz com voz teatral:

– Agora, Al, entregue-nos a câmara, as fotografias e os negativos.

Aproximo-me de minha pasta, arranco-a bruscamente das mãos de Lydia e começo a enfiar meu dinheiro dentro dela.

– Nada feito – grito, colérico. – Estou pouco me lixando com o que vigaristazinhos da sua laia possam fazer.

Lydia tenta inutilmente segurar a pasta, acabando de me convencer de sua cumplicidade com o marido na audaciosa trama.

– Ficou maluco?! Ele vai fazer tudo o que disse.

– Fique certo disso – Al rosna, fechando a mão direita. Não arredo o pé de onde estou, duvidando que ele tente me agredir, mas preparado para levar um soco e revidar com outros. Não tanto por medo de mim. É que simplesmente minha reação não estava prevista no seu roteiro. Surpreendi-os.

Como um garoto que se chateou e resolveu acabar com o jogo, retirando suas bolas de gude do chão de terra, encaminho-me para a porta sem dizer outra palavra. Al, como supus, não fez a menor menção de me seguir. Esse tipo de meliante não quer problemas com a lei. Ao bater a porta atrás de mim, ouço Al gritar, histérico:

– Você vai ver sua bunda exposta pelas esquinas da cidade ainda hoje, seu doutor!

Ao pôr os pés na calçada, exultante antes de começar a me preocupar, digo a meia voz:

– Há uma semana que a vejo todos os dias, seu filho-da-puta, portanto trate de mostrar seu melhor flagrante!

Volto para o escritório dirigindo devagar devido ao trânsito pesado de fim de tarde e aos muitos trechos em obras. Quando paro num sinal luminoso, vejo um homem da minha idade no Buick ao lado, que obviamente está a caminho de casa depois de um dia frustrante, a julgar pela expressão carrancuda do seu semblante. Olho no espelho retrovisor e vejo a mesma expressão. Estou desafiando o Destino. Por que me neguei a entregar o dinheiro a eles, por que não colhi as assinaturas, peguei as fotografias e dei o caso por encerrado? Rompante autodestrutivo, ego, ultraje, vulgaridade? Sinto que não tenho certeza. Começo a relaxar, sabendo que fiz a coisa certa. Se ignorância é bem-aventurança, devo ser o homem mais feliz do universo. Sigo em frente, pensando como Bill Clinton se levanta da cama todas as manhãs.

PÓS-ESCRITO

A primeira pessoa que leu "O Divórcio", uma colega minha, advogada de carreira que presta serviços legais comigo no Centro de Assistência Jurídica de Arkansas, confessou-me ter ficado frustrada com o seu desfecho. Achou que a volta inesperada que dei no final da história possivelmente levará os leitores a subestimar a verdadeira dimensão da violência doméstica na nossa sociedade. Certamente não é minha intenção que alguém seja induzido a pensar isso. Ao contrário, depois de vinte e cinco anos defendendo mulheres vítimas de agressões físicas e psicológicas de seus parceiros, e recebendo parte do treinamento a que Sarah, na minha história, gostaria que seu pai se submetesse, estou convencido de que a maioria de nós ignora a natureza e as verdadeiras proporções dos maus-tratos infligidos a mulheres e crianças pelo mundo afora. Sem dúvida, como representante do sexo masculino criado no Sul do país, dominado pela segregação imposta pelo homem branco, tive de percorrer ínvios caminhos ao longo de minha jornada.

– GRIF STOCKLEY

Nossos pais costumavam dizer que "os impostores nunca prosperam", mas nunca acreditamos nisso, não é mesmo? Nesta história, Steve Martini explica por que, ao nos apresentar a Harvey, o supremo impostor. É possível supor que alguém com a extraordinária capacidade de Harvey para trapaça pudesse um dia encontrar um antagonista à sua altura?

JUSTIÇA POÉTICA
Steve Martini

Harvey era um advogado inescrupuloso,
um cínico, da ética um destruidor.
Adquiriu seus vícios precocemente,
como aprendiz de feiticeiro se iniciando.
No colégio os deveres copiava antes das aulas,
e dos colegas colava para passar nas provas.

Por que ter escrúpulos?, perguntava-se,
pois, afinal, mau aluno não era.

Em suas remotas origens genéticas,
Harvey descobriu uma senha milagrosa.
Nascera com a bossa da mistificação,
dom fenomenal, imbatível vocação.
Nos sombrios subterrâneos do ser,
um filão de desonestidade se escondia.
Não vinha de seu pai ou de sua mãe,
sua tia ou tio, ou qualquer outro parente.
Todos eles eram humildes barnabés,
da causa pública diligentes servidores.
Com as contas a pagar se preocupavam e
muito pouco ganhavam.
Para Harvey eram espoliados trabalhadores.
Ele era diferente. Não era tolo.
Sabia como o mundo funcionava,
aprendera a ser esperto.

A SUBIDA

Aos doze anos, Harvey já exibia a beleza agressiva de um predador – alto e vistoso, seus traços pareciam esculpidos –, cedo começou a ser disputado pelas garotas no colégio. Com relação ao belo sexo, entretanto, Harvey sempre priorizava a massa cinzenta. Quando encontrava um corpo bem-feito e um rosto bonito, considerava-os generosas bonificações. Mas uma boa cabeça permitia a Harvey copiar os deveres da garota, e olhar por cima do seu ombro nas provas, sem maiores problemas. Como um marinheiro em cada porto, Harvey tinha uma garota em cada classe.

Manteve o desempenho na universidade e na faculdade de direito, onde as coisas se revelaram um pouco mais difíceis. Agora as provas não consistiam mais em questões de múltipla escolha ou simplesmente ticar o certo ou o errado. Agora exigiam a originalidade de um ensaio, Harvey tinha de se expressar com suas próprias palavras e de maneira substancialmente diferente dos outros, para não ser pilhado.

Mas Harvey não esquentou. Harvey nunca esquentava. Confiava em velhos talentos e num gênio inato para a trapaça, o embuste, que pareciam aflorar naturalmente do seu âmago.

Harvey engrenou um relacionamento com a secretária do reitor, uma moça da sua idade, mas que não estava fazendo o curso de direito. Os dois pareciam gostar muito um do outro, sobretudo ele. Afinal, ela possuía a combinação do cofre do reitor, onde eram guardadas as questões das provas, juntamente com as respostas-padrão preparadas pelos professores. Sem precisar estudar, Harvey foi acumulando créditos. Para que perder tempo? Em menos de três anos ele se diplomou com louvor, disse adeus à secretária e foi em frente.

Agora Harvey precisava enfrentar o exame de proficiência para ser licenciado como advogado e poder exercer a profissão. Isso não era proeza das mais fáceis para quem nunca estudara desde os bancos escolares e nunca obtivera uma nota por meios lícitos. De que adiantava um diploma de advogado se não podia usá-lo para ganhar dinheiro? Somente 50 por cento dos candidatos ao exame geralmente passavam na primeira tentativa. Harvey não tinha a menor intenção de perder tempo fazendo o exame mais de uma vez. Além disso, os cursos de revisão e atualização eram longos e tediosos. Custavam dinheiro e não ofereciam garantias de aprovação. Harvey queria contar com uma coisa certa.

Para isso contratou um investigador particular, um indivíduo desprezível chamado Jersey Joe Janis. Jersey Joe tinha pernas finas, barriga de bebedor de cerveja e um queixo triplo. Era um físico que Harvey achava engraçado, algo no gênero de Ichabol Crane, com uma gravata manchada e uma pança apertada sobrando por cima do cinto.

A especialidade de Joe era seguir homens casados em sórdidos motéis e tirar fotografias para esposas ansiosas. Seus serviços custaram a Harvey apenas uma fração do preço de um curso de revisão e lhe garantiram a certeza de ser aprovado no exame.

Fazendo-se passar por funcionário da companhia de gás, devidamente uniformizado, Janis visitou uma pequena tipografia no centro da cidade. Com ar grave, disse ao proprietário que tinham chegado informações à companhia de um perigoso vazamento. O tipógrafo e seus empregados teriam de evacuar o prédio, mas apenas por alguns minutos. O vazamento era um pouco mais adiante do quarteirão. Contudo, como medida de precaução...

Jersey Joe precisou somente de dez minutos para afanar um jogo completo das questões do exame, juntamente com as respectivas respostas-padrão. Harvey tinha descoberto o calcanhar-de-aquiles do conselho regional da Ordem dos Advogados. Todos os anos o conselho recorria aos serviços do mesmo impressor, parente de um dos conselheiros. Afinal, não é assim que todo mundo vai para frente?

Harvey passou no exame na primeira tentativa. Estabeleceu sua banca de advocacia no centro da cidade e especializou-se num campo para o qual parecia ter aptidão natural – direito criminal.

Harvey jamais compreendera exatamente por que, mas por alguma estranha razão tinha especial empatia pelos acusados de crimes, e gravitava em torno deles quase compulsivamente. Entendia perfeitamente suas perversas motivações e lógica deformada, apesar de muitas vezes escarnecer das bisonhas maquinações que os faziam cair nas malhas da lei. Era por isso, naturalmente, que eles contratavam Harvey.

Jersey Joe provara ser muito eficiente, e por isso Harvey logo encontrou outras áreas onde aproveitar suas aptidões. Para ser específico, no gabinete do promotor público do condado. A lei facultava a Harvey o que chamava de "descoberta" formal. Esse dispositivo legal obrigava o estado a franquear o acesso a todos os documentos e provas que pretendia usar contra os clientes de Harvey em qualquer processo criminal. Mas Harvey não se contentava com isso, queria mais. Queria uma vantagem que seus concorrentes não tivessem. Queria ter acesso à teoria do promotor do processo, a informações privilegiadas que fossem produto do trabalho da outra parte. Queria cópias de suas anotações e correspondência confidencial, e os nomes de suas testemunhas antes que suas lembranças dos acontecimentos se apagassem, enquanto Harvey ainda pudesse captá-las.

Jersey Joe foi investido nas funções de vigia noturno. Plantou dispositivos de escuta nos gabinetes dos procuradores auxiliares e arregimentou rapazes de boa aparência para seduzir as secretárias da promotoria pública. Ao som de arrulhos e gemidos em sofás e tapetes felpudos ardendo em brasas, reviraram tudo à procura dos segredos da procuradoria, e forçaram seu pessoal a obter informações confidenciais.

Em pouco tempo, Harvey ficou sabendo o que os promotores estavam pensando, antes que eles mesmos soubessem. Rapidamente constituiu um acervo espetacular de vitórias nos tribunais, destruindo sistematicamente as provas apresentadas pela Procuradoria e confundindo suas testemunhas com depoimentos inconsistentes prestados anteriormente.

Promotores que não conseguiam derrotá-lo começaram a propor acordos, abrindo mão de processos, dando cambalhotas como cães amestrados num palco. Harvey tornou-se um astro nas salas dos tribunais e começou a se expandir. Passou a aceitar causas cíveis envolvendo muito dinheiro, chamando a atenção de outros advogados. Alguns chegaram a medir as chances de um eventual confronto, mas não gostaram das projeções. Usando Jersey Joe, e sem que seus adversários suspeitassem, Harvey estava vasculhando seus arquivos e grampeando seus telefones.

Reconhecendo os méritos de Harvey e sobretudo sua espantosa intuição nos julgamentos, os juízes começaram a lhe dar mais espaço nas salas dos tribunais. Harvey aprendeu que no desempenho de suas atividades advocatícias a reputação adquirida em função de muitas causas bem-sucedidas tem um valor inestimável. Isso e um pouco de autopromoção, em que era mestre, levavam a maioria de seus opositores à lona. Harvey tornou-se conhecido como o profissional que fazia seu dever de casa. O que os outros não sabiam é que ele era feito por Jersey Joe.

Harvey ingressou na sociedade emergente. Convidado a se associar a uma grande firma de advocacia, passou a lidar com uma clientela inteiramente nova, gente da alta-roda, que fazia questão de ser atendida por ele nos elegantes escritórios de um arranha-céu na K Street. De repente, viu-se cortejado por poderosos lobistas e altos executivos das grandes corporações. Indiscutivelmente Harvey tinha chegado lá.

Encontrava-se com Jersey Joe às escondidas,
fora do escritório e fora das vistas.
O homem não se enquadrava no novo esquema de Harvey,
entre clientes arrogantes e sócios
que eram pedantes.

Janis não atinava por que Harvey
se tornara tão distante.
Embora magoado, não era persistente,
não se fazia de rogado.

Janis Joe era um homem que sabia dar valor ao tempo, esperto como ninguém embora não desse por ele um vintém.

Durante sete anos, Harvey levou uma vida charmosa, freqüentando os melhores ambientes, convivendo com gente chique. A faculdade de direito onde se formara fraudulentamente nomeou Harvey professor *honoris causa*. Recebeu um convite, uma indicação para um cargo na magistratura, honraria de que ele declinou magnanimamente. Afinal, de que serviria Jersey Joe nessas altas esferas?

Em qualquer reunião, a reputação de Harvey como advogado fora de série o precedia, até que uma noite ele galgou o mais alto dos degraus.

Depois de generosas contribuições para a campanha, chegou a época das eleições e Harvey conheceu pessoalmente o casal presidencial. Não demorou muito, e uma noite surpreendeu-se roncando no Quarto Lincoln – na qualidade de *um amigo da família*.

Agora ele podia incluir entre seus patronos o homem mais poderoso da terra. Harvey foi nomeado para comissões de alto nível e tornou-se conselheiro dos poderosos. Tamanha era sua fama que foi convidado a acrescentar seu nome à lista de sócios de uma firma de advocacia ainda mais influente, onde membros aposentados do Gabinete, depois de pendurarem suas chuteiras como homens públicos, faturavam uma nota preta advogando. Na porta do seu escritório lia-se:

Harvey do Conselho

*Só aparecia nos casos importantes
em que as apostas eram altas e os clientes ases.
Todos eles da mais alta reputação,
executivos dos primeiros escalões com "pára-quedas dourados".* *

---

* Indenizações, vantagens excepcionais oferecidas em troca de aposentadorias antecipadas.

Todavia, em todos os casos que Harvey assistia, era com as habilidades de Jersey Joe que ele se promovia.

O CRIME

O mundo veio abaixo por causa de um talão de tinturaria que se extraviara. Foi no início de uma tarde de domingo que Harvey recebeu o telefonema. Havia um problema urgente. Era a Casa Branca. Parece que o presidente estava precisando da ajuda de Harvey.

Eles se encontraram atrás das grades de ferro pretas com suas pontas de lança, no gramado sempre caprichosamente aparado, mas agora coberto por um lençol de neve. Na grande casa branca os dois tiveram um *tête-à-tête*, Harvey e o grande homem. Ele foi conduzido ao santuário interno e convidado a sentar-se num sofá em frente a uma lareira crepitante no grande salão elíptico.

– Café ou chá?

Harvey declinou polidamente.

– Quem sabe alguma coisa mais forte? – perguntou o presidente.

Harvey sacudiu a cabeça. Queria ir direto ao assunto.

Os problemas presidenciais não eram mistério para quem acompanhasse o cenário político nacional. Os principais problemas tinham começado não com um ato isolado, mas sim com uma série de acontecimentos. Qualquer um deles analisado em separado era quase risível, mas juntos corroíam seriamente a credibilidade presidencial, assim como os ventos glaciais erodem os *canyons*.

Quando Harvey foi convocado, havia quem falasse no Congresso de "graves delitos e transgressões", a linguagem do *impeachment*.

Alguns diziam que ele usara recursos da Receita Fiscal
  para fins políticos ambíguos,
  especificamente para neutralizar
  aqueles que não eram seus amigos.

Outros sustentavam que ele estava fazendo uma devassa
em pilhas de cadastros pessoais,
e perguntavam-se o que os seus estavam fazendo
espalhados pelos salões da Casa Branca.
Havia boatos de abusos de campanha
e lavagem de dinheiro,
uma lista de escândalos tão incríveis
que o presidente os tachava de desprezíveis.
Mas à medida que os meses passavam, transformando-se
numa eternidade,
não era preciso ser um arguto observador
para perceber que o presidente!
tinha um problema com a verdade.

Mas surgira outro escândalo.
Esse último era da pesada.
E o que ele mais queria agora
era um advogado para acabar com a marola.

Tudo levado na devida conta, o homem estava sem dúvida em maus lençóis. Mas o presidente era o repositório do poder da nação mais poderosa na face da terra. Obviamente, não era um amigo qualquer de se jogar fora, pensou Harvey. Certamente, estaria preso não fosse o fato de controlar habilmente todas as alavancas do poder.

Contava com um procurador geral que lhe dava ampla, total e permanente cobertura. Sempre que um escândalo chegava muito perto, ameaçando comprometer sua reputação, surgia um providencial advogado do governo, que se incumbia de achar um bode expiatório.

Culpavam os reis das negociatas
e os megamagnatas,
e tinham o desplante de dizer a todos nós
estar salvando as crianças de um destino atroz.

*Anunciavam programas a toda hora
e inventavam histórias para a mídia.
Faziam qualquer negócio
para desviar a atenção da perfídia.*

Para Harvey, se a habilidade de ludibriar a lei não fosse suficiente, o presidente tinha força pessoal para vir em seu socorro. Ele possuía o charme de um indivíduo habituado a fascinar as multidões, um sorriso desarmante e a mente astuta de quem enfrentara muitas tempestades políticas. Harvey sempre ficava pasmo com a habilidade incomum do homem em driblar o escândalo, geralmente passando por cima de outros, fazendo contorcionismos dignos de uma dançarina do ventre.

Harvey o admirava imensamente! Na verdade, eles se pareciam muito; tinham o mesmo tamanho e compleição, a mesma pele, podiam passar por irmãos. Uma afinidade que se evidenciara desde seu primeiro encontro numa concorrida recepção em que o presidente pareceu notar apenas a presença de Harvey. Dir-se-ia que, para ele, não havia mais ninguém no salão.

Harvey presumiu que tivesse sido seu magnetismo natural.

O presidente era alto e bem-apessoado, movendo-se com elegância e generosidade em função da grandeza que o cercava. Possuía a fluida animação de um papa, só que, ao cometer um pecado, dava absolvição aos outros.

Qualquer que fosse a acusação que pesasse sobre ele, seu ibope continuava em alta. A simpatia do público pelo homem fluía como água num regato murmurante.

Como freqüentador assíduo daquela imponente casa branca, Harvey podia aquilatar de perto a situação do homem.

*No exercício do poder adquire-se o tino
de executar variações da verdade no violino.*

*Ele era capaz de lidar com o escândalo,
fato ou ficção,
e mesmo quando arrasado jamais comprometia sua dicção.*

*Quando se via acossado,
dizia com insistência:
"Não houve nada, apenas uma pequena negligência."
"Erros foram cometidos, mas nenhuma lei foi violada."
Mesmo que não fosse crível, a frase era
muito bem sacada.
"Consultamos nossos advogados, e eles disseram
que a situação é normal.
Podemos ter chegado perto, mas não
avançamos o sinal."*

Inventadas por seus especialistas em malabarismos, essas evasões tornaram-se divisas de sua administração, como *Et Pluribus Unum* e *Em Deus Confiamos*. O que parecia ainda mais misterioso para Harvey era o fato de o povo aceitá-las. Quando ouvia o chefe de estado deitar falação, as desculpas brotavam como sedoso mercúrio da língua do homem. Harvey compreendeu por que o povo comia na sua mão como os pombos no parque.

As faces do presidente podiam facilmente se colorir de humor como se mesmo a mais grave acusação fosse motivo de hilaridade. Quando as coisas esquentavam e a necessidade impunha, ele assumia uma atitude de ofendida indignação, uma variação do tema:

*"Erros foram cometidos, mas
nenhuma lei foi violada."
Os responsáveis seriam aniquilados.

Advogados e funcionários caíam em desgraça,
à execração pública eram apontados,
em manchetes garrafais crucificados.
Não havia dúvida de que
Harvey tinha suas dúvidas.
O presidente porém jurava com ênfase
que era a expressão da verdade – ou quase.*

– Que tal um charuto? – O presidente abriu uma caixa e ofereceu um a Harvey. – Cubanos. Consigo-os em Guantánamo. Por baixo da cerca, como dizem.

– Obrigado, vou aceitar – disse Harvey, apanhando um na caixa.

– Apanhe mais alguns. Eles são pequenos.

Harvey serviu-se à vontade. O presidente já estava com o seu; acendeu-o e deu uma baforada. Aquele era o homem que recentemente se pronunciara com violência contra a indústria do fumo. Olhou para Harvey como se lesse seu pensamento.

– Os charutos não contam – ele disse.

Deram boas risadas, achando muita graça na tirada. Como os grandes homens costumam fazer. Dois homens do poder.

Dois anéis de fumaça pairaram como halos sobre a cabeça do presidente antes de se dissiparem lentamente. Poderia ser uma premonição do que estava por acontecer, caso Harvey estivesse prestando atenção.

Passaram a tratar dos assuntos em pauta, enquanto o presidente continuava a tirar longas baforadas do seu cubano legítimo.

– Com todos os problemas que já tenho, não preciso de mais nenhum. A propósito, podemos manter um relacionamento de advogado-cliente? – Ele perguntou, como se lhe tivesse ocorrido uma reflexão posterior, antes de lavar a alma.

Harvey garantiu-lhe que sim, que era um privilégio para ele.

– Ótimo. Só gostaria de ter certeza. Não gostaria de recorrer a advogados do governo. Não saberia em quem confiar. É um assunto sério, envolvendo inclusive a segurança nacional.

Harvey ergueu as sobrancelhas quando acendeu seu charuto.

– Requer muita discrição. Segredo total – disse o presidente.

– Compreendo – disse Harvey.

Depois de uma longa pausa e algumas baforadas de fumaça azul, sinal de considerável aflição, o presidente falou.

– Suspeito que um dos membros do meu gabinete está vendendo segredos de estado. Não tenho certeza qual deles. Preciso de alguém de fora que possa ser meus olhos e meus ouvidos. Alguém

JUSTIÇA POÉTICA

em quem confie e capaz de ir ao fundo dessa questão rapidamente. Não sei se ouviu falar, mas o FBI está um verdadeiro caos.
— Estou sabendo. — Se os serviços da agência fossem satisfatórios, o homem conversando com Harvey provavelmente estaria atrás das grades.
— Por que eu? — perguntou Harvey.
— Você tem demonstrado sobejamente nos tribunais possuir um sexto sentido para obter as provas de que necessita para ganhar as suas causas. É disso que preciso agora. Alguém que possa preencher todas as lacunas com a informação certa.

Harvey não podia ter certeza, mas por um segundo teve a nítida impressão de que o presidente piscara o olho para ele. Talvez fosse algum sinal mítico secreto, como o aperto de mão dos maçons ou a conversa cifrada dos *rappers*. Também podia ser simplesmente um tique nervoso. De qualquer maneira, Harvey não quis passar por matuto. Fez o que lhe pareceu natural. Piscou de volta, mas logo esfregou o olho, como se tivesse tido uma coceira repentina.

Imediatamente, o presidente sorriu. Era um sinal. Harvey tinha sido admitido na confraria.

— Quer dizer então que está disposto a me ajudar?

Como advogado, Harvey passara a vida inteira construindo seu nome. Como poderia se recusar sem prejudicar sua imagem?

— Fico satisfeito por ter encontrado um homem que tem noção do que seja o dever. — O presidente levantou-se de sua cadeira e apoiou firmemente sua mão esquerda no ombro de Harvey. Depois, com a mão direita, sacudiu a mão de Harvey três ou quatro vezes com entusiasmo, como se estivesse bombeando água do subsolo.

— Juntos, nós dois descobriremos esse espião. E se você for bem-sucedido — disse o presidente —, vai precisar de muitos talões de cheques para movimentar sua conta bancária.

A palavra talões parece ter trazido o grande homem de volta à terra, à crise com que se defrontava. Um talão, na verdade, foi que deslanchara a crise. O sumiço de um talão de tinturaria, para ser exato.

Tudo começara num dia de verão, um desses dias quentes e úmidos que fizeram a capital famosa. Começara na tinturaria do chinês Too Fu Waun. Um terno de casimira listrada de mil dólares perdera seu talão da tinturaria. O empregado que estava passando o terno viu um talão no chão e supôs o óbvio, pregando-o na lapela do paletó. O terno foi enviado ao dono de acordo com as indicações do talão, e recebido por um segurança do Capitólio, que prontamente o pendurou num cabide no vestiário do Senado. No fim do dia, um senador distraído apanhou-o sem demonstrar a menor hesitação e levou-o para casa, onde o guardou no armário. Somente duas semanas mais tarde, quando tentou vesti-lo, é que percebeu que o terno não era do seu tamanho, não lhe servia. As calças eram muito apertadas e os braços muito compridos. O que mais o perturbou, entretanto, foi o que encontrou num dos bolsos do paletó: um cheque assinado no valor de dois milhões de dólares contra um banco de Hong Kong. Estava grampeado num bilhete que dizia:

FAÇA O DEPÓSITO DEPOIS
DE PREENCHER O NOME CERTO.
RESOLVI DEIXÁ-LO EM BRANCO
PARA NÃO LHE CRIAR PROBLEMAS.

O senador experimentou o paletó novamente, mas por mais que tentasse, não houve meios de fazer com que coubesse no seu corpo.

Puxou com tanta força que uma das mangas
acabou rasgando, abotoou as calças,
mas constatou que não estava respirando.

Suou, grunhiu e encolheu o peito.
Nem uma cinta conseguiu dar jeito.

Mas o que o senador achou é que foi
uma bomba, com efeito:
um alfinete de ouro debaixo da lapela esquerda do paletó.

Embolsou o cheque e, de emoção, quase levou um tombo. Correu pro telefone e prontamente completou uma ligação. Mais alto falou sua dignidade, recusou-se a ser agente de penhores. Na tinturaria do chinês o senador descobrira um antro de traidores, vendendo o país numa sórdida transação. E – estupefação – na cabeça do alfinete via-se do presidente o sinete.

O presidente tinha mesmo uma proteção Teflon, pois o senador era seu amigo. A ligação que fizera tinha sido para a Casa Branca. Depois de o presidente ter-lhe assegurado que não vetaria o projeto que lhe era tão caro ao coração: a construção de um porto no seu estado natal – Nebraska –, o senador devolveu as calças, o paletó, o alfinete de lapela e o cheque à Casa Branca. Agora o presidente e sua equipe iriam ao fundo da questão. Harvey recebeu a garantia de que contaria com a máxima cooperação.

– Não compreendo uma coisa – disse Harvey. – Como é que o alfinete foi parar lá?

– Distintivos presidenciais são dados como lembranças a amigos e correligionários. Mas distintivos do tipo que foi encontrado – disse o presidente – são ofertados somente a membros do meu gabinete.

– Ahh! – De repente, Harvey compreendeu.

– Too Fu Waun é agente de um governo estrangeiro – disse o presidente.

– Como sabe disso?

– Confie em mim – disse o chefe, e piscou o olho para ele novamente.

Dessa vez Harvey entendeu. Era um assunto de segurança nacional. Detalhes seriam fornecidos à medida que precisassem ser esclarecidos. O presidente achou que Harvey não precisava conhecê-los por enquanto. Na verdade, disse que nem mesmo ele os conhecia inteiramente. Era melhor assim. Dessa forma, disse o presidente, se um dia tivesse de depor perante um grande júri federal, não poderia se lembrar do que nunca tinha chegado a saber. Tudo pareceu muito confuso para Harvey. Entretanto, não deu maior importância.

O que Harvey tinha em mente era
uma manobra espetacular
para descobrir onde os corpos poderiam estar,
à maneira dos métodos pouco ortodoxos de J. Edgar Hoover.
Embora alguns pudessem achar que isso era
altamente reprovável,
de uma coisa Harvey tinha certeza:
isso o tornaria indispensável.

– Sabemos que o terno pertence a um dos membros do meu gabinete. O problema é não sabermos qual deles. Veja só a situação em que me encontro – disse o presidente. – Não posso sair por aí, perguntando sem mais nem menos quem anda cometendo traição.
– Seria um começo – disse Harvey.
– Mentiriam para mim.
– Todos eles?
O presidente ignorou a pergunta e jogou seu trunfo.
– Se a imprensa descobrir, será uma festa.
– Nisso, o senhor tem toda a razão – disse Harvey.
– O que preciso é que use sua perícia, sua discrição, para descobrir a quem pertence esse terno. – Ele apontou para uma cadeira num canto atrás de Harvey. Lá, num cabide protegido por um plástico escuro, estava o malfadado terno.

JUSTIÇA POÉTICA 85

Apertou a mão de Harvey pela última vez e acompanhou-o até a porta.
— Isso não deve ser problema para um advogado com a sua cancha. Vai ser uma brincadeira — disse o presidente. — Trabalho para um dia no máximo.

O homem era realmente muito maneiroso, pensou Harvey com seus botões. Ele usava com mestria o orgulho, a vaidade dos outros como uma alavanca.

Quando Harvey deixou a mansão, deu-se conta tarde demais de que não tinha nada para provar que tinha estado com o chefe de estado. Contudo, não perdeu tempo. Logo chamou Jersey Joe para resolver o caso do terno listrado.

O LODO

Para Harvey, o caso era rudimentar. Passaria a bola para Jersey para não se desgastar. Joe tinha a mente ágil e matreira. Por que Harvey perderia tempo com coisas rasteiras?

No caso em questão Jersey estava agindo tão rápido que o próprio Harvey ficou surpreso. Em poucas horas elaborara um plano, e estava pronto para executá-lo. Foi quase como se estivesse apenas esperando que Harvey o procurasse. Mas isso não era de admirar. Jersey tinha uma cabeça que parecia sempre trabalhar em regime de urgência.

O plano era engenhoso em sua simplicidade, astutamente concebido e dava margem a muita duplicidade. Em suma, era perfeito.

Jersey assumiria o papel de um fotógrafo a serviço da *Gentlemen's Quarterly*. A reportagem seria sobre "Símbolos do Poder", tema irresistível para os políticos. Usando como isca nomes de astros e estrelas do cinema que também seriam entrevistados para o artigo (Jersey descobrira que isso abria as portas), ele começou a se aproximar de membros do gabinete, visitando suas casas e escritórios com máquinas sofisticadas penduradas no pescoço.

Naturalmente, apresentava-se munido do que havia de mais elegante em termos de "terno dos que simbolizam o poder". Todos os líderes mundiais que realmente contavam estavam usando aquele modelo. Não tinham ouvido falar? A manga vazada era a última moda ditada pela Itália.

Mesmo que as medidas não correspondessem ao manequim de cada um, ele queria verificar se as cores assentavam bem. Mas quando chegava a hora de experimentar o paletó, Jersey dava um jeito de cair fora, alegando que não trouxera o filme adequado ou precisava de uma luz melhor. Telefonaria outro dia e voltaria com sua equipe.

Passaram-se duas semanas e Harvey não teve notícias de Jersey Joe. Estava ficando um pouco nervoso, por isso resolveu telefonar-lhe. Como ninguém respondesse, deixou um recado na secretária eletrônica. Jersey nunca tinha falhado. Por que o faria logo agora?

Os dias iam se somando e nenhum telefonema de retorno. Agora estava começando a ficar preocupado. Harvey continuou a procurá-lo insistentemente, deixando recados e verificando os lugares que ele costumava freqüentar. Estava ficando cada vez mais ansioso. Afinal, o presidente estava esperando resultados.

Finalmente, numa sexta-feira à noite pegou
o homem em casa.
Jersey estava ocupado dando tratos à bola,
burilando um poema.

Harvey encheu-o de perguntas, cobrando-lhe notícias do esquema. Jersey desculpou-se com evasivas; ainda tinha de levar muita gente na conversa. Inclusive duas mulheres atraentes e muito elegantes. Talvez às vezes usassem roupas de homem, achando que eram provocantes.

Harvey aprendera a jamais questionar as táticas de Jersey Joe. O homem era um mestre da dissimulação. Além do mais, tinha um argumento válido. Podia muito bem ser uma representante do belo sexo. Afinal, espionagem era uma das atividades ilícitas que mais se adequavam à mente feminina, não era algo eminentemente masculino – como um desfalque, por exemplo.

Embora confiasse em Jersey, alguma coisa levou Harvey a fazer umas sindicâncias por conta própria. Anos mais tarde, muitas vezes perguntou a si mesmo o que o levara a ir à tinturaria de Too Fu Waun. Talvez um súbito lampejo de telepatia. Ele mesmo não tinha certeza. Possivelmente uma vozinha interna incômoda lhe tivesse dito que alguma coisa estava errada, não eticamente errada, mas algum detalhe fora do lugar.

A tinturaria de Waun era um lugar sombrio, e positivamente fumegante. Lembrou a Harvey seu último encontro com uma namorada adolescente num *drive-in*. Assim como o rosto da garota na ocasião, mal conseguia distinguir as feições da pessoa do outro lado do balcão, tamanho era o nevoeiro.

Harvey apresentou-se e disse que estava procurando localizar uma roupa que se extraviara. Descreveu minuciosamente o terno listrado, tentando reproduzi-lo da melhor maneira possível.

– Vou chamar o patrão – disse o homem atrás do balcão. Obviamente, ele não era o dono.

Pouco depois a fumaceira evaporou-se quando alguém desligou certa máquina barulhenta nos fundos da loja. Harvey ficou surpreso. O homem que se aproximou não parecia ser asiático. Harvey queria falar com o próprio Waun. O sujeito era alto, corpulento, e sua pele era tão clara quanto a de Harvey. Apoiou-se no balcão, olhou para Harvey e sorriu.

– Oi! Sou Harry Tool. Em que posso servi-lo?

Harvey olhou-o de cima a baixo, recusando-se a fazer papel de bobo.

– Estou procurando um terno que sumiu misteriosamente. Gostaria de falar pessoalmente com o sr. Waun.

O homem sorriu.

– Não há nenhum sr. Waun.

– Se ele não estiver, poderei voltar outra hora – disse Harvey.

O sujeito olhou para ele firmemente, começando a se mostrar impaciente.

– Já lhe disse, não há nenhum sr. Waun.

– Estou vendo – disse Harvey. – É por isso que o nome dele aparece em toda parte. Na vitrine e nas capas de plástico – acrescentou, pegando uma delas no balcão para reforçar o que estava afirmando.

– Volto a repetir, o sr. Waun com quem insiste em querer falar simplesmente não existe. Se tem alguma roupa para lavar, muito bem. Do contrário, a porta é ali.

Harvey passara a vida inteira nos tribunais. Sabia quando alguém estava mentindo.

– Escute aqui, tudo o que estou querendo é obter uma informação. Mande seu auxiliar se retirar e poderei recompensá-lo generosamente. – Dizendo isso, Harvey acenou com a cabeça na direção do asiático ao lado de Tool.

Tool olhou para seu auxiliar, mas não fez nenhum gesto para dispensá-lo.

Harvey retirou a carteira do bolso interno do seu paletó e empurrou três notas de vinte dólares no balcão como prova de boa vontade.

Tool pareceu surpreso, mas mesmo assim não dispensou o asiático.

— Não sei o que deseja. O que acha que lhe poderei dizer?
— Desejo apenas alguns minutos de atenção do sr. Waun.

Tool apanhou as três notas e guardou-as no bolso da camisa, o que fez sem nenhum constrangimento, na presença do auxiliar asiático.

— O que é que quer saber?

Harvey não queria falar na presença do asiático. Afinal, o sangue poderia falar mais alto, caso Tool entregasse seu patrão. Harvey não confiava no asiático.

Tool não lhe deu outra alternativa.

— Dispõe de dois minutos do meu tempo.
— Está me dizendo que é o sr. Waun?
— Não. Mas por sessenta paus estou pronto a passar por ele.
— Eu lhe paguei um bom dinheiro para ver o sr. Waun.
— E eu lhe disse que não existe nenhum sr. Waun.
— Então o que esse nome está fazendo...?
— É um macete de vendas muito comum. Será que ainda não deu para perceber? Está na cara: Too Fu Waun.

Harvey continuava não entendendo.

— *Two for one* — disse o homem. — Dois ternos lavados e passados pelo preço de um.

Harvey forçou um sorriso, mas o que estava sentindo realmente era uma dor no estômago, como se tivesse comido alguma coisa estragada. É claro que Tool poderia estar mentindo, mas "dois por um"? Era muito ingênuo para ter sido inventado. Engoliu em seco e procurou parecer frio. E então fez a única coisa que lhe ocorreu. Descreveu o terno listrado mais uma vez, na esperança de que Tool se lembrasse dele.

— Recebemos muitos ternos listrados — disse Tool. — O senhor tem de ser mais específico.

De repente, houve um vislumbre de reconhecimento, não de Tool, mas de seu assistente:

*"Ah, era do presidente, agora me lembro,
agentes do Serviço Secreto vieram atrás dele,
um dia após ter sido entregue."*

Harvey arregalou os olhos e sua garganta ficou seca. Uma carga elétrica percorreu-lhe o corpo deixando-o atordoado, como um cervo confuso no momento em que é ofuscado pela luz dos faróis, antes de ser atingido pelo pára-choques do carro.

Sem mais uma palavra, saiu da tinturaria de Too Fu Waun, e pôs-se a correr em pânico pela rua, na direção do seu carro. Tinha de se afastar dali. Tinha de encontrar Jersey Joe.

Antes que pudesse chegar ao seu carro, porém, dois homens surgiram de um beco. Um deles exibiu suas credenciais numa carteira de couro.

– FBI. Está preso. Tem o direito de permanecer calado. Qualquer coisa que diga poderá ser usada contra...

Enquanto um dos homens recitava seus direitos constitucionais, o outro algemava as mãos de Harvey pelas costas. Instantaneamente, um carro escuro encostou no meio-fio, e os dois homens o empurraram com brutalidade para dentro do carro.

O cérebro de Harvey procurava desesperadamente racionalizar o que estava acontecendo. Sentado no banco traseiro do carro, estonteado, viu pela janela os curiosos de sempre que olhavam, excitados, o criminoso que o FBI acabara de prender.

A sensação era de uma experiência extracorpórea, como se estivesse flutuando no espaço sobre o carro escuro sem marcas de identificação. Harvey não podia acreditar que aquilo estivesse acontecendo com ele.

No caso de Harvey, a justiça foi expedita e o julgamento foi rápido. Por envolver espionagem e segurança nacional, foi interditado ao público e à imprensa.

Em deferência ao seu alto mandato, o presidente pôde testemunhar através de um circuito fechado de televisão. Ele era um homem muito ocupado, o destino da nação estava em suas mãos.

Seu depoimento foi transmitido pela televisão de Camp David e durou apenas vinte e cinco minutos. Na tela grande, enquanto Harvey assistia, o presidente explicou que tinha um compromisso urgente.

Ia se encontrar com o primeiro-ministro da China e alguns líderes empresariais asiáticos para uma importante partida de golfe. Em seguida discutiriam uma série de assuntos vitais relativos ao comércio exterior.

Harvey sabia a espécie de comércio que estaria em pauta. A ação do governo contra Harvey era clara e insofismável. O FBI afirmava que o capturara em flagrante delito, saindo da sinistra tinturaria onde o famigerado terno com o cheque esquecido num dos bolsos tinha ido parar. De acordo com o governo, ele estava tentando encobrir os vestígios que deixara. Harvey, sustentava a acusação, era o chefe de uma infame rede de espionagem.

O presidente forneceu a última peça que faltava para completar o quebra-cabeça: o notório distintivo de lapela com o sinete presidencial. Sim, ele se lembrava dele. Na verdade, era uma peça de colecionador. Só haviam sido feitos quatro naquele estilo, à custa do presidente, naturalmente.

Tinham sido ofertados somente a generosos patrocinadores da campanha, pessoas que tinham dormido no Quarto Lincoln como hóspedes da Casa Branca. Os proprietários dos outros três tinham sido identificados. O único que estava faltando era o que tinha sido presenteado a Harvey.

Naturalmente, isso era uma deslavada mentira. Harvey sabia qual era a verdade, mas como poderia prová-la? O presidente tinha armado a cilada cuidadosamente e eliminado todas as pistas. Foi por essa razão que tinha selecionado Harvey na primeira recepção em que o avistou entre outros convidados. Não tinha sido devido à generosidade de Harvey durante a campanha, ou às suas supostas afinidades. Tinha sido única e exclusivamente pelo fato de Harvey ter as mesmas medidas e compleição física que ele. O presidente se deu conta de que seu terno, que seu camareiro tinha estupidamente enviado para a tinturaria com o cheque no bolso, e que fora equivocadamente entregue no vestiário do Senado, cairia como uma luva em Harvey.

O presidente tinha encontrado o seu pato – e assim como fizera com o povo, levara Harvey a comer na sua mão. Agora Harvey iria pagar caro por isso.

O insulto final configurou-se quando a defesa apresentou seu caso. Harvey convocou Jersey Joe para depor. Era sua derradeira chance. Afinal, Jersey era a única pessoa que conhecia a verdade – que Harvey tinha sido falsamente incriminado pelo presidente.

Jersey sentou-se no banco das testemunhas, colocou a mão na Bíblia e jurou dizer a verdade.

– Viu este terno alguma vez? – O advogado ergueu-o envolto numa capa de plástico transparente.

– Não – disse friamente. Sem a menor hesitação.

O advogado de Harvey ficou estupefato. Harvey completamente atordoado.

– Conhece esse homem? – o advogado perguntou, apontando para Harvey.

Jersey apertou os olhos, levantou os óculos para vê-lo melhor.

– Ele se parece com alguém que pode ter me convidado para ir ao seu escritório há muito tempo, mas não estou certo.

Jersey hesitou momentaneamente.

– Não. Pensando bem, não creio ter visto esse homem antes.

Harvey enfiou a cabeça nas mãos. Estava irremediavelmente perdido.

Somente muitos meses mais tarde, depois de ter sido condenado, é que Harvey descobriu o que tinha acontecido. Jersey Joe simplesmente tinha sido nomeado fiscal do Imposto de Renda.

Era uma nova volta numa velha história – "As Novas Roupagens do Imperador". Só que no caso presente Harvey é quem foi apanhado de cuecas.

Espionagem é crime inafiançável e a pena é prisão perpétua. Portanto, Harvey tinha muito tempo para se lastimar. A cela era fria e os outros presos cabreiros. Harvey não sairia antes de 30 de fevereiro.

JUSTIÇA POÉTICA 93

O presidente tinha comprado o incorruptível Jersey Joe.
Harvey tinha sido traído; um golpe deveras rasteiro.
Tinha muitos anos para pensar em ética,
e se perguntar: afinal, a questão fora social ou genética?
Harvey e o presidente tinham o mesmo porte.
E muitas outras coisas em comum,
como os olhos, que eram da mesma cor – azul forte.
Se Harvey soubesse a verdade,
talvez não ficasse tão amargurado.
Era duro na queda. Não era um acomodado.
Ele e o presidente, ambos, tinham sido adotados.
Não fora através de maus amigos que
tinham sido cooptados.
Compartilhavam uma característica que
nenhum dos dois podia suspeitar;
tinham herdado seus princípios morais
de Jersey Joe – seu pai.

PÓS-ESCRITO

Tenho minhas dúvidas sobre se devo acrescentar alguma coisa, receando que possa haver leitores capazes de ir mais longe, supondo que a história é um pouco mais do que simples ficção. A certa altura, cheguei a brincar com a hipótese absurdamente ridícula de o FBI sonegar informações concernentes a atos e fatos políticos ilícitos, deixando de encaminhá-los ao Departamento de Justiça. Mas aí pensei: "Negativo. Ninguém iria acreditar numa coisa dessas." Na verdade, a personagem Harvey foi inspirada no lado mais sombrio de um vigarista lendário de que ouvi falar certa vez. É o que acontece quando as coisas da mente assumem proporções maiores do que a vida. Naturalmente, é tudo ficção. Afinal, ao fim e ao cabo, Harvey é objeto de uma *justiça poética*. Quando foi a última vez que você ouviu dizer que isso aconteceu?

– STEVE MARTINI

Além de ter uma das mais notáveis frases de abertura desta coletânea, "Justiça de vão de escada", de Jay Brandon, é a história que consegue mostrar mais de perto como a lei é realmente ministrada nos tribunais criminais de hoje, onde o enorme contencioso de causas litigiosas impõe que 97 por cento de todas elas tenham suas contestações barganhadas. Em outras palavras, nem de perto tantas causas são julgadas nas salas dos tribunais de Perry Mason quanto no vão de escada de Jay Brandon.

JUSTIÇA DE VÃO DE ESCADA

Jay Brandon

— Com a devida vênia, Meritíssimo, solicito que se mande matar o júri.

— Convenhamos, doutora – disse o velho juiz Burr, debruçando-se sobre a tribuna. – A medida não lhe parece um pouco radical?

Helen aquiesceu.

— Pois bem, então, modifico minha moção. Que aquela vaca obesa lá atrás, que votou pelo *sursis*, seja morta.

Com ar grave meditabundo, o juiz se pronunciou:

— Este me parece um pedido razoável. Concedido.

Enquanto o advogado de defesa cuspia uma objeção, a promotora pública, Helen Myers, virou-se e encaminhou-se para os jurados, sorrindo. Ao sorrir pareceu tão inocente quanto uma criança, e os advogados que a conheciam recuaram.

O júri não tinha ouvido o diálogo na tribuna. Os jurados, que ali se encontravam seqüestrados havia uma semana, estavam mal-humorados e tinham a barba crescida – inclusive as mulheres – e não retribuíram o sorriso da promotora.

— Apenas para minha informação – Helen perguntou gentilmente –, só um dos senhores jurados está votando a favor da concessão do *sursis*, não é verdade? Quem é?

Os outros jurados voltaram-se e olharam para uma mulher no meio da fila de trás, que parecia nervosa mas ergueu o queixo.

— Obrigada. Fran?

O oficial de justiça aproximou-se. Helen esticou a mão para a arma que ele trazia no coldre, sacou-a e engatilhou o pesado instrumento, apontando-o para o teto. Os jurados suspiraram, aliviados, quando baixou a arma. A jurada gorda na fila de trás abriu a boca e olhou furibunda, mas Helen a cortou.

– Você merece morrer – ela disse, e apertou o gatilho.

A arma provocou uma explosão satisfatória no recinto confinado da sala do tribunal, e a jurada foi sugada da tribuna do júri como um balão furado, estatelando-se contra a parede dos fundos. Continuava com a mesma expressão enraivecida no rosto e, por via das dúvidas, Helen sapecou-lhe mais um tiro. Todos os jurados olharam, atônitos, e alguns começaram a aplaudir enquanto a promotora devolvia a arma cuidadosamente ao oficial de justiça, que a examinou perfunctoriamente e restituiu-a ao coldre.

Voltando-se para o juiz, a promotora disse:

– Acredito que agora podemos retomar nossas deliberações satisfatoriamente, Meritíssimo.

Na verdade, ela murmurou essas palavras no seu quarto de dormir. Helen Myers acordou serenamente, sorrindo. Tinha sido mais uma versão do seu sonho mais gratificante. Aquele que fazia valer a pena levantar-se da cama de manhã, ainda que a chance de vê-lo tornar-se realidade fosse cada vez mais diminuta. Helen apegou-se a ele ao perceber que estava acordando, espreguiçando-se langorosamente no aconchego macio dos lençóis.

Tentou prolongar o prazer que o sonho lhe proporcionara, antes que a realidade a fizesse lembrar-se de que precisava comparecer àquela mesma sala do tribunal naquela manhã, e então teria muita sorte se conseguisse chegar pelo menos a um estágio condenatório.

Alguns advogados são grandes defensores criminais, estrelas das salas dos tribunais. Alguns são eminentes tratadistas, outros revelam-se exímios negociadores, na arte de descobrir bons clientes e cobrar honorários à altura de seus talentos. Elmer Shemway foi o melhor advogado de vão de escada na história do tribunal do condado de Bexar.

É certo que, todo advogado é cada vez mais um advogado de vão de escada. "Chegue aqui um minutinho", um advogado criminalista dirá ao seu cliente, ou um advogado de causas cíveis dirá ao seu oponente. Alguns, eticamente mais maleáveis, permitem-se até parar um juiz na relativa privacidade de um vão de escada para uma breve conversa *ex parte*. Mas nenhum conduzia essas conferências improvisadas tão consistentemente ou tão bem quanto Elmer. Cinqüentão, alto e ligeiramente curvado após anos de conversas ao pé do ouvido, por trás de seus óculos de aros pretos brilhava uma mente em constante ebulição. Os advogados mais velhos atuando no tribunal de San Antonio diziam que Elmer tinha sido um fabuloso defensor criminalista na mocidade, mas ninguém o vira conduzir um caso até sua conclusão havia mais de uma década. Seu grande talento era resolver casos fora do tribunal. Como todos os advogados, Elmer temia os júris e não confiava neles. Por melhores que fossem as perspectivas do caso, alguma coisa sempre podia dar errado num julgamento, ao passo que um acordo negociado era infalível. Além do mais, um julgamento era uma estressante sangria para a carteira, tempo perdido que podia ser mais bem aplicado na aquisição de novos clientes ou negociando um acordo: ganhando dinheiro, em outras palavras.

Por isso Elmer Shemway se tornara o mestre inconteste da coerção de dois minutos. Desaparecia no vão da escada com um réu que se recusava com obstinação a ouvir falar em contestação barganhada, e saía de lá com uma pessoa aparentemente diferente, sensatamente aberta a entendimentos. Os divórcios litigiosos podiam atingir extremos tais que as partes, em desespero de causa, muitas vezes diziam ser preferível continuar *casadas* a ter de ceder mais um centímetro. O cliente de Elmer era aquele indivíduo parado no corredor do tribunal de queixo erguido, pescoço rijo, numa atitude intocável, quando subitamente um braço emergia do vão de escada e o cliente desaparecia num passe de mágica para reaparecer pouco depois, dizendo com má vontade: "Oh, que diabo, afinal de contas ela nunca deu bola para aquele serviço de porcelana de minha bisavó."

Não foram poucos os promotores que mantiveram esses colóquios reservados com Elmer, discutindo os termos de acordos e até mesmo dando muitos casos por encerrados. Que estranho poder de persuasão ele era capaz de exercer sobre essas pessoas? Ninguém sabia. Os sobreviventes desses colóquios no que era conhecido por todos como o "escritório do Elmer" nunca revelavam detalhes. Os membros dessa confraria envergonhada, que se contavam às dezenas, ocasionalmente trocavam olhares, encolhiam os ombros e até mesmo sorriam, mas nunca davam com a língua nos dentes.

Agora Elmer se confrontava com seu maior desafio, porque seu cliente, um maneiroso mas ferrenhamente irredutível indivíduo chamado John Willow, podia ser um criminoso, mas sustentava inabalavelmente sua inocência a despeito de diversos encontros em ambos os escritórios de Elmer – o verdadeiro e o improvisado –, e a promotora do caso era Helen Myers, que odiava réus matreiros e conduzia um caso como esse, valendo-se de provas convincentes e outras nem tanto, até seu amargo fim. O julgamento estava no seu terceiro dia, depois de uma acirrada escolha de jurados e, embora Elmer mantivesse uma agradável expressão enigmática, estava começando a odiar todo mundo com quem cruzava nas dependências do tribunal, inclusive seu cliente. Helen compartilhava seus sentimentos.

Helen perguntou à testemunha:
– Quando foi que notou pela primeira vez essas discrepâncias nas contas, sr. Garza?
– Protesto, Meritíssimo – Elmer atalhou. – Irrelevante.
– Ligarei o fato ao acusado, Meritíssimo – disse Helen. Ela mantinha sua figura esbelta, elegante, empertigada, com uma perna ligeiramente à frente. Seus cabelos castanho-claros caíam-lhe sobre os ombros, ela voltou os transparentes olhos azuis para o juiz Burr. Helen aprendera a se mostrar feminina, nunca dura, diante de um júri, mas podia transfigurar-se instantaneamente, adotando uma atitude desafiadora. O juiz Burr não estava com receio do seu rosto. Gostava de Helen, e talvez lhe permitisse até certos excessos.
– A doutora está sempre prometendo fazer isso – ele disse ociosamente, mas concluiu: – Indefiro.

– Foi por volta de abril do ano passado – declarou o gerente do escritório de corretagem.
– E quantas pessoas tinham acesso a essas contas?
– Protesto – disse Elmer, levantando-se rapidamente. – Não há provas de que esse homem conheça todas as pessoas que possam ter acesso aos extratos dessas contas: eventuais *hackers*, intrusos, técnicos eletrônicos trabalhando fora do expediente...
– Protesto contra o testemunho do advogado de defesa – Helen retrucou prontamente.
– Talvez pudesse refazer a pergunta – sugeriu o juiz. Elmer sentou-se, satisfeito. Parte da estratégia para evitar um julgamento consiste na habilidade dos advogados em torná-lo o mais árduo possível para o seu oponente. A promotora mal conseguia formular uma pergunta e Elmer contra-atacava imediatamente, com uma longa objeção. Se ela estava a fim de confiná-lo àquela maldita sala do tribunal, podia ficar certa de que ele iria igualmente azucriná-la.

– Tanto quanto o senhor saiba – Helen inquiriu enfaticamente – quantas pessoas podiam ter transferido dinheiro dessas contas, sr. Garza?

O gerente bem-vestido ergueu o queixo e disse:
– No máximo, quatro pessoas.
– E uma dessas pessoas era Jeannine Powers, a consultora financeira de diversas...
– Protesto, indução da testemunha.
– Mantido.
– Quem eram essas pessoas que tinham acesso, sr. Garza?
– Bem, em primeiro lugar, Jeannine, porque era a consultora financeira responsável por diversas contas.
– Então suspeita de que a sra. Powers possa ter agido incorretamente?
– Não. Considero Jeannine uma das pessoas mais escrupulosas e honestas que conheço. Eu a eliminei sem hesitação da lista de suspeitos. Pelo menos por enquanto.

Elmer disse preguiçosamente:
– Protesto contra especulação, Meritíssimo.

– Isso não é especulação, é minha linha de raciocínio – Helen retrucou, atirando com raiva um lápis, que quicou espetacularmente na mesa e rolou para o chão. – O colega está fazendo o impossível para me impedir de apresentar minhas provas ao júri, mas tenho direito a...

– Façamos um pequeno recesso – disse o juiz num tom de mestre-escola. Helen respirou fundo e lançou um olhar para os jurados para ver o efeito do seu momentâneo destempero. Os seis na primeira fila olharam para ela nervosa e solidariamente, mas no meio da última fila a mulher gorda, com ar presunçoso, sorriu afetadamente para ela. Depois, essa jurada, que Helen estava começando a se convencer de que nunca dobraria, virou-se para o acusado e sorriu.

Miserável!

Juntos, ao lado da mesa da escrivã, em frente ao banco das testemunhas desocupado, a promotora e o advogado de defesa mais pareciam soldados cansados do mesmo exército do que adversários.

– Faça-me uma oferta – disse Elmer. – Não se preocupe, ele não a aceitará. Mas faça-me alguma proposta que eu possa submeter a ele.

– Vinte anos – disse Helen.

– Helen – disse o advogado de defesa num tom reprobatório.

– Elmer – ela replicou. – Vamos ver se conseguimos ir até o fim disso, está bem?

– Escute aqui. Não sei qual foi o bicho que te mordeu, mas será que não dava para você relaxar um minuto e encarar esse caso razoavelmente? Paira sobre ele uma nuvem de irracionalidade que seria ótimo se pudéssemos dissipar.

– Convença-me de que seu cliente é inocente – Helen disse sarcasticamente.

– Convença-me de que pode provar que ele é culpado. Veja bem, você já deixou a gerente da conta no mato sem cachorro, por que não se contenta com ela?

– Porque ela não fez isso sozinha. O seu cliente a coagiu a fazê-lo. Ele é o cara que acabou com mais dinheiro na conta do que depositou.
– Qual é, Helen, não é isso que se espera que aconteça numa conta de investimento? Você só se daria por satisfeita se o saldo dele diminuísse a cada mês?

Permaneceram em silêncio amuado. A escrivã, Belinda, que sempre mantinha uma calma imperturbável mesmo quando a sala do tribunal virava um pandemônio, olhou para um e para outro e disse:

– Vocês dois estão precisando é de tirar umas férias tranqüilas juntos.

Helen e Elmer se entreolharam, reviraram os olhos e voltaram sua atenção para o acusado, que estava sentado, como estivera durante todo o julgamento, em serena contemplação na mesa da defesa.

– Olhe só para ele – disse Elmer. – Você acha que ele tem pinta de um grande sedutor?

O acusado, John Willow – se é que esse era seu nome verdadeiro – era de estatura média, meia-idade, aparência igualmente média. Certamente, longe de ser um tipo atraente, tinha, entretanto, um bom queixo, uma testa bem conformada e um ar tranqüilo, agradável. Conservava os olhos sempre baixos ou desviados da promotora, o que impedia Helen de avaliar melhor sua personalidade.

– Aposto que ele tem algum borogodó oculto. Os caras realmente bonitos não precisam aprender a ser charmosos. São figurinhas aparentemente insignificantes como ele que muitas vezes falam ao coração de uma mulher.

– Está falando sério? Essa tem sido sua experiência?

– Não enche, Elmer. Olhe para aquela mulher – Helen rangeu os dentes ao pronunciar a palavra –, na fila de trás dos jurados. Ela parece ver alguma coisa nele.

– Você também notou? Fique sabendo que essa gorda vai ser um páreo duro, independentemente de quem você consiga convencer.

– Veremos.

A escrivã, Belinda, tinha coxas grossas e olhos espertos e geralmente parecia estar pensando em outra coisa do que o tema aparente da conversa. A impressão que dava era a de uma pessoa que, na sua vida privada, tinha pronto acesso a sexo, drogas ou amor incondicional. As constantes crises no tribunal não a afetavam porque vivia uma outra vida fora dali, sua verdadeira vida. Não hesitava em aconselhar os outros a seguir seu exemplo. Quando Elmer se afastou, Belinda disse a Helen:

– Você parece andar numa pior ultimamente, minha amiga. Há quanto tempo não sai com um cara?

– Sair com um cara, ter um encontro?

– Foi o que pensei, você até já esqueceu o que isso significa.

Helen tentou mudar de assunto. Apontando para o acusado com um aceno de cabeça, ela perguntou:

– O que você acha desse sujeito?

– Nem metade do que sua amiga da fila de trás parece estar achando. Ou tanto quanto sua principal testemunha acha. Mas, também, não tive a experiência que ela teve com ele.

Belinda, afinal, tinha abordado o assunto à sua maneira. Helen telefonou para a testemunha em questão, que também estava indiciada.

Mas no desenrolar do julgamento naquela tarde, Helen teve a oportunidade de observar o acusado mais de perto. John Willow era tão informe quanto óleo na água, e às vezes parecia passar por uma completa transmutação diante de seus olhos. Geralmente lembrava o clichê cinematográfico de um pacato caixa de banco, ou de um velho boticário, mas ocasionalmente vislumbrava-se certo ar de decisão no modo como mexia a cabeça, e de força nos movimentos de seus longos dedos.

Observando-o muito mais de perto estava a mulher da fila de trás do júri, a tal que Helen tinha sonhado ter matado porque a infeliz estava obviamente embeiçada pelo acusado. Helen também passou a observá-la, e uma idéia foi tomando forma. John Willow seria um grande sedutor?, o advogado de defesa tinha perguntado.

Ali estava a resposta. A jurada era uma testemunha muda do charme sutil do réu, se as pessoas se dessem ao trabalho de prestar atenção no que estava acontecendo. Como Helen poderia demonstrar esse charme para o resto do júri? Ela fantasiou colocar a jurada e o acusado frente a frente num breve confronto, sob escrutínio secreto. Talvez também pudesse acusá-lo de corrupção do júri. Mas como?

Durante um recesso no meio da tarde, a promotora observou para onde iam os jurados. Alguns permaneciam juntos, dois ou três encaminhavam-se para o balcão para fumar, outros desciam para a cantina no subsolo. Helen não viu a mulher da última fila do júri. O réu estava conferenciando com seu advogado na escada. Helen tomou o elevador para dirigir-se ao subsolo e perdeu a chegada de sua mais importante testemunha, Jeannine Powers, subindo a escada, onde Elmer Shemway a interceptou.

Quando o julgamento recomeçou naquela tarde, o advogado de defesa aparentava estranha calma, não observada na postura que adotava na sala de tribunal havia muitos anos. Elmer diminuiu até a intensidade de suas objeções. Se se tratasse de outro advogado Helen teria admitido que ele pudesse ter detectado alguma falha processual, mas com Elmer não, o que ocorresse no julgamento seria final e definitivo. Nem ele nem Helen cogitavam apelar. As objeções de Elmer não tinham visado a criar um erro irreversível, tinham sido apenas para azucrinar Helen. Agora ele não estava mais a fim de irritá-la.

O que estava errado na maneira como ela vinha conduzindo o caso? Onde teria pisado na bola? Ou seria que... Ela olhou rapidamente para a desfrutável jurada, que estava baixando os olhos recatadamente. Helen não tinha encontrado a mulher durante o recesso da tarde. Ao voltar para a sala do tribunal viu o acusado emergindo do vão da escada.

Meu Deus, teria perdido o encontro dos dois?

O juiz Burr era conhecido pela pontualidade de seus recessos das cinco horas. Quando o julgamento foi transferido para o dia seguinte, Helen, com o coração alvoroçado, estava a poucos passos da mesa da defesa. Quando Elmer se levantou, ela lhe disse cara a cara:
– Vou tomar sua licença.
– Puxa, Helen, você já não tem uma?
– Você vai ver como é engraçado quando tiver de achar outro meio de vida na sua idade. – Helen estava quase cuspindo de raiva. O advogado de defesa viu que ela estava enfurecida, mas seu rosto não traiu qualquer emoção. Helen precisaria falar claramente. – Você os aproximou. Você tramou...
– Quem?
Ela procurou controlar os nervos.
– Seu cliente e aquela jurada. Agora você não tem dúvidas quanto ao comportamento dela, não é verdade? Ele falou com ela. Eu o vi saindo do vão da escada...
Elmer virou-se para seu cliente.
– John?
O acusado abriu os braços, com a mais inocente das expressões estampada no rosto. Mesmo quando olhou para Helen os olhos dele estavam de certa forma cerrados.
– Mas dr. Shemway, o senhor me disse para não falar com os jurados. Juro que não falei. Nem sei a quem ela está se referindo.
Helen apontou o dedo no nariz dele.
– Jure pra valer. Venha comigo agora mesmo repetir o que acabou de dizer perante a escrivã. E eu acrescento mais uma acusação de perjúrio!
– Helen... – Elmer segurou-a pelo braço gentilmente e puxou-a de lado. – Isso é uma fantasia da sua cabeça, Helen – ele disse a meia voz.
– Ah, é? – Ela o encarou. O brilho de inteligência nos olhos de Elmer Shemway tinha algo de suspeito. Helen conteve seu ímpeto.
– Então por que você estava tão relaxado nas duas últimas horas, Elmer? Por que ficou ali sentado calmamente, com cara de quem considerava o caso como favas contadas?

O advogado de defesa hesitou e depois resolveu responder.

— Porque você tem um problema pior do que uma pobre coitada de uma jurada lançando olhares amorosos para meu cliente, querida. O seu caso já era. Por que não conversa com sua principal testemunha, que vem poupando para o fim?

Helen sentiu um calafrio subindo pelos braços, passando para as costas e imobilizando-lhe os ombros.

— Você se refere à amante dele? — ela disse, apontando o acusado com o queixo.

Elmer sacudiu a cabeça razoavelmente.

— Sua co-indiciada. É apenas isso o que eles são, para todo mundo menos você.

Helen olhou para trás de Elmer e viu Jeannine Powers adentrando a sala do tribunal. A mulher tinha mais ou menos a sua idade, trinta e poucos anos, e exibia a mesma postura profissional de Helen, embora tivesse sido um pouco arranhada ultimamente devido aos seus problemas legais. No seu costume sóbrio de executiva e óculos escuros, Jeannine passava uma imagem de determinação de que Helen não gostou.

Elmer ofereceu-lhe gentilmente um pouco de privacidade.

— Se quiser, pode usar meu escritório — ele disse, afastando-se discretamente.

Mas Helen preferiu usar a sala do tribunal vazia.

— A senhora subirá ao banco das testemunhas amanhã à primeira hora — ela disse a Jeannine Powers. — Lembra-se do que discutimos?

— Sim, mas sinto muito, dra. Myers. Não testemunharei sobre isso.

Helen sentiu subitamente um vazio no estômago, mas dissimulou o choque, perguntando num tom enérgico:

— E por que não, poderia me dizer?

A co-indiciada comprimiu os lábios firmemente. Abriu a boca para dizer:

— Porque não é verdade. John nunca me autorizou a movimentar dinheiro das contas. Qualquer coisa que eu tenha feito foi por minha conta e risco.

— O dinheiro extra simplesmente foi parar na conta dele. A corretora falou cuidadosamente.

— Creio que... quem quer que tenha feito isso... foi porque John não parecia o tipo de homem capaz de criar uma confusão por causa de números. Ele não envolveria as autoridades, teria simplesmente se mantido calado durante algum tempo.

— Ou talvez tenha sido um presentinho para ele. Foi isso? A senhora o estava cortejando?

Powers baixou os olhos úmidos e não respondeu. Helen cerrou o punho, tentando superar o vazio. Seu rosto estava quente. Ela ainda tinha o trunfo que guardara o tempo todo.

— Sabe o que significa voltar atrás sobre o que ficou combinado? A concessão do seu *sursis* foi condicionada ao seu testemunho neste julgamento. Pode esquecê-lo agora. Se o réu é inocente, então a senhora é culpada até a alma. Vou arruiná-la. A senhora não vai gostar nem um pouco da prisão, pode crer.

Helen baixara o martelo sem dó nem piedade, mas, estranhamente, Jeannine não desmoronou. Na verdade, sua expressão era de contentamento quando olhou para cima novamente.

— Não acredito que isso acontecerá. Parte do nosso acordo previa que eu fizesse uma restituição. O juiz só poderá me intimar a ressarcir essas outras contas como condição do *sursis*. Se a senhora me mandar para a prisão, ninguém receberá o dinheiro de volta e todos vão ficar muito chateados com a senhora.

Helen abriu a boca, mas não encontrou nada para dizer momentaneamente. Jeannine Powers sorriu veladamente quando a hesitação da promotora confirmou o que ela acabara de dizer.

Helen recuperou-se.

— Então procurou orientação legal.

Como se respondesse, Elmer Shemway enfiou a cabeça no vão da porta do tribunal.

— As senhoras já terminaram de parlamentar? — perguntou jovialmente.

O rosto de Jeannine Powers descontraiu-se.

– Lamento muito, dra. Myers. Por tudo. Meti os pés pelas mãos, mas ainda posso reparar meu erro. Não vou arrastar John comigo.
– Era a senhora que estava com ele no vão da escada – Helen de repente se deu conta.
– Não era a jurada, era a senhora!
Powers enrubesceu, virou-se, murmurando outro pedido de desculpas. Súbito, o advogado de defesa tomou o lugar dela. Elmer encolheu os ombros também se desculpando, mas não pôde ocultar a felicidade.
– Então, estamos todos de acordo? Terei de voltar aqui amanhã de manhã, ou vocês farão a gentileza de preencher a petição de liberação agora?
– Você botou os dois em contato – disse Helen. Ela estava uma fera. A menção da liberação fez seus dedos tremerem.
Elmer não negou nada.
– Não há nenhuma razão legal que os impeça de falar um com o outro. São amigos.
– Estão em lados opostos de um caso em andamento. Eles...
– Não estão mais – disse Elmer, acrescentando delicadamente:
– Isso não afeta em nada sua reputação, Helen. Pra início de conversa, foi um caso fraco. Você só contou com a palavra de uma ladra confessa. De qualquer maneira, o júri provavelmente não acreditaria nela. Não entendo por que você o aceitou.
Porque Helen tinha compreendido de uma forma que Elmer nunca seria capaz. Como uma mulher como Jeannine Powers podia ser suscetível à lábia de um escroque: uma mulher profissionalmente sagaz, dotada de forte personalidade, mas cujas noites eram demasiado longas para poderem ser tranquilas. Helen tinha enxergado mais longe, penetrado na alma de John Willow. Desde que ele compareceu ao tribunal pela primeira vez, ela decifrara sua expressão serena, cordial, percebera o charme suave, insinuante de um sedutor.
O tribunal era um formigueiro humano, escrivães, advogados, juízes transitando pelos corredores, escadas e elevadores, enquanto Helen, remando contra a maré, subia para seu escritório. A sensação de vazio ainda a ameaçava, fazendo com que quisesse tão-somente

sentar-se e apoiar a cabeça nas mãos. Lutava para dominar a sensação. O caso ainda não estava encerrado, não permitiria que isso acontecesse.

Uma vez lá em cima, apanhou automaticamente os recados na mesa vazia da secretária e levou-os para sua sala minúscula, entulhada de caixas de arquivos e pilhas de papéis. A solitária mancha colorida no seu quadro de avisos era um cartão-postal enviado do Caribe há dois anos, quando seus pais tinham feito um cruzeiro para comemorar um aniversário de casamento.

Helen desabou na cadeira de sua escrivaninha. Mais provas conclusivas. Precisava de mais provas. Talvez na manhã seguinte conseguisse mudar novamente a atitude de Jeannine. A prova de que Helen dispunha era muito frágil: ela desviara o dinheiro roubado para a conta de investimento de John Willow. Precisava de algo para confirmar a participação dele no roubo, um ato, um dado ilícito. Mas já entrevistara todo mundo na corretora, todos que tinham dado falta de dinheiro em suas contas. Nenhum dos depoimentos, entretanto, revelara qualquer impressão digital de John Willow nos fundos roubados.

Passou os olhos distraidamente na correspondência, tudo oficial, nada pessoal. A princípio, não deu maior atenção a um envelope com o carimbo do correio de Seattle, simplesmente porque não conhecia ninguém em Seattle. Mas depois notou que havia sido remetido pelo Gabinete do Promotor Público de Seattle.

O sistema de computadorização não tinha revelado antecedentes criminais de um John Willow nascido na mesma data que o seu acusado. Mas isso não satisfizera os rigorosos padrões com que Helen preparara o caso. Enviou as impressões digitais e fotos do acusado para uma dúzia de cidades espalhadas pelo país, principalmente para as dotadas de indústrias de informática mais expressivas, porque esse era o ramo de atividades do acusado.

Com os dedos começando a tremer novamente, ela abriu o envelope remetido de Seattle. Documentos anexados a um ofício lhe caíram no colo. Um deles era a reprodução de uma fotografia de um homem com ar infeliz sob a luz forte de refletores da polícia. Helen examinou atentamente a foto e seu coração disparou. Pegou-a, excitada, e pespegou-lhe um grande beijo.

Em casa, tomou um copo de vinho para comemorar. Mais tarde, quando notou como estava escuro lá fora, em vez de providenciar alguma coisa para jantar tomou outro copo de vinho e pôs um CD para tocar. A voz quente da cantora, interpretando com paixão uma canção de amor, envolveu Helen em seu sortilégio. O vazio na boca do seu estômago transformou-se numa agradável sensação de calor. Talvez fosse o efeito do vinho. Helen abraçou-se voluptuosamente, sentindo um calafrio que fez sua pele arrepiar-se.

Colocou a foto na sua mesinha de centro embaixo de um castiçal. Estudou-a novamente, ergueu o copo e fez um brinde ao sujeito de cara infeliz, abrindo um largo sorriso. Suas mãos quentes tornaram-se acariciantes. Pela primeira vez em muitos meses teve vontade de fumar um cigarro. Mas não cedeu à tentação. Permaneceu sentada na grande espreguiçadeira, entregando-se à fantasia, prelibando a manhã do dia seguinte.

– Hum! – Elmer Shemway disse ao seu cliente. Tinha acabado de ver o sorriso de Helen.

Meia hora antes, quando a sala do tribunal estava quase vazia, Belinda também tinha reparado.

– Amiga, que milagre foi esse? Você ontem saiu daqui praticamente se arrastando e hoje chega toda saltitante. Que aconteceu?

– Passei uma boa noite – Helen disse, enrubescendo.

Belinda alvoroçou-se.

– Encontrou-se com alguém?

– Não. Algo que tem a ver com o caso.

Belinda sorriu, incrédula.

– A não ser que você seja mesmo biruta, um "caso" não faria você ficar vermelha desse jeito.

– Bem, eu... eu também tive uma noite agradável depois disso.

Belinda baixou a voz, bisbilhoteira.

– É mesmo? Alguma coisa... digamos, sensual?

Helen riu nervosamente, como uma colegial.
— Pra dizer a verdade, foi algo autoproporcionado, mas...
Belinda sorriu para ela orgulhosamente.
— De qualquer maneira, é um grande passo para você, não é mesmo? Me diga uma coisa, você estava pensando... nele?
— Ele quem?
Belinda deu uma risada, como se Helen tivesse dito alguma coisa sonsa.
E agora Elmer Shemway se aproximou dela visivelmente apreensivo.
— Bom-dia, Helen. A sra. Powers mudou novamente de opinião? Você sabe que posso impedi-la depois do que ela disse...
Helen sorriu para ele.
— Não, não se trata disso. Estou certa de que o que lhe vou dizer será um choque para você, Elmer. Seu amigo por acaso lhe disse que está em liberdade condicional?
Elmer grunhiu como se ela lhe tivesse dado um soco. Helen apreciou o grunhido. Os dois voltaram-se ao mesmo tempo e olharam para John Willow no vão da porta. A inocência devia ser um traço permanente do seu rosto, pois ele ainda a ostentava, mesmo com o que Helen sabia a seu respeito.
— Por roubo — Helen acrescentou com indisfarçável satisfação.
— Ele roubou da companhia onde trabalhava em Seattle.
Do outro lado da sala do tribunal, John Willow olhou para ela com ar zombeteiro. Não para seu advogado, mas para ela, Helen. Depois seu rosto estampou uma expressão aparentemente de arrependimento. Deu a impressão de que sabia o que estava acontecendo.
Elmer tratou de raciocinar rapidamente.
— Liberdade condicional significa que a condenação não é final. É uma prova inadmissível. E se eu não o chamar para depor...
— Não preciso provar a condenação, Elmer. Basta provar o roubo em si. Provarei o roubo em Seattle para demonstrar reincidência, motivo... É perfeitamente admissível nesse sentido.
Elmer suspirou.

– Vamos falar com ele.
Nada poderia dar mais satisfação a Helen. Sentiu o rebuliço do triunfo ao se encaminhar em direção ao acusado. Nem estava apreensiva com o fato de ter de acompanhar os dois ao "escritório" de Elmer. Quando os três ficaram a sós no exíguo espaço do vão da escada, Elmer pôs seu cliente rapidamente a par do fato novo. Willow sacudiu a cabeça. Juntou as mãos vigorosas e passou as pontas dos dois indicadores pelos lábios.

– Por que não me disse, John? – Elmer perguntou.

A voz do réu soou como a de um penitente arrependido. Era forçoso reconhecer sua técnica.

– Porque pensei que tinha enterrado definitivamente o episódio. Foi um erro terrível. Me confessei culpado porque estava protegendo outra pessoa.

– Sem dúvida – Helen escarneceu. – Uma mulher, certo? Sua galanteria é famosa.

Elmer interveio.

– E agora, Helen? Não quer fazer uma proposta? Tenho certeza de que John será mais receptivo desta vez.

Helen ainda sentia o calor da vitória como o do vinho na noite anterior.

– Você não está entendendo – ela disse. – Vou botá-lo na cadeia aqui, e depois vou a Seattle para que a liberdade condicional dele seja revogada. Ele terá oportunidade de fazer um estudo comparativo das prisões estaduais do Texas e de Washington.

– Não creio que você possa fazer nem uma coisa nem outra, Helen. Você ainda não tem como provar esse delito, e se não puder provar que ele cometeu outro crime não poderá revogar a sentença de Seattle. Sejamos razoáveis. Liberdade condicional...

Ainda estudando o acusado, Helen refletiu. Era verdade que sua prova ainda era muito inconsistente. Mesmo admitindo que o juiz Burr lhe permitisse provar o roubo em Seattle, ela talvez não conseguisse reunir elementos suficientes para convencer o júri. Especialmente com aquela mulher gorda da última fila dando uma de curinga.

Elmer percebeu que não progredia. O vão da escada era um espaço acanhado. Ao longo dos anos, ele tinha explorado aquela sensação de confinamento muitas vezes, mas, agora, ele próprio estava sentindo seu efeito. Viu Helen olhando penetrantemente para John, procurando desvendar seu pensamento. Elmer olhou para seu cliente e notou que os dedos de Willow tremiam ligeiramente.

Elmer voltou a olhar para Helen. A mulher estava tensa, com os nervos esticados como arame farpado.

– O que há com ele, Helen? – Elmer perguntou moderadamente. – O que leva você a pensar que o conhece melhor do que qualquer um de nós?

Helen não respondeu prontamente. Ponderou por um momento. Olhou John Willow bem de perto. O que via nele que a fazia ter tanta certeza de que era culpado? Notou pela primeira vez que ele era atarracado, mas bem-proporcionado. Seu terno não enfatizava seus ombros, mas era capaz de apostar que eles eram largos e musculosos.

– John? – A voz de Elmer parecia desencorpada. O advogado de defesa poderia ter baixado seu tom no vão da escada, conservando apenas o timbre grave da voz, a voz da razão. – Não tem nada a declarar à dra. Myers?

Willow sentiu os olhos penetrantes da promotora em cima dele. Seu olhar percorreu minuciosamente o corpo de Helen, começando pelos pés. Ela percebeu. Finalmente seus olhos detiveram-se nos dela. Pela primeira vez, ele lhe lançou um olhar direto. Seus olhos se desvendaram.

Elmer Shemway emergiu do vão da escada sozinho. Quando o juiz Burr tomou seu lugar na tribuna e os jurados retomaram seus assentos, dois lugares nas mesas da defesa e da acusação estavam conspicuamente vazios. O advogado de defesa disse simplesmente:

– Estávamos conferenciando no vão da escada quando, subitamente, o sr. Willow e a dra. Myers se retiraram juntos.

– Juntos? – O juiz Burr perguntou, perplexo. – Para onde foram?

– Não me disseram, Meritíssimo. Mas havia certa intensidade no ar. Creio que estavam fugindo.

– Dr. Shemway, sou um juiz aposentado visitante, mas detenho plenos poderes para punir desacatos. Se não der a este tribunal uma explicação satisfatória...

Elmer fez o melhor que pôde, mas não convenceu ninguém. O julgamento entrou em recesso, os oficiais de justiça receberam ordens para dar uma busca rigorosa nos corredores e nos vãos de escada. O juiz ligou pessoalmente para a Procuradoria de Justiça, onde promotores e funcionários esquadrinharam suas dependências e fizeram ligações telefônicas inutilmente. Mais tarde, o juiz expediu um mandado de prisão contra o acusado, estendendo a busca a toda a cidade, mas isso tampouco adiantou. A promotora e o réu tinham sumido misteriosamente. Mas não tinham sido esquecidos. O juiz Burr adiou o julgamento indefinidamente, mas isso não pôs fim à busca. Elmer Shemway foi preso temporariamente sob suspeita de que, enfurecido com a recusa da promotora e do seu cliente a negociar, tinha matado os dois. O vão da escada foi devidamente vistoriado à procura de vestígios de sangue. O terno de Elmer foi submetido a exames de laboratório, enquanto ele aguardava indignado o resultado, vestido na capa de chuva de um investigador. Finalmente foi liberado quando a perícia não apontou nenhum sinal de violência.

A busca diminuiu de intensidade, mas as hipóteses e teorias chegaram ao paroxismo, assumindo contornos de ficção científica. Um promotor defendeu a tese surrealista de que Elmer Shemway tinha absorvido as naturezas contraditórias dos dois, incorporando-as literalmente: triunfal apoteose do que ele normalmente fazia no vão da escada.

O promotor foi transferido para uma vara juvenil em outra jurisdição, mas Elmer Shemway continuou sendo alvo de muita curiosidade quando transitava, indiferente aos olhares insistentes, pelos corredores dos tribunais. Durante muitas semanas não conseguiu arrastar nenhum advogado para o vão da escada.

Praia da Isla de las Mujeres. Esse era o lugar onde as pessoas diziam que Helen estava. Uma praia estreita, mas de fina areia branca, e escassamente povoada. Ela avançou mar adentro, sob o sol fulgurante, sentindo a água cada vez mais profunda cobrir-lhe gradativamente as pernas. Mergulhou no azul translúcido, quase se evaporando nele, perdendo a noção de suas próprias formas, e voltou para a areia; gotículas de água salgada se formavam na sua pele e eram lubricamente desejadas pelo sol. Seu biquíni azul-claro realçava a pele, que começava a ficar bronzeada.

Helen espichou-se nas almofadas confortáveis de uma espreguiçadeira. Sentia-se como a heroína de um filme, que escapara de complicações legais refugiando-se numa ilha remota.

Mas isso era uma ilusão. Helen não se desligara do caso.

Virou-se para a espreguiçadeira ao seu lado e olhou para John Willow. Não se enganara quanto ao físico dele – não chegava a ser um atleta, pouco mais alto do que ela, mas bem-proporcionado. Cabelos louros crespos no peito, sardas começando a aparecer nos ombros largos. Ele sorriu para ela. Ela pôde ver seus olhos, de um verde-escuro como as águas mais profundas do Caribe.

Ela agora o tinha nas mãos. A fuga era prova de uma consciência culpada, e ninguém podia negar que John Willow tinha fugido do tribunal. Naturalmente, Helen não poderia mais atuar como promotora do caso, mas poderia ser a testemunha-chave da promotoria quando o julgamento fosse reiniciado – sabe-se lá quando. Ela poderia evitar ser processada, testemunhando contra a fuga de Willow.

Também poderia testemunhar contra suas artimanhas e truques de sedução. Pelo menos esse tinha sido seu plano. No vão de escada do tribunal de San Antonio ela tivera tanta certeza, mas, meu Deus, como ele era lento! Ainda nem a tinha tocado. Ela procurava descobrir o charme secreto que ele indubitavelmente devia exercer sobre seus comparsas de vida criminosa. Sobre essa faceta de sua personalidade Helen esperava ser uma prova de corpo de delito muito breve – caso John se mostrasse mais receptivo do que até então. Deitada na espreguiçadeira, ela baixou os óculos escuros sobre os olhos fechados. Afugentou os pensamentos. Passara grande parte de sua vida pensando. Por um breve, tranqüilo e encantador momento limitava-se a existir, sob os raios revigorantes do sol.

Tão sutil e sorrateiramente que poderia não passar de um reflexo de sua imaginação, ela sentiu um cálido afago na perna. Tanto quanto seus olhos, tinham sido as mãos vigorosas de John que ela notara no tribunal; seus dedos longos com suas pontas arredondadas, decerto macias. Eram esses dedos que agora exploravam sua coxa, desviando-se sem pressa para abismais confluências mais acima.

Ela entreabriu os olhos e o viu debruçando-se sobre ela. Os lábios de Helen esboçaram um sorriso vitorioso.

– Ah, aí – ela murmurou num gemido. – Continue. Oh, que bom!

Provas mais do que conclusivas.

PÓS-ESCRITO

Esta história é dedicada aos escrivães do sistema judicial do condado de Bexar...

... a maioria dos quais sabe mais sobre procedimentos legais do que os advogados que vêem passar diariamente pelas salas e corredores de seus tribunais.

Quando ainda estava na faculdade de direito, meu amigo Robert Morrow – já formado então – me apontou um homem que disse ser conhecido como um grande advogado de vão de escada. Desde então, quis escrever um texto de ficção mostrando que, embora seja grande a variedade de habilidades legais, poucas têm a ver com a pirotecnia dos grandes julgamentos.

Os advogados das histórias de ficção parecem sempre ansiosos para brilhar nas salas dos tribunais, ser o foco das atenções gerais. O que todos os advogados sabem e poucas obras de ficção registram é que a grande maioria dos defensores de causas judiciais nunca chega ao estágio do julgamento, que geralmente é considerado a última alternativa desejável para a solução de um caso. Por isso também tinha vontade de contar uma história sobre um advogado fora de série que detesta ter de comparecer a um julgamento – na verdade, um personagem muito real, acreditem.

Ademais, gostaria de assinalar que um pequeno segmento de leitores reconhecerá que esta história transcorre no centenário tribunal do condado de Bexar, e não no muito mais recente Centro de Justiça, que fica ao lado. O Centro de Justiça é novo, espaçoso e limpo, mas seus vãos de escada são lamentavelmente impraticáveis como espaços para abrigar eventuais conferências informais.

Finalmente, o título deste conto, naturalmente, é uma homenagem ao nosso estimado editor. Outras homenagens esparsas serão identificadas ao longo do texto. Quero agradecer-lhes, senhoras e senhores, pelos seus serviços hoje. Estive observando seu desempenho e notei que estavam prestando muita atenção às provas...

– JAY BRANDON

A primeira aventura de um moço no mundo "real" é um tema favorito dos escritores, mas através dos olhos do jovem Charles Morris, Richard North Patterson conta a história com tal honestidade e sentimento que ela se torna envolvente na sua abordagem e universal no seu impacto. O aprendizado de Charles sob a tutela do veterano advogado Sam Goldman é uma notável peça de ficção que você não esquecerá tão cedo.

O CLIENTE

Richard North Patterson

Gostei de Sam Goldman desde o primeiro instante.
Ele me estendeu a mão.
– Muito bem, Charles Morris, me conte tudo.
Fiquei momentaneamente embaraçado.
– A versão longa ou a condensada? – consegui desembuchar.
Os olhos de Goldman brilharam.
– A condensada, para começar. Se despertar meu interesse, pedirei que me conte a versão integral.
– Está certo. Preciso de um emprego.
Uma hora depois, estava empregado.
Cerca de um mês mais tarde, Goldman me perguntou o que eu tinha pensado enquanto esperava na recepção.
– Afinal, não sou uma dessas firmas de advocacia badaladas que estivesse paparicando você.
Fiz um inventário de minhas primeiras impressões. Seu escritório ficava no sexto andar de um velho edifício parcialmente ocupado por um banco. A porta de entrada era de madeira com um quadrado de vidro opaco, protegido por uma grade de pequenos pentágonos, onde se lia: SAM GOLDMAN – ADVOGADO. Ao entrar, passara por uma recepcionista sexagenária parecendo a tia carinhosa de alguém. "O senhor deve ser o sr. Morris." Ela sorriu e tocou uma campainha para avisar Goldman da minha presença, sua voz dando a entender que ele ficaria contente. A sala era acanhada mas agradável, com pequenas gravuras coloridas nas paredes e vasos de plantas nos cantos. Sentei-me numa poltrona de couro ao lado da qual havia um cinzeiro dourado de pé, com alguns amassados

denunciando sua idade. A mesa do outro lado era de mogno escuro, e nela não se via nenhum *Wall Street Journal*. Ao invés, havia dois números atrasados da *National History* e um exemplar do *Variety*.

– Pensei – disse a ele – que seu escritório de advocacia era o primeiro que visitava em Mobile sem uma recepcionista que falava com uma voz de quem sussurra segredos insondáveis, ou retratos de sócios falecidos pendurados nas paredes. Pensei, também, que era muito pequeno para representar um banco. Por conseguinte, o senhor devia ter clientes aos quais podia realmente dispensar um atendimento pessoal.

Goldman sorriu e também me recordo que achei que ele se parecia com Jack Benny, de quem me lembrava do tempo em que meus pais compraram nosso primeiro aparelho de televisão e ficávamos assistindo aos seus programas, em que era sempre aparteado pela voz rouca do comediante negro Rochester com suas tiradas jocosas. Benny e Goldman tinham o mesmo aspecto de bondade aturdida. "Ele é um velho", pensei com meus botões. Na verdade, Goldman tinha setenta anos, uma franja de cabelos brancos caindo-lhe na testa, manchas senis nas mãos, e seus movimentos eram hesitantes como ocorre com as pessoas idosas, cuja memória começa a falhar. Era baixo e tinha cintura grossa; sua voz era grave, com uma entonação rica, antiga. Mas seu aperto de mão era forte e sua fala ágil e pitoresca.

– Eu lhe explico a razão pela qual as grandes firmas representam bancos – ele respondeu com a solenidade de um homem revelando uma verdade transcendental. – É o princípio do sobrinho idiota. Se você for fundo na questão, verificará que a coisa sempre começa três gerações atrás, quando o sobrinho idiota de um dos sócios fundadores se casou com a filha de um banqueiro, gerando assim setenta e cinco anos de superfaturamento e algumas diretorias entrelaçadas. Infelizmente, os sobrinhos idiotas de meu avô ainda não tinham imigrado, e portanto não me ajudaram em nada.

Sorri de volta, contente por me dar conta de haver feito a escolha certa. Tinha passado sete anos no nordeste, na universidade e na faculdade de direito, e chegara a pensar em ficar por lá mesmo. Mas Mobile significava continuidade, um acréscimo, não podia cortar minha mocidade como se fosse um tronco de árvore podre. Curtia agora a quietude de um lar, a ausência de ansiedade e imprevisibilidade, o verde e o musgo, a lenta e sonolenta fruição da intemporalidade ambiente. E Goldman era um advogado honesto, como eu gostaria de ser, que respeitava seus clientes e cobrava dos mais desvalidos o mínimo indispensável "para que não fossem bater na porta de um rábula qualquer", como costumava dizer. Soube que após a morte de sua mulher, ele passou a levar uma vida muito reclusa e solitária, especialmente depois que o filho foi para Washington e seu velho sócio, Kraus, se aposentou e se mudou para Key West "para fazer da velhice uma profissão". Os clientes de Goldman ainda eram sua profissão, seu orgulho – proteger seus interesses, aconselhá-los, ser útil, era sua razão de ser. Portanto, tinha muito que fazer, e eu era necessário.

A princípio, eu dependia dele para tudo. Sentava-me em frente à sua mesa de nogueira, sentindo o leve e agradável odor de couro e bons charutos, enquanto ele examinava cuidadosamente meu trabalho com seus óculos meia-lua, fazendo correções a lápis com a mão rendilhada de veias azuis. Depois, pacientemente, me ensinava, concluindo sempre com um comentário pertinente. Para Goldman, a lei não se confinava aos livros de direito, era pautada por vetores da vida – antropologia, sociologia – e pessoas. Algumas dessas pessoas eram velhas agora. "A maior parte do tempo meu escritório parece a sala de espera de Deus", Goldman dizia. "Sinto-me como um infame agente funerário. Não é fácil ver meus amigos morrerem, ou se prepararem para a última viagem." E assim fiquei sabendo tudo sobre testamentos e bens dos amigos de Goldman, e aprendi também a amar a lei – suas sutilezas e segredos – e a sentir sua presença e influência nas relações humanas, à medida que elas se expandiram, modificaram e evoluíram através dos tempos. Goldman elogiava muito meu trabalho, e comecei então a fazer o trabalho de Benson.

Case Benson tinha sido o cliente fundamental de Goldman, seu prêmio, e quarenta anos depois os Benson ainda eram muito especiais para ele, com seu complexo de pequenas empresas e proteções fiscais, que Goldman tinha regado como uma planta exótica. Benson estava agora com mais de setenta anos e tinha aguçados olhos azulaço de sulista, que se enrugavam quando ele sorria, olhos que pareciam feitos para avaliar a colheita de um campo ou localizar um cervo, como se um passado rural estivesse estampado no seu código genético. Costumava aparecer no escritório de manhã, por volta das dez horas. "Bom-dia, Sam", ele dizia, e sentava-se na cadeira à esquerda da escrivaninha de Goldman, esticando as pernas. Em seguida, riscava um fósforo, e punham-se a conversar em meio à fumaça azulada do charuto de Benson, sagazmente, com a economia de palavras de homens que não estavam meramente jogando conversa fora, mas tratando objetivamente de negócios.

As visitas tinham um caráter quase ritualístico, como se cada um dos dois homens fosse um pilar da realidade do outro, que precisava ser conferida periodicamente. E havia afetividade naqueles encontros. Inicialmente, eu não participava desse calor humano, mas aos poucos fui sendo envolvido por ele. Os dois homens narravam suas experiências de vida para meu proveito, explicando, ampliando, e eu sentia que as reuniões se enriqueciam com a minha presença. Passei a aguardar as visitas ansiosamente, a antecipar a satisfação que me proporcionavam. Nunca me excedia, falava demais, ou me referia a casos acontecidos comigo. Mas aprendi muito sobre as origens de Benson, sua filosofia de trabalho e, o mais importante, seus negócios. Gradativamente, fui me familiarizando com os aspectos básicos das atividades de Benson: impostos, contratos, aquisições. Goldman supervisionava tudo minuciosamente.

Uma tarde, no fim do expediente, perguntei-lhe a razão daquele rigoroso controle. Goldman olhou para mim meditativamente à meia distância.

– Suponho – disse finalmente – que é muito difícil me desligar inteiramente. É admitir que não sou mais essencial, o que é a mesma coisa que admitir que vou morrer. – Ele fez um gesto com a mão, afastando minha pergunta antes que a fizesse. – Sei que tudo isso é tolice, e seu trabalho é excelente. Mas Case Benson é meu cliente mais antigo e ele me procurou quando eu era muito jovem e não tinha dinheiro. Benson dispunha de algum capital, mas precisava de empréstimos. Ajudei-o a conseguir alguns durante a Depressão, quando a palavra empréstimo era um palavrão, e além do mais ele não oferecia grandes garantias. Começou adquirindo uma fábrica de papel e depois mais isso e mais aquilo, e eu cresci com ele. Podia ter me tornado seu sócio, mas não é aconselhável nos associarmos aos nossos clientes – você perde a liberdade. Nunca alimentei pretensões de que Case Benson fizesse de mim um magnata. "O importante é que ele foi meu primeiro cliente não judeu. Isto aqui era um lugar tradicional, e as pessoas custavam a se modificar. Mas um advogado judeu podia conquistar clientes cristãos se estivesse no lugar certo. Conheço algumas pessoas que ainda se referem àquele bom advogado judeu. – Goldman sorriu. – Acham que isso é prova de grande sofisticação, como ter estado na Europa. O fato é que Benson me ajudou a obter novos negócios, mais como exemplo do que qualquer outra coisa, e isso tornou as coisas mais fáceis para mim. Case é um bom homem, embora seus filhos não valham nada. – Goldman calou-se abruptamente e olhou para seu relógio. – São cinco e meia, Charles. Gostaria de tomar um drinque?"

E assim Sam Goldman e eu passamos a tomar um ou dois bourbons todas as tardes depois do expediente, quando a Sra. Selfridge, a recepcionista, já tinha ido para casa. Alguns dias, um de nós podia estar muito ocupado, ou detido numa reunião com clientes. Mas se o expediente estivesse terminado normalmente e o telefone parado de tocar, ia para a sala de Goldman por volta das cinco e meia. Goldman apanhava a garrafa no móvel atrás de sua escrivaninha e eu ia buscar gelo na geladeira espremida num canto da sala do arquivo. Então Goldman servia o bourbon em dois copos, cuidadosamente, celebrando um ato de cordialidade.

Enquanto ele servia a bebida, eu ficava olhando em volta da sala, para a cabeça esculpida de um negro na mesa de Goldman, ou para os velhos livros de direito na estante, ou para uma fotografia de

Robert Kennedy na parede atrás da cadeira de espaldar alto de Goldman. Tinha uma dedicatória pessoal e um dia perguntei-lhe sobre aquilo. Goldman ponderou enquanto cortava a ponta de seu charuto com um pequeno canivete de ouro. Acendeu o charuto e deu uma longa baforada.

– Esse aí era um rapaz decente, embora houvesse quem não gostasse dele. Ajudei-o um pouco, emprestei uma sala ao pessoal dele para poderem trabalhar quando tiveram aqueles problemas com o Wallace, e as grandes empresas se omitiram. As pessoas mudam, mas às vezes é preciso dar-lhes um pontapé no traseiro, e foi isso o que os Kennedy fizeram, quando os negros começaram a desacatá-los. Mas foi duro naqueles dias. Sarah e eu costumávamos receber telefonemas do Ku Klux Klan à noite, ameaçavam me matar ou castrar porque eu era "cupincha dos crioulos", diziam. Finalmente, arranjei um apito poderoso e coloquei-o debaixo da cama, e quando aqueles FDPs ligavam, soprava o apito com toda a força nos ouvidos deles. Dizem que isso incomoda como diabo, e eles acabaram desistindo de telefonar. Eles sempre foram mestres em atacar pessoas que não podiam reagir, explodindo ônibus escolares ou agredindo pessoas em bandos.

As histórias que ele contava me fascinavam. Minha família sempre achara que os negros teriam evoluído tranqüilamente através de um processo de assimilação natural dos brancos mais esclarecidos, sem todas essas marchas de protesto e tumultos, que só criavam mal-estar e acirravam os ânimos. Expliquei isso uma vez e Goldman sorriu.

– Eles estariam esperando até hoje na fila para usar as privadas com o aviso "Só para Gente de Cor", se não tivessem feito algum barulho. É engraçado, entretanto, o que descobri a meu respeito depois que as coisas melhoraram. Durante anos ajudei os negros e quando vencemos fiquei meio frustrado, sentindo falta da briga. O pior é que de vez em quando vou a Birmingham e a Hyatt House está cheia de negros participando de uma convenção ou coisa parecida e não consigo me acostumar com isso. Como você vê, eu também tinha incorporado uma parte dos preconceitos do sistema. – E Goldman sacudiu a cabeça, censurando sua própria insensatez.

Servi uma segunda dose e contei o que aconteceu comigo quando era segundanista na Universidade de Colúmbia, e certa vez saí com uma garota negra da Barnard. Tínhamos fumado um pouco de maconha e passado a noite juntos, e eu esperara uma grande revelação, mas tudo transcorreu sem maiores novidades, um encontro como qualquer outro entre duas pessoas.

– Fantasiara que, a partir daquele momento, passaria a compreender Ray Charles melhor, coisas desse tipo. Finalmente, a garota admitiu que pensara a mesma coisa, só que ao contrário. Confessei-lhe o que me tinha ocorrido a respeito de Ray Charles e ela comentou, de gozação, que era preciso eu me sentir meio cego. Senti-me completamente ridículo, mas ela riu, de nós dois, e acabamos bons amigos. Em sã consciência, porém, não posso dizer que aprendi grande coisa sobre os negros com a experiência. Só sobre mim mesmo. – Goldman assentiu com um gesto de cabeça compreensivo e sorriu, e a conversa continuou, abordando temas políticos, recordações e o dia de trabalho.

Às vezes mencionava os filhos de Case Benson. Ao me incumbir de cuidar dos assuntos deles, Goldman esperava que nos tornássemos amigos, como acontecera com ele e Case Benson. Mas enquanto o velho era um autêntico homem de negócios, os filhos eram oportunistas, sempre impacientes para fechar um negócio vantajoso. Compravam terras e traficavam influência. Eram amigos do governador, a quem davam dinheiro e se referiam com superioridade pelas costas. Pressentia que eles consideravam Goldman uma relíquia da família e viam em mim um advogado inexperiente, insignificante. Isso me preocupava, mesmo então: era a única coisa que Goldman não podia corrigir, talvez nem se desse conta.

Um belo dia vieram à minha sala discutir um caso. Carter Benson era um homem moreno dos seus trinta e cinco anos, atraente a despeito de seu jeitão arrogante, cara fechada e olhos de jogador.

Case Jr. também andava pela casa dos trinta, um taciturno poço de ressentimentos que eu não ousava perscrutar. Espichados em suas cadeiras, os dois ouviam minhas explicações com indisfarçável enfado.

– A questão é determinar se vocês sabiam que a escada do seu prédio era perigosa *antes* de a querelante levar o tombo. Nesse sentido só há um documento nos autos do processo que me incomoda. – Dizendo isso, empurrei uma fotocópia em cima da mesa na direção de Carter Benson. – É este memorando que o administrador do edifício enviou a vocês, uma semana antes do acidente. Note que ele diz que a escada é mal iluminada e seus degraus estão abalados em dois lugares. Leu isso?

Carter Benson empurrou de volta o memorando.

– E se tiver lido?

– Nesse caso, provavelmente seria aconselhável propor um acordo.

Benson apontou para a fotocópia.

– A outra parte tem conhecimento disso?

– Ainda não. Mas fomos intimados a apresentar todos os documentos relevantes.

– Por que você simplesmente não dá sumiço nele? – Benson perguntou displicentemente.

Sacudi a cabeça.

– Não posso fazer isso.

– Você é nosso advogado – ele retrucou – não nosso líder espiritual.

– Entenda bem, Carter, nem por você nem por quem quer que seja, jamais renunciarei aos meus princípios éticos.

– Há outros advogados, Charles.

Invoquei a força moral de Goldman.

– Se não está satisfeito – esquivei-me –, podemos promover uma reunião com seu pai. A ética de Sam Goldman tem sido mais do que satisfatória para ele. – E Carter Benson enfiou a viola no saco, sabendo muito bem que seu pai desaprovaria qualquer mudança. Mas depois disso os filhos de Case Benson fizeram questão de deixar claro que eu era uma nulidade para resolver questões práticas. E eu vi neles as forças desagregadoras das relações dignas entre as pessoas: a trapaça, os expedientes escusos, a total falta de escrúpulos. — Tenho o maior desprezo por eles — admiti a Goldman.

A preocupação sulcou o rosto de Goldman.

— Case nunca me pediu para fazer nada desonesto. Ele acredita, como eu também, que se você for honesto sobreviverá. Portanto, enfrente-os sem temor, Charles, e eles o respeitarão. Mas lembre-se — ele disse, apontando o dedo no meu nariz —, enquanto eles permanecerem dentro dos limites da lei, você é seu defensor, essa é a base de nossa profissão. O cliente tem de acreditar que seja lá o que você saiba, ou o que quer que pense sobre ele, permanecerá entre as paredes deste escritório. Mesmo que não se lembre de mais nada, lembre-se disso. — Achando seu tom muito doutoral, Goldman procurou amenizá-lo. — A verdade é que Case e Julie só tiveram filhos depois dos trinta e cinco anos e por isso esses rapazes não são muito inteligentes. Se eles tivessem esperado muito mais, provavelmente teríamos que manter esses dois na coleira.

Apesar do comentário jocoso, senti certo desconforto.

— Você deve estar sabendo que eles estão jogando pesado com um grupo de políticos do condado de Baldwin, dinheiro de campanha, as coisas de sempre. Tem alguma noção do que está por trás disso?

Goldman encolheu os ombros.

— Não, mas creio que descobriremos, mais cedo ou mais tarde. De qualquer forma, enquanto Case for vivo, manteremos os rapazes com restrições. — Sabia que era isso o que ele acreditava. Por isso deixei passar, e Goldman começou a tecer considerações sobre a bomba de nitrogênio. — Imagine você que ela mata as pessoas e preserva as edificações. — Ele sacudiu a cabeça, e concluiu: — Podiam lançá-la na Alemanha. Eles têm gente execrável, mas belas catedrais.

Concordei com um gesto de cabeça.

— Podiam transformar a Alemanha num grande museu, como Williamsburg. — Rimos da idéia extravagante, pois ambos sabíamos que Goldman era incapaz de fazer mal a quem quer que fosse. E as conversas se sucediam, os dias e os meses sendo virados como as páginas de um livro. Enquanto isso eu aprendia não só as complexidades do direito, mas igualmente a conhecer as pessoas. Aprendia a duvidar das coincidências, a compreender os motivos, a negociar quando o dinheiro e paixões estavam em jogo. "Você é um bom rapaz, Charles", Goldman dizia, "e um bom advogado." Suas palavras significavam mais para mim do que dinheiro ou prestígio. Tinha consciência de que estava crescendo e minha dívida com Goldman aumentava. À medida que amadurecia, compreendia que ele me estava transmitindo sua experiência, seus ideais e tudo o que sabia. Eu tinha sido admitido no seu mundo, tão raro e especial quanto um daguerreótipo.

Sua janela dava para a repousante mesmice azulada da baía de Mobile, e nas tardes de verão ela filtrava a evanescente luz do sol em seus dourados raios, que lhe conferiam a vaporosa riqueza cromática de uma antiga fotografia colorida desbotada. Eu sentia o cheiro de couro dos velhos livros de direito, e o gosto de cinza do fúlgido bourbon, na sua cálida, mordente frieza sobre cubos de gelo. A graça de Mobile me envolvia com seu fascínio de um lugar e de um tempo peculiares, na doce expectativa das coisas. E no centro a veneranda figura de Goldman na sua poltrona de encosto alto, expressando suas opiniões e conceitos repassados de sabedoria e decência, pontuados por uma fala arrastada de grave diapasão.

Na minha opinião, a mudança começou quando Case Benson morreu. Tínhamos passado pela praça Bienville, depois do almoço, esquivando-nos dos pombos. Eu envergava um terno de linho branco. Goldman tinha me elogiado pela roupa, e passamos a caminhar juntos. Goldman gesticulando ao meu lado uns quinze centímetros mais baixo do que eu. Entramos no vestíbulo de mármore no velho edifício do banco e tomamos o elevador para o andar do nosso escritório. A expressão estampada no rosto da sra. Selfridge, sentada atrás de sua mesa, era tensa, estranha.

– O sr. Benson faleceu – ela disse. – Ataque do coração. – Goldman encaminhou-se para sua sala e fechou a porta.

Foi sua memória que notei primeiro. A mudança foi sutil. Goldman não se esquecia das coisas propriamente ditas, mas não se lembrava se as tinha mencionado antes. "Passei para você o testamento do Peterson?", ele perguntava, tendo indagado a mesma coisa na véspera. Ou então tinha uma reunião com um cliente, e a descrevia duas vezes. A princípio, Goldman fazia esse tipo de coisas e depois empinava a cabeça, como se tivesse ouvido uma nota falsa no seu cérebro. E lenta, perceptivelmente, suas dúvidas desapareciam, e as falhas de memória aumentavam.

Ele começou a perder coisas, chaves, pastas de arquivo. Uma tarde, surpreendi-o de pé atrás de sua escrivaninha, com o olhar fixo, esgazeado, como se estivesse completamente perdido.

– Perdi o raio do meu canivete – ele disse. – Não há meios de achá-lo. – Localizei o canivete de ouro aos pés de Goldman.

– Achei – disse jovialmente.

– Não consigo encontrar as coisas – Goldman resmungou. – Sarah sempre achava as coisas. – Senti tristeza, como se estivesse começando a perdê-lo.

Goldman tornava-se cada vez mais moroso, mais cansado. Às vezes ia para casa mais cedo, ou suas mãos tremiam ligeiramente no fim do expediente, quando ele servia nossos drinques. Comecei a ditar cartas e colher sua assinatura, explicando que ele não me poderia orientar se ficasse preso a detalhes. Punha em prática o que ele me havia ensinado, para conservar a confiança dos clientes, não em mim, mas em Goldman. E depois do jantar, voltava ao escritório sozinho, para revisar o trabalho de Goldman.

Os Benson mereciam minha especial atenção. Os filhos tinham assumido os negócios do pai, com novas idéias e o desprezo acintoso dos jovens pelos mais velhos. Goldman não representava nada de especial para eles. Os dois o tratavam com uma cortesia entediada tão dolorosa quanto um tapa na cara. Ou pelo menos assim me parecia, mas Goldman fazia de conta que não notava. Para ele, as reuniões eram como se fossem uma extensão dos serviços que prestara a vida inteira a Case Benson. A meu ver, o som de sua própria voz evocava a sólida confiança que caracterizara o relacionamento entre os dois homens. Os rapazes, com sua sofreguidão por dinheiro fácil, não eram reais para Goldman, eram antes uma pedra de toque pondo à prova sua memória. Era como se uma parte primitiva de Goldman os aceitasse como um talismã do qual ele resgatasse poderes enfraquecidos, renovasse habilidades desgastadas. Eu notava, apreensivo, a impaciência deles, receando que Goldman os perdesse, e receava ainda mais o que essa perda poderia acarretar. O escritório, a sra. Selfridge, seus clientes eram o seu mundo agora. Encobri minha aversão pelos Benson com renovado zelo pelos seus interesses.

Numa cinzenta manhã de outono, Goldman me chamou à sua sala. Os Benson tinham aparecido inesperadamente. Estavam espichados em frente à escrivaninha dele, numa postura estranhamente impessoal, como se Goldman fosse uma cadeira com o estofamento danificado, que eles estivessem a fim de doar ao Exército da Salvação. O ar estava impregnado de um silêncio pesado, tenso. "Pelo amor de Deus, Sam", pensei, "seja brilhante hoje."

Goldman reclinou-se na sua poltrona, expansivo.

– Vejo com satisfação que vocês estão investindo em terras; é um investimento sólido, que não se dilui. Lembro-me de quando o pai de vocês pediu minha opinião sobre a compra do terreno onde hoje se ergue a Merchants Bank Tower...

Comecei a rabiscar com traços rápidos e grosseiros a cara de um idiota, enquanto Goldman tirava baforadas do charuto.

– Havia um armazém de secos e molhados no terreno que não valia nada. Então o pai de vocês me procurou e me disse... "Esse terreno é a única mina de ouro em Mobile."

Percebi, de repente, que Goldman parecia absorto, perplexo, como no dia em que perdera o canivete.

Benson falou com um tom de voz entediado.

– O senhor já nos contou isso, dr. Sam. A semana passada. – Ele fez uma pausa. O insulto ganhou consistência até encher a sala. O rosto de Goldman despencou. Senti uma humilhação entorpecedora, um choque físico. A voz de Benson vergastou o silêncio. – O que queremos são as escrituras de compra e venda dos lotes que estamos adquirindo no condado de Baldwin.

– As minutas estão na minha mesa – eu disse. – As escrituras estarão prontas amanhã sem falta.

Benson virou-se para mim, mal conseguindo conter a irritação.

– Deviam ter ficado prontas a semana passada. – Estiquei as mãos num gesto de contrição. – Estive tão atarefado que não me foi possível concluí-las. Sinto muito.

Goldman olhava como se fosse um espectador de um novo jogo do qual não conhecia as regras.

– Tudo bem – disse Benson. – Amanhã às dez. – Sua voz transmitiu a indignação e o desprezo, contidos a custo, de um homem confrontado com a incompetência. – Dr. Sam – ele acenou com a cabeça e retirou-se abruptamente, seguido pelo irmão.

Goldman virou-se para mim, procurando lembrar-se de quando me tinha passado as minutas. Viu a expressão do meu rosto, e a confusão transformou-se em bondade.

– Não se preocupe, Charles. Termine essas escrituras. Eles pareciam muito impacientes. – Comecei a me retirar e voltei-me, quando já estava na porta. Goldman olhava pela janela, para coisa alguma.

A caminho da minha sala, parei na mesa da sra. Selfridge.

– Temos umas escrituras de terrenos que os Benson estão comprando no condado de Baldwin. Procure localizá-las, por favor, enquanto o dr. Goldman estiver almoçando.

Ela assentiu com a cabeça.

– Os Benson estão na sua sala. – Ela hesitou, e depois falou com a voz embargada. – Se eles nos deixarem ele morrerá de desgosto. Quero dizer, ele saberia então...

Concordei, inclinando a cabeça. Seus olhos exprimiam uma culpa repentina, como se achasse que seus temores eram punhais apontados para Goldman. Ela desviou rapidamente o olhar e passou a arrumar os papéis em cima da mesa.

Os Benson estavam refestelados no meu escritório.

— Quando terminar de preparar as escrituras — disse Carter Benson — quero que envie nossos arquivos para Mike Ritchie, da firma Mead, Carlton.

Os olhos de Benson estavam vazios. Senti meu rosto em carne viva.

— Escute, sobre essas escrituras... — Ainda tentei.

— Nos sentiremos melhor com outro advogado. Sam Goldman está velho. Não temos tempo para tolerar coisas como o que aconteceu esta manhã.

— Ele está senil — disse Case Jr., com brutal objetividade.

Eu estava muito chocado para poder responder. Carter disse:

— Tenha todos os nossos papéis e documentos prontos para remetê-los amanhã. — E mais não disseram, retirando-se em seguida.

O momento ficou estático, parado na sala, com ar viciado. Ensaiei ir à sala de Goldman, mas não sabia como dizer-lhe que ele acabara de ser despedido pelos filhos de Case Benson. Permaneci sentado, enquanto as paredes absorviam meus pensamentos. Então, a sra. Selfridge entrou, trazendo dois grandes envelopes pardos.

— Estavam no aparador atrás da mesa do dr. Goldman — ela disse.

Fiquei brincando por algum tempo com a caneta, retirando-a e enfiando-a no seu suporte. Finalmente, dispus-me a iniciar o trabalho. Folheei as minutas das escrituras, conferindo a localização dos lotes mecanicamente. Súbito, parei diante de uma página, como que impelido por um pensamento que começava a se esboçar. "As pessoas agem movidas por algum motivo", Goldman me tinha dito, "até mesmo as crianças e os idiotas, ainda que o motivo seja absurdo. Não atribua nada à mera coincidência, a menos que não haja outra explicação plausível." Pedi à sra. Selfridge que me trouxesse todos os documentos referentes à compra de terrenos no condado de Baldwin. Ocupavam diversas pastas. Analisei-os minuciosamente, fazendo anotações num bloco de papel.

Às duas e meia mandei buscar as pastas de correspondência dos Benson. Folheei uma batelada de cópias em papel fino até me deter numa das últimas. Carter Benson sentia-se honrado, dizia a carta, em contribuir para a campanha de um candidato a deputado que compartilhava seus interesses. Peguei um mapa do condado de Baldwin, e assinalei as entradas que cortavam o mapa como artérias vermelhas. Depois consultei as pastas referentes aos terrenos e fiz um X a lápis no mapa.

O pensamento desenvolvera-se lentamente, sem amarras. Dissociei-o do seu significado, tratando-o como uma coisa abstrata, um enigma. Mas o X no mapa dava-lhe vida; revelava o que era, o que eu poderia fazer se a última peça se encaixasse. Olhei para o X como se nele vislumbrasse meu futuro. Mas o que vi foi o rosto de Goldman quando Carter Benson lavrasse sua sentença. Peguei o telefone e liguei para a assembléia legislativa estadual.

Naquela tarde, Goldman e eu tomamos nossos drinques habituais. Ele parecia cansado, pediu-me para servir a segunda dose.

– Você já terminou com as escrituras dos Benson? – ele perguntou finalmente.

– Estou trabalhando nelas – disse, desculpando-me para ir para casa.

Na manhã seguinte, a chuva fustigava insistentemente a janela do meu escritório, fazendo com que a sala parecesse um desolado casulo. Esperei, aspirando meu café, em vez de sorvê-lo, como se estivesse inalando calma e ritualisticamente.

Às dez, Carter Benson chegou. Entreguei-lhe as escrituras.

– Examinei-as meticulosamente – disse. – Estão perfeitas.

Benson sentou-se e passou os olhos superficialmente.

– Os arquivos estão prontos? – ele perguntou, continuando a olhar para baixo.

– Não – respondi.

Benson olhou para mim.

– Por que não?

– Porque sei o que esses terrenos realmente significam para você. Você está a fim de construir uma pista de corridas. Se seu interesse fosse apenas por um terreno, poderia adquirir cem hectares em qualquer lugar, mas acontece que você precisa de uma localização adequada, uma área perto das estradas. – Apontando para as escrituras, disse: — Esses terrenos ficam ao lado da Interestadual, perto da Rodovia 59, bem no meio da sua pista de corridas.

O rosto de Benson estava contraído e seus olhos ligeiramente apertados, no esforço evidente que fazia para se controlar.

— Papo-furado, Charles. Corridas de cavalos não são permitidas aqui.

Uma súbita pancada de chuva tamborilou na vidraça da janela, e depois parou, enfatizando o silêncio. Quebrei-o.

— Há um projeto de lei visando a legalizá-las, apresentado na assembléia pelo vereador a quem você deu cinco mil dólares recentemente. — Benson fez menção de falar, mas cortei-o. — Sei que contribuições para campanhas são perfeitamente legais. Mas suponhamos que algum repórter abelhudo comece a investigar a compra desses terrenos. Embora você os tenha comprado por meio de diferentes companhias, com uma informação de cocheira ele acabaria descobrindo o grande patrocinador: você.

"Duas coisas poderiam acontecer. Seu projeto muito provavelmente não emplacaria, deixando-o com terrenos baldios sem maior valor e uma reputação seriamente comprometida. Afora essa hipótese, os proprietários dos terrenos de que você precisa, ao tomarem conhecimento de sua finalidade, exigiriam preços exorbitantes."

— Nada disso é contra a lei.

Acenei com a cabeça.

— Mas é suficientemente escuso para que você não queira ver seus planos expostos à opinião pública.

Benson enfiou a mão no bolso à procura de um cigarro. Encontrou-o e acendeu-o. A fumaça subiu em sinuosas espirais, espalhando uma névoa acre.

— Que você quer? — ele perguntou.

Uma doce e santa cólera contraiu meu peito.

— Vocês continuam como clientes, e faço o trabalho. Depois que Sam tiver partido para o andar de cima, despacharei os arquivos de vocês para o Ritchie porque, para ser absolutamente franco, não suporto vocês dois. Mas, enquanto Sam permanecer à frente deste escritório, vocês vão tratá-lo com todo o respeito que ele merece. A partir de hoje. Às quatro e trinta compareça à sala dele, apanhe as escrituras, e lhe agradeça pelo seu trabalho. E traga seu irmão.

Benson ouviu tudo com calma surpreendente. Ficou sentado, mudo, com a fisionomia transtornada pelo ódio reprimido. Finalmente, falou, com a voz perpassada de rancor e desejo de desforra.

— Você fica aí deitando regras, dando uma de defensor da virtude, quando não passa de um reles chantagista. Você seria capaz de trair a confiança de seus clientes, vendendo seus segredos para agradar a um velho senil.

— Viver consiste em saber optar, Carter. Ser ético ou permitir que você destrua impiedosamente um homem bom como Sam, e você não vale uma cusparada dele nem nos seus melhores dias. Portanto, se eu buscar absolvição, não será de você que ela haverá de vir. Tudo o que quero de você é uma resposta.

Benson olhou demoradamente em volta da sala, como se a estivesse vendo pela primeira vez. Ele falou para a parede.

— Isso não se parece muito com o estilo de Goldman e meu pai, não é verdade?

— Nem um pouco.

Benson voltou a olhar para mim.

— Não posso realizar esse negócio sem você — ele disse com inesperada firmeza.

— Quatro e meia. Na sala de Sam — repeti. Benson me olhou de alto a baixo com fria deliberação; depois se levantou e se retirou.

Fui almoçar sozinho, e bebi um bourbon duplo, como se estivesse com Goldman. Mas quando voltei me estranhei. Sacudi a sensação e fui levar as escrituras para Goldman.

Encontrei-o sentado à sua mesa, às voltas com um invólucro de charuto de celofane que desafiava seus dedos. Depositou-o na mesa, sorrindo encabuladamente.

— Preciso de um maldito abridor de latas — ele se queixou, e pegou as escrituras. — Quando é que eles estão contando com elas?

— Creio que eles virão aqui às quatro e meia.

— Estou certo de que eles as acharão satisfatórias — ele disse elogiosamente, e colocou-as em cima da mesa. Voltou ao assunto do charuto, ajustando os óculos no nariz para enxergar melhor. Fiquei na dúvida se deveria ajudá-lo. Agradeci-lhe e voltei para meu escritório.

O dia foi arrastado. Manuseei nervosamente algumas pastas de arquivo, enchendo o tempo, depois liguei para uma antiga namorada em Nova York para falar de futilidades. Às quatro e trinta fui para a sala de Goldman. Os Benson não tinham chegado. De repente senti-me consumido por uma profunda tristeza, como se estivesse pranteando a morte de alguém, embora não soubesse de quem. Tentei falar sobre as escrituras, mas minhas palavras e as de Goldman se desencontravam, como se eu estivesse conversando com o rádio.

– A Merchants Bank Tower era uma mina de ouro – Goldman estava dizendo. – Eu disse ao Case: "Talvez você consiga um empréstimo para construir um prédio de escritórios lá..."

– Os Benson chegaram – a sra. Selfridge disse do outro lado da porta.

– Faça-os entrar – Goldman respondeu, satisfeito. Os Benson entraram e ficaram de pé em frente à escrivaninha de Goldman.

– Aqui estão as escrituras – disse Goldman.

Carter Benson apanhou-as. Ele olhou rapidamente para mim, e passou uma vista d'olhos silenciosamente nos documentos. O barulho metálico da máquina da sra. Selfridge pontuava o tempo.

Benson olhou novamente para Goldman.

– Obrigado, dr. Sam – ele disse em voz baixa.

Goldman sorriu.

– Não há de quê. Dispõem de alguns minutos?

Carter Benson olhou para mim com um meio sorriso amargo.

– Só se for realmente alguns minutos – ele disse a Goldman, e nosso trato foi selado.

Goldman fez um sinal para que se sentassem.

– Há algum tempo que vinha querendo perguntar a vocês o que acham sobre a compra de uma participação num banco. Seu pai pensou nisso algumas vezes, mas nunca encontramos a oportunidade certa...

Quando eles foram embora, Goldman voltou-se para mim.

– Parece que eles se acalmaram um pouco. Tenho certeza de que se lembram que temos sido defensores de seus interesses. – Ele olhou para mim com súbita agudeza, que logo se desfez. – De qualquer forma, vou verificar com alguns bancos menores e ver a possibilidade de fazer um investimento.

– Boa idéia – concordei. Olhei meu relógio. – Cinco e meia, que tal um drinque, Sam?

Goldman envelhecia, tornava-se mais lento. Vinha trabalhar mais tarde, e muitas vezes ia mais cedo para casa, para descansar. Alguns dias eram melhores, e nesses dias eu me aconselhava com ele. Mas ele se mantinha mais calado quando tomávamos nossos drinques. Por vezes, encontrava-o vagando pelo escritório, como se fosse um hóspede numa dependência estranha.

Ele parecia apreciar as visitas dos Benson. Comprazia-se em recordar o passado, enquanto eles permaneciam calados na frente da sua escrivaninha, não tão indóceis a ponto de ele perceber. Depois de algum tempo, Carter Benson passou a me procurar no meu escritório e conversávamos, tranqüila e cautelosamente, sobre os diversos assuntos em andamento. Não posso dizer qual a decisão que Goldman teria tomado. Na realidade, não importa.

Carter Benson construiu sua pista de corridas. E numa tarde de verão – às cinco e trinta – encontrei Sam descansando na sua escrivaninha, como se estivesse dormindo. Despachei os arquivos para Mike Ritchie. Mas a luz que entra pela janela de Sam não é mais a mesma – agora parece mais áspera.

PÓS-ESCRITO

Estava revisando o manuscrito do que se tornaria meu primeiro romance, *The Lasko Tangent*, e freqüentava um curso de redação criativa com Jesse Hill Ford, na Universidade de Alabama, em Birmingham. Resolvido a experimentar minha mão no conto, entreguei a Jesse o primeiro esboço desta história. Jesse considerou-a "o trabalho de um romancista instintivo, tentando adaptar-se ao formato do conto". (Mais recentemente, um crítico ocasionalmente menos delicado sugeriu que agora estou fazendo força para me adaptar ao formato do romance.) Mas, com o estímulo de Jesse, persisti – uma das primeiras lições que aprendi – e três esboços mais tarde vendi-o para *The Atlantic Monthly*. Sabiamente, aposentei-me do gênero na hora.

Contudo "O cliente" continua sendo especial para mim por outra razão. Como um jovem advogado em início de carreira em Alabama, trabalhei para Abe Berkowitz, um maravilhoso criminalista, fabuloso contador de casos e um dos poucos homens realmente grandes que conheci – um filantropo, um visionário, e um destemido defensor dos direitos civis numa época e num lugar em que isso requeria considerável coragem. O personagem de Sam Goldman captura um pouco da personalidade de Abe, e para mim, isso será sempre o suficiente.

– RICHARD NORTH PATTERSON

Ben Kincaid debutou em Primary Justice como um jovem idealista, e um tanto ingênuo advogado pouco dotado para a atuação nas salas dos tribunais. Na sua sétima *performance*, em Extreme Justice, ele está mais velho, mais esperto, atuando com mais desenvoltura nos julgamentos — mas lutando para conservar alguma fidelidade aos velhos ideais da mocidade, e ainda assim conseguir sobreviver na profissão. Nesta história ele faz uma rara incursão no direito civil, onde tem de recorrer a todos os seus poderes criativos para obter alguma medida de "justiça".

É PARA ISSO QUE ESTAMOS AQUI

William Bernhardt

Ben Kincaid empertigou-se por trás do pódio. Toda avaliação direta apresenta seus desafios, mas aquela estava demonstrando ser mais desafiadora do que a maioria. Tinha de tratar sua cliente gentilmente, conduzi-la com habilidade pelos meandros do seu depoimento, evitando empurrá-la para a beira de possíveis precipícios. Precisava ficar extremamente atento, assegurando que nenhum detalhe importante fosse omitido do seu testemunho.

E devia procurar não desviar o olhar do rosto da sua cliente.

– Mais ou menos a que horas calcula que deixou o angariador de fundos, Tess?

A mulher no banco das testemunhas abaixou os olhos ao falar, olhando mais para o assoalho do que para o advogado.

– Aos primeiros instantes do dia – ela respondeu. Sua voz era quase inaudível; os jurados tiveram de se inclinar para a frente para ouvir suas palavras. – Pouco depois de uma hora, creio.

– Por favor, diga ao júri o que fez depois que saiu.

– Peguei meu carro, um Honda Civic, com uns cinco anos de uso, e tomei o caminho de casa.

Ben a observava de perto enquanto ela falava, detectando um ligeiro porém perceptível tremor.

– Qual foi o caminho que tomou?

– Estava cortando a cidade pela Setenta e Um. Moro no condomínio de Richmond Hills e, apesar das obras, esse me pareceu o melhor caminho.

– E que aconteceu quando se dirigia para casa?

Tess Corrigan hesitou.

— Estava na Setenta e Um no sentido oeste. — Ela fez uma pausa, engoliu a saliva, e respirou fundo. — Tinha de dobrar à esquerda para Harvard. O sinal verde acendeu, e... e não vi nenhum veículo vindo na minha direção...

— O que fez então?

— Eu... eu... — Mesmo com seu rosto parcialmente encoberto, Ben e os jurados perceberam sua hesitação, sua relutância em prosseguir o relato. Temia reconstituir o que sucedera quase tanto quanto precisar voltar ao local da ocorrência. — Comecei a virar o volante para a esquerda... e vi, pelo canto do olho, um carro avançando para mim.

— Podia descrever o carro, por gentileza?

— Era de uma cor escura. Verde, me parece. Um carro grande, um desses Fords Expedition.

— E que aconteceu?

— Vi o carro correndo para cima de mim. — Perdeu momentaneamente a voz.

— Sim?

— Tentei sair do caminho, mas já estava na metade da manobra, e não tive como desviar... — Seus olhos grandes refletiram o horror que deve ter sentido na ocasião. Por um instante, Ben sentiu-se como se estivesse com ela, confinado no carrinho, vendo o desastre inevitável aproximar-se, mas incapaz de fazer qualquer coisa para evitá-lo.

Ben pigarreou.

— E... e que ocorreu em seguida, Tess?

— Não me lembro de mais nada — ela disse, expelindo o ar dos pulmões, e pareceu que todos os catorze rostos na tribuna dos jurados tinham feito a mesma coisa, simultaneamente.

— Quando recobrei os sentidos, estava no hospital, e... desse jeito.

Levou a mão ao rosto, tocando de leve as bandagens que não tinham sido removidas seis meses após o acidente. Seu rosto estava num estado lastimável. Seu nariz tinha sido achatado; seus olhos estavam tão inchados que mal se conseguia vê-los — pequenas manchas azuladas marcavam a carne contundida. Um ferimento profundo lhe rasgava o rosto, indo da orelha esquerda ao meio da face. Tinha sido suturado, deixando os pontos claramente à vista. Uma atadura branca cobria-lhe o centro do rosto, escondendo parte da testa e o lugar onde seu nariz ficava antes do acidente.

Ben limpou a garganta, tentando recuperar o timbre de voz. Procurou dominar suas emoções, o que foi humanamente impossível. Conhecia Tess havia muitos anos; tinham trabalhado juntos em inúmeros projetos cívicos e obras de caridade – em asilos, bibliotecas e abrigos de proteção a mulheres vítimas de violência. Ela sempre se dera com tanta generosidade aos outros que lhe partia o coração vê-la naquele estado.

– O acidente... afetou seu trabalho?

Tess riu abruptamente, e não foi um riso de felicidade.

– Se afetou meu trabalho? Eu era modelo – modelo de moda. Era paga para me exibir na minha melhor forma.

– Com que freqüência costumava trabalhar?

– Era chamada regularmente para participar de desfiles em restaurantes de Tulsa e eventos privados promovidos pela Renberg's, a Abenson's e as principais lojas de moda feminina da cidade. Era disso que eu vivia desde os dezoito anos.

– Tem podido... continuar seu trabalho?

– Com isso? – Mais uma vez, tocou levemente a atadura com a mão. – Com uma cara que me faz parecer uma figurante de filme de terror? De jeito nenhum. Não trabalho desde o acidente. – Sua voz baixou de volume. – Nunca mais conseguirei trabalhar.

– Verificou as possibilidades de uma cirurgia reparadora?

Ela sacudiu a cabeça lentamente.

– Falei com alguns médicos sobre isso no hospital. Mas os danos causados ao meu rosto são tão extensos... que seria absurdamente dispendiosa. Milhões de dólares, literalmente. Meu seguro de saúde não cobre o que consideram cirurgia plástica. E não tenho a mais remota chance de bancar as despesas.

– Quais são seus planos para o futuro, Tess?

– Planos? Não tenho nenhum plano. – Ela virou a cabeça, e pela primeira vez, Ben notou lágrimas começando a se formar nas nesgas de seus olhos quase imperceptíveis. Ela pestanejou rapidamente, num esforço para contê-las. – Não posso trabalhar com essa aparência e não posso fazer nada para modificá-la. Não tenho planos. Não tenho qualquer... futuro.

Ben mordeu o lábio inferior. Ele precisava de uma pausa quase tanto quanto ela.

– Obrigado, Tess. Não tenho outras perguntas a fazer, Meritíssimo.

O juiz Hawkins debruçou-se sobre a tribuna.

– Obrigado, doutor. Por que não fazemos um intervalo antes de iniciar o contra-interrogatório?

– Meritíssimo. – Ben virou-se e viu o advogado da outra parte, Charlton Colby, levantar-se, ajeitando o paletó do terno impecável. – Gostaria de apresentar uma moção. Talvez enquanto estivermos em recesso.

– Perfeitamente. – O juiz Hawkins dispensou os jurados e a testemunha, e fez um sinal para que os advogados o seguissem ao seu gabinete.

O gabinete do juiz Harold H. Hawkins era uma balbúrdia de arte folclórica do oeste e troféus esportivos. Flâmulas e lembranças de times de futebol ornavam uma reprodução da famosa escultura do vaqueiro de Remington. Ben imaginou se Hawkins tinha realmente decorado a sala, ou se limitara a ir acumulando toda aquela tralha e depois se esquecera dela.

– Em que posso servi-los, cavalheiros? – Hawkins perguntou, instalando-se na sua poltrona. – Espero que não seja nada que possa atrasar o julgamento. Quero acabar logo com isso.

– Não, Meritíssimo – Colby apressou-se a dizer. – Espero que tenha efeito exatamente contrário. – Colby pertencia aos quadros da Raven, Tucker & Tubb, a maior firma de advocacia de Tulsa. Estava representando Peggy Bennett, mulher de um médico, que dirigia o Ford Expedition que colidira com o carro de Tess Corrigan. – Quero submeter uma moção para impugnar o processo.

— O quê? — Ben escancarou os olhos. — Você deve estar brincando.

— De modo algum — disse Colby, num tom entre provocador e entediado. — Nunca falei tão sério. Kincaid não provou sua acusação.

— Ainda não chamei todas as testemunhas.

— Mas você mesmo disse, no prejulgamento, que a queixosa era a sua testemunha-chave. Ouvi o que ela disse, e que não provou absolutamente nada.

Ben sentiu o rosto pegar fogo.

— Provou que sua cliente abalroou o carro de Tess, provocando o acidente que mutilou o rosto dela.

— Não foi nada disso. Houve, inegavelmente, um acidente, mas quanto à sua responsabilidade...

— Sua cliente bateu de frente nela...

— Sua cliente estava obstruindo o cruzamento. O sinal estava verde para ela, não mostrava uma seta para dobrar à esquerda. O que significa que ela devia certificar-se de que não havia tráfego na sua direção antes de executar uma curva. Ela não fez isso. Portanto, só pode culpar a si mesma pelos seus ferimentos.

— Tess verificou se havia tráfego; não viu nenhum veículo se aproximando. Sua cliente estava conduzindo a alta velocidade. Ela alcançou Tess rápido demais. A princípio não havia nada, de repente surgiu um Ford Expedition avançando tão velozmente que Tess não pôde fazer o que quer que fosse.

Colby ergueu a cabeça desafiadoramente.

— É mesmo? Então, prove.

Ben rangeu os dentes.

— Como é que você pode ser tão presunçoso? Está a fim de fazer qualquer baixeza para ganhar uma questão? Sua mãe não lhe ensinou a distinguir o certo do errado?

— Calma, senhores. — O juiz Hawkins abriu os braços extensivamente. — Moderem-se. O dr. Colby apresentou uma moção para que o processo seja arquivado. Pelo visto, o dr. Kincaid opõe-se a essa moção.

— Veementemente — murmurou Ben.

— Muito bem — continuou o juiz. — Pois saiba de uma coisa, dr. Kincaid, não me parece que a moção seja totalmente destituída de fundamento. Até agora o senhor não provou que a acusada é de fato culpada.

— O julgamento ainda não terminou — disparou Ben.

— Obrigado, doutor, estou ciente disso. Razão por que vou rejeitar a moção. Mas considere-se advertido, dr. Kincaid, se não apresentar alguma prova concreta de culpabilidade antes de encerrar sua exposição, considerarei inevitável a moção do dr. Colby para que seja promulgado um veredito dirigido.

Ben sentiu um calafrio percorrer-lhe a espinha. Era o pior que podia acontecer ao advogado de um queixoso — a decretação do veredito contra seu cliente antes de a outra parte ter ao menos chamado uma testemunha para depor.

— Dr. Colby — perguntou o juiz Hawkins —, o senhor pretende proceder a uma acareação?

Colby ergueu os ombros.

— Não vejo necessidade.

— Pois então creio que chega por hoje. — Hawkins consultou o relógio. — Vamos encerrar os trabalhos e recomeçaremos amanhã de manhã.

Nenhum dos dois se opôs a essa decisão. Ben voltou para a sala do tribunal onde encontrou Tess à sua espera, visivelmente ansiosa. Sabia que ela estava contando com ele, esperando que, apesar dos pesares, ele encontrasse uma prova milagrosa em meio a todo o seu padecimento. Mas a verdade é que ele não estava dando conta do recado. O caso de Tess estava a um passo de ser encerrado por insuficiência de provas.

O rosto de Ben se contraiu. *Droga!* Na semana anterior ele tinha conseguido livrar a cara de dois suspeitos de tráfico de drogas e de um assaltante de bancos. Por que não poderia ajudar sua amiga Tess?

— Queimei o filme? — ela perguntou.

– Claro que não – Ben a tranqüilizou. – Você se saiu muito bem. Colby tentou apenas apresentar umas moções ao juiz que não colaram. O caso vai prosseguir tal como planejamos.

– Ele está caminhando bem? – ela perguntou. – Quero dizer... estamos ganhando?

Ben permaneceu calado. A advertência do juiz ainda pesava fortemente na sua mente.

– Vai dar tudo certo – disse finalmente. – Se contarmos aos jurados o que aconteceu, se revelarmos a verdade, não sei como eles poderão deixar de decidir a seu favor. – Presumindo que o caso seja submetido à apreciação do júri, Ben acrescentou silenciosamente.

– Com licença.

Ben virou-se e, para sua surpresa, deparou-se com a acusada, Peggy Bennett, ao lado do marido, dr. Edgar Bennett. O dr. Bennett foi quem falou.

– Perdoem-me por interrompê-los – prosseguiu o dr. Bennett – mas queria apenas dizer à srta. Corrigan o quanto lamentamos...

Ben olhou para o advogado de defesa.

– Colby, se isso for mais um de seus truques para tentar enfraquecer nossa determinação...

– Não, não – disse o dr. Bennett, levantando as mãos. – O dr. Colby não tem nada a ver com isso. Na verdade, ele não queria que tivéssemos qualquer contato com o senhor. Mas senti-me compelido... – Ele estendeu a mão na direção de Tess. – Sinceramente, só queria que soubesse o quanto lastimamos o que aconteceu. Não acreditamos que a culpa tenha sido de Peggy, mas lamentamos as conseqüências.

Ben olhou fundo nos olhos do homem. O que estava acontecendo? Bennett parecia genuinamente preocupado com alguma coisa. Mas o que seria?

– Edgar – Peggy Bennett disse delicadamente –, talvez devêssemos deixá-los a sós.

– Sei o que estou fazendo – disse o dr. Bennett laconicamente.

– Por favor, fique calada, não interfira.

É PARA ISSO QUE ESTAMOS AQUI 153

Ouviu-se o bip de um telefone celular emergindo do bolso do paletó do dr. Bennett. Ele retirou o aparelho do bolso, apertou o botão de recepção, e disse:

– Estou ocupado. Volte a ligar daqui a dez minutos. – Desligou o celular e voltou novamente sua atenção para Tess. – Também gostaria que soubesse, senhorita, que se houver alguma coisa que eu possa fazer...

– O senhor poderia aceitar a proposta de acordo que fizemos – disse Ben.

O dr. Bennett respirou fundo.

– Não posso fazer isso. Minha seguradora é quem dita as regras do jogo, e ela acha que o caso não tem consistência para resistir ao julgamento. Por outro lado, seria interpretado como uma admissão de culpa. Não seria justo para minha mulher.

– Então não temos mais nada a falar – disse Ben. Ele se afastou ligeiramente, tirando a linha de visão de Bennett para Tess.

– Compreendo – disse o dr. Bennett, com a cabeça baixa. – De qualquer forma, fique certo de nosso pesar.

Depois que Bennett se afastou, Ben sentou-se ao lado de sua cliente.

– Papo-furado – ele disse, segurando a mão de Tess gentilmente. – O homem obviamente está querendo aliviar sua consciência, sem ter de abrir o talão de cheques. Vamos bolar alguma coisa que...

– Simplesmente não sei o que fazer – Tess disse abruptamente, cobrindo com a mão o rosto impiedosamente deformado. – Não sei para onde ir. É como se tudo o que tinha, tudo o que importava, me tivesse sido roubado num abrir e fechar de olhos.

– Não é só sua beleza que faz de você uma pessoa excepcional – Ben disse carinhosamente. – Você é boa, generosa. Dedica mais tempo a obras de caridade do que qualquer pessoa que conheço. Reserva dez horas por semana para cuidar de crianças no abrigo de mulheres...

– O que também não poderei fazer mais – Tess disse, e logo as lágrimas que reprimira durante o julgamento começaram a rolar dos seus olhos. – Me disseram que meu rosto mete medo nas crianças.

— Com a voz embargada, ela concluiu: — Me pediram para não ir mais.

Ben sentiu como se alguém tivesse lhe perfurado o peito. Não tinha ouvido isso antes. Tess perdera não só uma carreira – perdera sua razão de ser. Na verdade, perdera tudo.

Rigorosamente tudo.

Ben tinha diversos outros assuntos pendentes no tribunal que exigiam sua atenção; precisava registrar uma moção no processo de roubo contra Marquez, depois tinha uma audiência marcada no caso Mary Mathers. Avistou a juíza Hart no corredor e se esquivou; ela continuava esperando pelo seu sumário sobre a disputa em torno do contrato Cantrell e ele não queria ter de explicar por que ainda não o tinha feito. Às vezes, achava que tinha tantos casos em andamento ao mesmo tempo que não podia acompanhá-los satisfatoriamente. Outras vezes, pensava como era possível estar sempre tão ocupado e continuar ganhando tão pouco dinheiro.

Ben fez mais algumas paradas depois que deixou o tribunal – um rápido desvio até seu apartamento, para dar de comer a Giselle, e uma parada ainda mais rápida no The Right Wing. Finalmente, voltou para seu escritório. Já estava escuro quando chegou.

Graças à determinação e aos esforços ocasionalmente menos lícitos do seu investigador, Loving, tinha conseguido um local para instalar seu escritório no complexo Warren Place na zona sul de Tulsa. Embora limitações orçamentárias deixassem o espaço um tanto frio, desguarnecido de móveis, comparado com o escritório anterior de Ben suas novas acomodações eram o Ritz. Agora só faltavam clientes do nível do Ritz para animá-las.

Ben surpreendeu-se ao encontrar os três integrantes de sua equipe ainda no escritório. Sua assistente legal e estagiária, Christina McCall, e seu secretário dublê de gerente de escritório, Jones, estavam numa mesa debruçados sobre um livro de contabilidade.

— Que vocês dois estão fazendo aí?

— Último dia do mês – respondeu Jones, sem levantar os olhos.

— É hora de fazer contas.

— E como é que as coisas estão pintando? Muito desanimadoras?

— Põe desanimadora nisso. — Christina jogou os longos cabelos ruivos para trás. — Mal chegamos a faturar o suficiente para cobrir as despesas essenciais.

— Tais como...?

— Meu salário.

Jones acenou com a cabeça.

— E o meu também. Depois disso, não sobra grande coisa.

— E as contas a receber? Alguma possibilidade de receber qualquer coisa a curto prazo?

— Julguei que podia entrar algum dinheiro de Lauren Grimes, mas fui informado de que você abriu mão de seus honorários.

Ben desviou os olhos para o teto.

— O filhinho dela está doente e ela realmente não tem como pagar...

— E, naturalmente, a Madame Martel nos deve uma fortuna. Mas parece que você disse a ela que poderia pagar com leituras de folhas de chá.

— Ela é uma boa mulher — Ben explicou —, mas os negócios dela têm caído muito depois daquele artigo no *World*...

— O que estava pensando, patrão? Precisamos de dinheiro! Erva viva!

— Eu, pelo menos, estou gostando muito das leituras que ela tem feito para mim — disse Christina. — Hoje mesmo ela me fez uma. Madame Martel diz que eu vou longe.

— Façamos votos — Jones disse à meia voz.

— Ela disse que tenho um espírito efervescente.

— Acho que você pode tomar comprimidos para isso. — Jones fechou o livro com uma pancada seca. — Alguma chance de recebermos pelo menos uma cota do caso de Tess Corrigan a curto prazo? Um terço de uma sentença por danos pessoais chegaria em muito boa hora.

Ben ergueu os ombros.

— Ainda estamos procurando provar nossa acusação...

— Não há como pressionar para chegar a um acordo? Convencê-los a fazer um pagamento condicional antes do caso ser submetido ao julgamento do júri? Arrancarmos alguma coisa para podermos atravessar o mês?

— Dar uma guinada no caso para que pudéssemos lucrar qualquer coisa imediatamente?

— Não é para isso que estamos aqui?

Ben franziu o cenho.

— As perspectivas de um acordo são muito remotas neste momento.

— Lamento ouvir isso. Não tenho certeza nem se teremos condições de pagar o aluguel.

— Você está me dizendo então que não será este mês que vamos poder comprar aquela fotocopiadora incrementada?

— Essa seria uma maneira de ver as coisas.

— Mas para que você quer uma fotocopiadora incrementada? — Christina perguntou. — Se conseguir levantar alguma grana extra, você tem é de investir na decoração. Isto aqui mais parece um mosteiro do que um escritório de advocacia.

— Ah, as mulheres! — Jones suspirou. — Sempre preocupadas com a decoração.

— Não me venha com esse papo machista. Pensam que não sei por que vocês estão a fim de uma nova fotocopiadora? Acham que não vi o que vocês fazem? Adulteram fotografias e tiram cópias para que pareçam autênticas. Ficam fazendo macaquices para a máquina, expondo-se às lentes fotoelétricas.

Ben começou a sentir o sangue esquentar.

— Nunca me expus a um papelão ridículo desses em toda a minha vida.

— Ah, é? Então, da próxima vez, lembre-se de retirar as cópias do coletor da máquina.

Loving, o corpulento investigador de Ben, pesando cento e tantos quilos, surgiu no corredor, saindo de sua sala.

— Como vai a guerra, Comandante?

— Não tão bem quanto gostaria. Tenho um servicinho para você.

Loving bateu os calcanhares e assumiu posição de sentido.
– É por isso que estou aqui.
– Gostaria que você ficasse de olho no marido da acusada, o dr. Edgar Bennett. Fique na cola dele, e veja o que consegue descobrir.
– Falou. O que devo procurar descobrir?
– Eu mesmo não sei. Mas esse homem está escondendo alguma coisa, quando olhei fundo no olho dele esta tarde, tive a nítida impressão de quê... não sei dizer de quê. Mas havia alguma coisa que o preocupava. Ficaria muito mais feliz se soubesse o que era.

Loving bateu continência para Ben.
– Deixe por minha conta, Comandante.
– Obrigado.

Ben girou os calcanhares no momento exato em que sua cliente Tess Corrigan entrava pela porta da frente. Mais uma vez, teve de enfrentar o monumental desafio de olhar para o rosto dela sem demonstrar qualquer reação.
– Trouxe as fotografias – Tess disse tranqüilamente.

Ben apanhou as fotos e acompanhou Tess à sua sala. As fotos eram todas em preto e branco – poses profissionais tiradas do seu portfólio de modelo. Ben queria exibi-las aos jurados, enfatizando a profunda diferença entre a Tess de antes e a de agora.
– Vou ter... de testemunhar novamente? – Tess perguntou. Ben percebeu que ela estava tentando mostrar-se corajosa, porém, mais do que qualquer outra coisa na vida, queria ser poupada de prestar depoimento outra vez.
– Não – disse Ben. – Colby disse que não pretende interrogá-la. Não o ajudaria em nada. É possível que ele a chame quando estiver elaborando sua estratégia de defesa, mas julgo pouco provável.
– Oh, graças a Deus – ela disse. O alívio que sentiu foi mais do que evidente. – Graças a Deus! E o que temos de fazer agora?
– Bem, a primeira coisa que precisarei fazer amanhã de manhã será chamar a acusada a sentar-se no banco das testemunhas. Ela será uma testemunha hostil; não há de querer colaborar de modo algum. Mas terei de tentar. É fundamental que possamos estabelecer sua culpabilidade.

— Não creio que ela seja uma mulher burra — disse Tess. — Não se deixará enredar.

— Não se trata de confundi-la — respondeu Ben. — Trata-se de extrair a verdade. Se eu conseguir comprometer o depoimento da sra. Bennett de alguma forma, seu advogado poderá querer discutir os termos de um acordo.

— E então?

— Então começaremos a negociar. Para obtermos o que queremos.

— Que é exatamente o quê?

— Que você mais quer?

Tess não respondeu, mas seus olhos desviaram-se inequivocadamente para a foto em cima da mesa de Ben, a pose glamourosa da Tess de antes, a Tess com o rosto impecável, a Tess com o sorriso perfeito.

O que ela mais queria, naturalmente, era o que não podia ter.

Na manhã seguinte, Ben convocou Peggy Bennett para o banco das testemunhas e fez com que ela fosse declarada uma testemunha hostil, o que lhe permitia conduzir seu exame direto como se fosse um interrogatório. Podia induzir, provocar, interromper. E esperava que isso pudesse favorecer Tess.

— Poderia, por favor, explicar por que estava dirigindo o Ford Expedition a uma hora da manhã, sra. Bennett?

— Estava conduzindo meu marido ao hospital. Ele havia recebido um chamado de emergência. — Peggy Bennett manteve-se empertigada e tranqüila. Ela era esbelta e muito atraente, especialmente tendo em vista sua idade. Ben sentiu-se como se estivesse interrogando Nancy Reagan.

— Ele mesmo não podia dirigir?

— Podia, mas se eu dirigisse, isso lhe permitiria continuar dormindo durante o trajeto.

— Durante o trajeto para o hospital? Mas isso não poderia levar mais do que, digamos, uns dez minutos.

— Dez minutos de descanso podem fazer toda a diferença entre um cirurgião lento, cansado e outro em plena forma.
— Mas certamente nem sempre a senhora pode levar seu marido ao hospital.
— Não, nem sempre.
— Está sugerindo então que às vezes ele opera apático e cansado?
— Protesto! — disse Colby, pondo-se de pé bruscamente. — A insinuação é ofensiva e irrelevante.
— Mantenho a objeção — disse Hawkins, batendo as pestanas. Ben não soube dizer se o juiz estava sendo tímido ou procurando manter-se acordado.
— Sra. Bennett, a senhora disse que recebeu um chamado de *emergência* do hospital — Ben continuou. — Presume-se que isso queira dizer que precisavam dele o mais depressa possível. A senhora estava dirigindo muito rapidamente?
— De modo algum. Todos os chamados do hospital são de emergência. Já estou acostumada.
— Mas a senhora estava correndo.
— Não estava, tenho absoluta certeza. Não estava ultrapassando o limite de velocidade permitido.
— Quando foi que notou o Honda Civic de minha cliente pela primeira vez?
— Somente um instante antes de colidir com ele.
— Por que não o viu antes?
— Talvez tenha me expressado mal. — Ela ajeitou uma das pregas da saia. — Vi o carro dela, mas ele estava na pista oposta. Não podia imaginar que fosse virar à esquerda diretamente no meu caminho.
— Por que não a viu antes? Estava prestando atenção no caminho?
— É claro que estava. Seria uma irresponsável se não estivesse.
— Tem certeza de que não estava distraída? Talvez estivesse conversando animadamente com seu marido.
— Já lhe disse que ele estava dormindo.
Merda! Ben estava muito distante do escopo do depoimento prévio que a sra. Bennett prestara — o que sempre era perigoso. Mas tinha de tentar descobrir algum dado útil.

– Quem sabe a senhora estava falando ao telefone do seu carro?
– Meu carro não tem telefone. – Ela olhou para Ben como se ele fosse indiscutivelmente uma das pessoas mais estúpidas que já vieram ao mundo. – Meu marido tem um telefone celular, como a maioria dos médicos, mas não estava com ele naquela noite. Eu estava muito atenta, com os olhos pregados no percurso. O que não adiantou nada quando sua cliente virou bruscamente à esquerda na minha frente.

Ben suspirou. Tinha consciência de que estava batendo com a cabeça num muro de tijolos. Era hora de mudar de assunto.

– O que fez depois do acidente?

– Inicialmente, fiquei atordoada. E bastante ferida. – Ela fez uma pausa, olhando de relance para Tess. – Mas nem de longe tão traumatizada quanto a mulher no outro carro. Edgar, naturalmente, acordou com a batida. Correu para a casa mais próxima e pediu que chamassem ambulâncias. A primeira que chegou levou a srta. Corrigan para o hospital. Seguimos na segunda.

– Foi o mesmo hospital onde seu marido trabalha?

– Naturalmente. O St. Francis. Cuidaram de pequenos ferimentos na minha cabeça e de um corte no braço. Meu marido também teve um corte na perna direita. Fizeram radiografias para se certificarem de que não tínhamos sofrido nenhuma lesão cerebral mais grave. E nos mandaram para casa.

– Mas não mandaram Tess Corrigan para casa naquela noite, não é verdade?

Peggy Bennett baixou ligeiramente os olhos.

– Não – ela murmurou. – Creio que ela precisou permanecer hospitalizada por algumas semanas. Seus ferimentos eram, naturalmente, muito mais sérios.

Não lhe restando mais nenhuma tentativa para elucidar o caso, Ben dispensou a sra. Bennett. Relutantemente – porque sabia perfeitamente bem que falhara, não conseguira atribuir-lhe a responsabilidade pelo acidente.

A próxima testemunha de Ben foi Maria Verluna. Ela era muito mais moça do que a sra. Bennett – pouco mais de trinta anos, Ben estimou. Tinha cabelos pretos e sua pele era morena; Ben imaginou que provavelmente seria de origem latino-americana.

– Tenha a bondade de dizer ao júri o que faz como meio de subsistência.

– Trabalho na enfermaria de emergência do Hospital St. Francis. Sou enfermeira. – Ela estava nervosa, Ben percebeu pela maneira como mexia as mãos. Mas todo mundo fica nervoso quando é chamado a ocupar o banco das testemunhas.

– E estava trabalhando na madrugada de 15 de março?

– Estava. Fui escalada para o turno da noite durante aquela semana. – Se Maria vinha de outro país, não se notava praticamente qualquer sotaque no seu inglês-americano fluente.

– Estava de serviço quando Tess Corrigan chegou ao hospital?

– Não. Ela chegou um pouco antes de mim e foi atendida por outra equipe. Cheguei por volta de 1:40.

– Estava lá quando o dr. Bennett e sua esposa chegaram?

– Sim, estava.

– Presumo que tenha reconhecido o dr. Bennett, uma vez que ambos trabalham no mesmo hospital.

– Sim – ela disse, depois de uma hesitação quase imperceptível. – Sim, eu o reconheci.

– Participou do atendimento aos Bennett?

– Naturalmente. O dr. Ferguson chefiou a equipe, mas eu ajudei a limpar os ferimentos e a fazer os curativos.

– Deixe-me perguntar-lhe sobre o que viu – disse Ben, cruzando os braços. Novamente, ele estava se preparando para extrapolar o escopo do depoimento de Maria anterior ao julgamento, violando dessa forma uma das regras cardeais do procedimento forense: não faça uma pergunta a menos que saiba a resposta. Mas no momento ele estava desesperado. – O comportamento dos Bennett pareceu-lhe... estranho de algum modo?

Maria enrugou a testa.

– Não sei o que está querendo dizer.

Então somos dois, Ben pensou, mas não disse.

— Eles fizeram ou disseram alguma coisa fora do comum? Dadas as circunstâncias.
— Acho... que não.
— Notou algum indício de que tinham estado bebendo?
— Certamente não.
— Sentiu o bafo deles?
— Não, mas acredito que teria percebido, se eles tivessem realmente bebido.
— Mas não pode ter certeza.
— Fizemos os testes duas vezes, procedimento rotineiro nos casos de acidentes automobilísticos de causas duvidosas. Ela não estivera bebendo.
— Os Bennett disseram alguma coisa sobre o acidente?
— Não. Creio que a senhora não falou nada a noite toda, a não ser quando perguntada.
— E o marido dela?
Maria sacudiu a cabeça.
— Edgar também não disse uma palavra.
Edgar, Ben pensou, fazendo uma anotação mental. Não dr. Bennett. *Edgar.*
Ele continuou interrogando-a por mais dez minutos, esperando que surgisse alguma revelação útil. Mas a testemunha manteve-se extremamente na defensiva, evitando incriminar quem quer que fosse. Ao fim e ao cabo, não conseguira nada, o que era lamentável. Precisava de um gol de placa, quando muito lograra um mero escanteio.
Durante o intervalo da tarde, depois de rápida ida ao banheiro, Ben viu os Bennett no corredor, fora da sala do tribunal. A sra. Bennett caminhava apressadamente em direção ao marido, carregando uma pasta de couro grande.
— É minha? – o dr. Bennett perguntou.
— Sim – sua mulher respondeu. – Mandaram do hospital. Acharam que...
Ele arrancou a pasta das mãos dela.
— Pode deixar, eu levo.

Peggy Bennett mostrou-se abespinhada.
– Sou perfeitamente capaz de carregar sua pasta.
– Não preciso que você a carregue. Você pode se machucar. – Os olhos de Bennett sondaram o corredor, dando finalmente com Ben. Ben olhou para o outro lado.
Pouco depois, Ben sentiu que alguém lhe apertava o braço. Era Colby.
– Posso falar com você em particular um instante?
– Se é indispensável. – Ben seguiu-o para um canto sossegado do corredor.
– Ainda estamos dispostos a chegar a um acordo razoável – disse Colby. – Como lhe falei antes do julgamento.
– Vinte mil dólares? Você está brincando!
– É uma proposta generosa.
– Não dá nem para pagar as contas do hospital.
– Kincaid, quando é que você vai botar isso na cabeça? Você não tem a menor chance de ganhar este caso! O que aconteceu com sua cliente foi horrível, não resta a menor dúvida, mas o fato é que a culpa não foi da minha cliente. E mesmo que tivesse sido, você não tem como provar.
– Não aceito isso – Ben disse friamente. – Tem de haver um jeito.
– Caia na real, Kincaid, estou querendo lhe fazer um favor.
– Não, não está. Está tentando é tirar a corda do pescoço do seu rico cliente.
– Se você não aceitar minha proposta, sua cliente vai acabar com as mãos abanando!

Ben teve de engolir o que parecia ser a dura verdade. Não tinha esquecido a advertência do juiz. Por mais penoso que fosse, o fato era que Colby podia estar certo.

– Por que você está fazendo isso? – Ben perguntou. – Por que está tão determinado a jogar duro neste caso?

Colby assumiu um ar ridiculamente solene.

– Sempre procuro defender meus clientes dando o melhor de minha capacidade profissional.

— Esta não é uma de suas habituais batalhas corporativas, Colby. Trata-se de outra coisa, estamos falando de Tess Corrigan, uma frágil criatura humana, personagem de um drama real.

— Você está ficando chato.

— Antes de mais nada, Colby, por que você está cuidando pessoalmente deste caso?

— Não sei se estou entendendo bem o que você quer dizer.

— Você é um dos figurões da sua firma. Provavelmente cobra o quê? Duzentos dólares a hora? Estou sabendo que sua firma representa a seguradora, mas este caso estaria mais adequadamente entregue nas mãos de um associado júnior. Será que você não tem caça mais graúda para abater?

Colby sorriu melifluamente.

— O dr. Bennett é presidente do Yale Medical Arts Consortium.

— Compreendo. Você está chapinhando nas águas lamacentas de um tribunal de causas de responsabilidade civil para impressionar o dr. Bennett e botar a mão nos dólares da grande entidade.

— Não o diria precisamente dessa maneira.

— Se você tivesse sido razoável, poderíamos ter chegado a um acordo antes que o caso viesse a julgamento e tivéssemos gastado uma nota preta com investigações e levantamento de dados. Mas, naturalmente, não era isso o que você queria. Isso não teria agradado aos seus colegas da diretoria da Raven, Tucker & Tubbs. Isso não lhe teria permitido cobrar horas a mais, exagerando a importância de simples divergências.

— Mágoas reprimidas, Kincaid? Sei que você trabalhou na Raven, até ter sido despedido. — Um sorriso mordaz aflorou ao rosto dele. — Ouvi dizer que, agora que trabalha por conta própria, não anda comendo tão bem.

— É verdade — disse Ben. — Mas durmo muito melhor.

Ben fez o que pôde com as testemunhas restantes — o primeiro policial a chegar ao local do acidente, um morador da casa mais próxima do cruzamento onde se dera a colisão —, mas no fim do dia, não estava numa posição melhor do que antes. Não estava um centímetro sequer mais próximo do elemento de prova de responsabilidade no caso de Tess, e sem isso, sabia muito bem que não tinha nenhuma chance de recuperar o que quer que fosse. Por mais que fizesse, a onipresente ameaça de veredito dirigido pairava sobre seus ombros.

Ben tamborilava com os dedos o painel da picape de Loving.
— Então... todas as noites é esta mesma animação?
Loving retirou os fones dos ouvidos e sorriu.
— É, mais ou menos a mesma coisa.
— Nossa! — Ben mexeu-se desconfortavelmente no assento. — Se soubesse o saco que é, provavelmente teria pensado duas vezes antes de lhe pedir para vigiar alguém.
— Não é tão ruim assim. — O grandalhão espichou-se, e depois desligou seu walkman. — É realmente muito tranqüilo. Dá a um cara como eu tempo para pensar e pôr em dia suas leituras gravadas.
Ben ergueu uma sobrancelha.
— Como é que é, leituras gravadas?
Loving moveu seu corpanzil.
— É isso aí. Está estranhando?
— Está me dizendo que ouve...
— Qual é? Você acha que é a única pessoa no escritório que sabe ler?
— Bem, não, mas...
— Pra que você acha que servem esses fones de ouvido? Acha que são apenas decorativos?
— Pensei que provavelmente estivesse ouvindo música.
— Tô percebendo. Porque sou um cara grandalhão que não freqüentou a universidade, você acha que passo todo o meu tempo ocioso enchendo a cara e ouvindo música sertaneja.
— Não disse isso.
Loving cruzou os braços.
— Estou magoado, Comandante. Realmente magoado.
Ben pressionou a mão contra a testa. Como é que pude dar aquele fora?

– Escute aqui, Loving, não quis de maneira alguma impugnar sua integridade intelectual...

– Psit. – Os olhos de Loving grudaram subitamente no que via à sua frente. – Ele está se mexendo.

Na posição favorável em que se encontravam, mesmo a uma certa distância, Ben pôde ver o dr. Bennett sair pela porta da frente de sua casa, encaminhar-se para a entrada de carros e acomodar-se atrás do volante do seu Ford Expedition consertado. Um instante depois, estavam em movimento.

– As luzes da casa estão apagadas – murmurou Ben. – A mulher deve estar dormindo. Aonde o bom doutor estará indo?

Loving seguiu Bennett quando ele tomou a Riverside Drive, mantendo os faróis baixos e conservando uma distância segura.

– Provavelmente está indo para o hospital – Loving comentou.

– Talvez. Mas vejamos.

Continuaram a segui-lo, enquanto ele descia a Riverside, dobrando à esquerda na esquina da Setenta e Um. Um ou dois minutos antes de o doutor chegar ao hospital, ele deu uma guinada brusca para a direita.

– Se ele está indo para o hospital – Ben comentou –, está tomando a via panorâmica.

Instantes depois, o dr. Bennett embicava na entrada de carros de uma pequena casa térrea. Loving passou devagar por ela, e estacionou silenciosamente no lado oposto da rua.

Bennett dirigiu-se para a porta da frente, e segundos depois alguém o introduziu na casa.

– No meio da noite, enquanto a mulher está dormindo, ele sai para visitar alguém – Ben murmurou. – Loving, temos de descobrir quem mora nessa casa.

– É pra já. – Loving digitou um número no seu telefone celular. – Oi, Maggie? É, sabia que você estaria acordada. Pode me fazer um favor? – Seguiu-se uma troca de amenidades. Embora Ben achasse que Loving estava forçando um pouco a barra, aparentemente ele conseguiu o que queria. – Dê uma olhada no catálogo e me diga quem mora no 1.245 da South Bridgewater.

Loving não chegou a esperar um minuto pela resposta.

– Obrigado, Maggie. – Ele apertou um botão e desligou o aparelho.
– Então? – Ben perguntou ansiosamente.
Loving sorriu.
– Você vai adorar isso. – Respirando fundo, disse: – Maria Verluna.

Logo que se iniciou o julgamento na manhã seguinte, Ben surpreendeu todos que se encontravam na sala do tribunal, inclusive sua cliente, ao chamar a enfermeira Maria Verluna para ocupar novamente o banco das testemunhas.
– Srta. Verluna, irei diretamente ao ponto. A senhorita está tendo um caso com o dr. Edgar Bennett, não está?
A reação da tribuna do júri foi apenas um reflexo da reação do banco da testemunha.
– *O quê?* O que está...
– Deixe-me poupar-lhe muita dor de cabeça. Mandei segui-la. Sei que o dr. Bennett costuma ir à sua casa altas horas da noite. Na verdade, ele esteve lá ontem à noite, não é? Chegou por volta da meia-noite e só foi embora com o dia claro. – Ben fez uma pausa. – Presumo que não tenham passado a noite jogando cartas.
Maria gaguejou, procurando as palavras.
– Continuo não entendendo... não sei...
– Srta. Verluna, tenho uma testemunha. Um investigador particular. Posso chamá-lo para depor se quiser, e ele poderá fornecer aos jurados todos os detalhes escabrosos. Ele tem até fotografias.
Maria gaguejou por mais alguns momentos até entregar os pontos.
– Não há nada de pecaminoso. Edgar e eu nos amamos.
– Não duvido. Mas essa não é a questão. Por que não disse ao corpo de jurados que está tendo um relacionamento amoroso com o marido da acusada?
– Eu... eu... – Ela parecia completamente perdida. – Julguei que os jurados pudessem não acreditar em mim se lhes contasse a verdade.

— É possível que isso acontecesse — disse Ben. — Mas acho que essa não é toda a verdade. Acredito que esteja encobrindo alguma coisa que não sei exatamente o que é.

— Meritíssimo — disse Colby, dando um pulo da cadeira —, por acaso isso é relevante? O colega está procurando remoer sujeiras para disfarçar a fragilidade do seu caso.

O juiz Hawkins inclinou a cabeça para um lado.

— É um direito que o assiste impedir o depoimento de testemunhas adversárias. Rejeitada sua objeção.

Nem acredito, será que finalmente ganhei uma? Já não era sem tempo.

— Srta. Verluna, por favor, conte a verdade aos jurados. O dr. Bennett estava na sua casa na noite do acidente, não estava?

— O quê? O que o leva a pensar...

— Pois bem, vou lhe dizer por que penso isso. Não consigo atinar por que motivo o dr. Bennett não estava com seu telefone celular quando ocorreu o acidente. Um médico importante como ele normalmente não sai de casa sem o celular. Certamente não se separou dele nos dias em que compareceu a este tribunal. Por que, então, não estava com ele na noite fatídica? E de repente a resposta me veio à mente: porque não estava saindo da casa dele. Estava saindo da sua casa. Não é verdade?

Maria hesitou.

— Eu não... quero dizer, não posso.

— Não é verdade? — Ben insistiu.

— O senhor precisa compreender...

— Srta. Verluna, *não é verdade?*

A voz de Maria era pouco mais do que um sussurro.

— É verdade.

Colby levantou-se impetuosamente.

— Meritíssimo, renovo minha objeção. Que importância pode ter o local onde o dr. Bennett se encontrava quando saiu para o hospital? Ele nem estava dirigindo o carro!

— Tornarei a relevância cristalina com minha próxima testemunha, Meritíssimo. Dê-me cinco minutos. É tudo de que preciso.

O juiz Hawkins comprimiu os lábios e franziu as sobrancelhas, mas assentiu com um aceno de cabeça para Ben.

– Rejeito a objeção.

– Obrigado. – Ben dispensou Maria e anunciou a próxima testemunha. – Chamo novamente Peggy Bennett para ocupar o banco das testemunhas.

O rumor na sala do tribunal enquanto a sra. Bennett se encaminhava para a plataforma era mais do que audível, era quase tangível. Em poucos minutos, o julgamento transformara-se de eminentemente previsível em totalmente especulativo. E era só o começo.

– Sra. Bennett, a senhora ouviu o depoimento da última testemunha, não ouviu?

O rosto da mulher do médico permaneceu impassível, contido, mas havia certo ricto amargo na comissura de seus lábios, que Ben seria capaz de jurar não ter visto antes.

– Sim, ouvi.

– A maioria das pessoas aqui presentes ficou estupefata quando ouviu o que ela admitiu. Mas a senhora não ficou surpresa, não é mesmo?

Seus lábios se entreabriram lenta e serenamente.

– Não estou percebendo bem o que o senhor está querendo dizer.

– A senhora já sabia que seu marido estava tendo um caso. Na realidade, já sabia há algum tempo, certo?

– O que o faz pensar isso?

– Receio que a senhora não tenha entendido bem o procedimento forense. Sou eu quem faz as perguntas, a senhora limita-se a respondê-las. Sabia do caso do seu marido, não sabia?

Os poucos segundos que precederam sua fala pareceram uma eternidade.

– Sabia.

– Não podia deixar de saber, uma vez que se dirigiu de carro à casa de Maria e apanhou seu marido na noite do acidente. Correto?

Dessa vez, a pausa antes de falar foi ainda mais pronunciada.

— Chegara um chamado de emergência do hospital. Precisavam dele com urgência, mas ele não estava com o celular. Por isso... fui apanhá-lo.

— Na casa de Maria Verluna.

Ela fechou os olhos.

— Correto.

— E durante todo esse tempo, a senhora não disse uma palavra sobre esse romance. Manteve-se calada. Protegeu-o, não é mesmo?

Ela sacudiu ligeiramente a cabeça.

— Na verdade, a senhora continua a protegê-lo, admita.

Ela abriu os olhos.

— Não... sei aonde o senhor está querendo chegar.

— Mas creio que sei. A senhora não o está protegendo apenas do escândalo e da ignomínia inevitáveis caso o adultério se tornasse público. Está protegendo-o da responsabilidade civil que resultaria se soubessem que era ele quem estava dirigindo o carro que colidiu com o de Tess Corrigan.

A reação na sala do tribunal não seria muito maior se um foguete tivesse explodido. Cabeças se voltaram, bocas se abriram. Vozes sussurrantes encheram a galeria. Diversas cabeças na tribuna do júri inclinaram-se para a frente, com os olhos arregalados de interesse.

As mãos da sra. Bennett apertaram o corrimão, tremendo ligeiramente.

— O senhor está procurando desesperadamente alguma coisa que favoreça a sua cliente. Não sabe do que está falando.

— Mas eu sei. Veja bem, tive oportunidade de observar seu marido nesses últimos dias. Vi a maneira como ele a trata. E, portanto, posso lhe dizer uma coisa que a senhora já sabe. Ele é um machista consumado. Não acredito por um minuto sequer que ele a tivesse deixado dirigir o carro, por mais cansado que estivesse. Faria questão de conduzi-lo.

— O senhor está louco. Eu... eu... — Ela olhou de repente para o juiz. — Sou obrigada a ouvir esses despropósitos?

– Receio que sim – disse Ben –, porque ainda não cheguei ao pior. Ainda há um detalhe comprometedor que não mencionei. Quando seu marido saiu da casa de Maria Verluna... ele tinha bebido.

– *O quê?* – Aos poucos mas visivelmente, a fachada de aço de Peggy Bennett começava a se derreter. – Não... não é verdade.

– Não sei por que estava bebendo – disse Ben, ignorando-a. – Uma ceia tardia, talvez. Quem sabe a bebida o ajudava a ficar excitado? Não sei. Mas tenho absoluta certeza de que ele estava bêbado.

– Isso é um absurdo intolerável. Se ele estivesse bêbado, eu não teria deixado que ele... – Ela interrompeu abruptamente o que estava dizendo.

– Não teria deixado o quê? Que ele dirigisse? – Ben fez um gesto afirmativo com a cabeça. – Foi o que pensei. Estou certo de que a senhora insistiu para que a deixasse dirigir. Mas ele nem quis ouvir falar nisso. Não um cara machão como ele. Ele manda a senhora calar a boca quando tenta falar, nem mesmo a deixou carregar sua pasta ontem; em hipótese alguma a deixaria dirigir o carro. Ele fez questão de conduzir, bêbado, razão por que abusou da velocidade e não viu o carro de Tess até que já era muito tarde para evitar o choque!

– Não! Não pode provar nada disso!

– Acho que posso. – Ben foi até a mesa da queixosa e apanhou uma pilha de formulários amarelos. – Como Maria Verluna testemunhou, o exame de sangue a que a senhora foi submetida não revelou nada. Como poderia... se a senhora não tinha bebido, não é mesmo? Mas como o dr. Bennett não estava dirigindo, não examinaram o sangue dele. Contudo, separaram uma amostra do sangue dele para conservá-la congelada durante um ano, procedimento padrão em casos de acidentes. Mandei examiná-la esta manhã. – Ben passou os formulários para o oficial de justiça que, por sua vez, os entregou à sra. Bennett. – E adivinhem só! O nível de álcool do seu sangue era três vezes superior ao nível aceitável. Ele tinha bebido o equivalente a três quartos de uma garrafa de vinho tinto. – Ben voltou-se para os jurados. – Não é de admirar que ele não tivesse condições de dirigir.

A sra. Bennett olhou os formulários; seu rosto foi ficando cada vez mais vermelho.
— Deve... deve ter havido algum engano...
— Não houve nenhum engano, minha senhora. Fizemos os testes duas vezes. Ele estava bêbado. — Ben deu um passo à frente, chegando perto do banco da testemunha, o mais perto que o juiz lhe permitia. — E ele estava dirigindo o carro, não estava?
Quando Peggy Bennett ergueu a cabeça, uma lágrima escorreu-lhe pelo rosto.
— Procurei convencê-lo a desistir. Disse-lhe que eu deveria dirigir. Mas ele não me deu ouvidos. — Seus olhos assustados eram suplicantes. — Eu bem que insisti, mas ele não me ouviu.
— Obrigado — Ben disse, quase à meia voz. — Obrigado por nos revelar a verdade. — Ele pressionou as mãos no pódio. — Só tenho mais uma pergunta a lhe fazer, sra. Bennett. *Por quê?* Por que tentou protegê-lo? Por que mentiu? Por que assumiu a culpa?
Peggy Bennett olhou para Ben à queima-roupa, como se a resposta fosse tão óbvia que ela nem precisasse falar.
— Ele é meu marido — ela disse simplesmente.
— Mas... ele... — Ben esforçou-se para encontrar palavras menos contundentes. — A maneira como ele a trata. As coisas que presenciei...
Peggy Bennett olhou de volta para Ben, não contendo as lágrimas, que lhe corriam pelas faces.
— Ele é tudo que me resta.

Dez minutos mais tarde, os advogados estavam novamente no gabinete do juiz Hawkins.
— Gostaria de apresentar outra moção — disse Colby.
— Imaginei que fosse querer — disse Hawkins. — Faça-a.
— Uma moção de encerramento do caso — Colby disse categoricamente. — Submeterei um sumário assim que o tenha concluído.
— Encerramento? — Ben pulou da cadeira. — Está brincando? Ela admitiu! Provei a responsabilidade...

– De Edgar Bennett, talvez. Mas não é a ele quem você está processando, não é verdade? Você moveu uma ação somente contra Peggy Bennett. E essa mulher é inocente.

– Receio ter de concordar com ele – disse o juiz Hawkins, recostando-se na sua poltrona. – Se tivesse processado os dois, manteria o processo em tramitação. Mas como não fez isso vou ter de dispensar esse irresponsável.

Ben não se conformou.

– Mas tem de haver algum jeito...

Hawkins interrompeu-o com um gesto de mão.

– Não tem escapatória, doutor. O fato é que processou o Bennett errado. Este caso está encerrado.

Depois de voltarem para a sala do tribunal quase vazia, Ben conferenciou rapidamente com sua cliente. Em seguida, confrontou-se com Colby, que estava sentado ao lado do dr. Bennett.

– Espero que não pense que as coisas vão ficar assim – disse Ben. – O estatuto de limitações prevê situações semelhantes. Reapresentarei o caso, dessa vez qualificando o dr. Bennett como acusado.

– Não tenho dúvida de que o fará – disse Colby, empenhando-se para parecer entediado e não impressionado. – E enfrentaremos a maratona de sempre. Se você tiver sorte, o caso poderá ir a julgamento daqui a seis meses. Naturalmente, agora que sabemos o que você sabe, não facilitaremos as coisas nem um pouco para você.

– Isto não é apenas um jogo – disse Ben. – Uma mulher foi vítima de ferimentos da maior gravidade.

– E mesmo na hipótese de você vencer o julgamento – Colby continuou – naturalmente apelaremos. Quanto tempo leva para que um caso seja submetido ao Tribunal de Apelações nos dias de hoje, dois anos? E se perdermos nessa instância, apelaremos novamente, dessa vez para o Supremo Tribunal de Oklahoma, o que levará mais uns dois anos. Da maneira como vejo as coisas, Kincaid, você terá de esperar no mínimo cinco anos antes de ter uma remota possibilidade de ver a cor do dinheiro. E naturalmente, durante esses cinco anos, o dr. Bennett estará colocando suas propriedades em nome de sua mulher, transferindo-as para suas corporações rigorosamente controladas, tornando-se positivamente à prova de decisões de julgamentos.

– Você não pode transferir propriedades para evitar pagar a sentença de um julgamento. Eu identificarei os bens.

– Você poderá tentar, mas isso também leva anos.

Ben trincou os dentes de raiva. Inclinou-se na direção do dr. Bennett, encarando-o olho no olho.

– O senhor não sente nenhuma responsabilidade pelo que fez? Não se dá conta de que destruiu a vida de uma mulher?

– O dr. Bennett é representado por seu advogado – Colby disse no mesmo diapasão de voz de Ben. – Se tem alguma coisa a dizer, diga-a a mim.

– Tenho algo a dizer, sim – disse Ben, aprumando o corpo e ficando na mesma altura de Colby. – Como é que você consegue conviver consigo mesmo?

Colby deu de ombros.

– Sem essa, Kincaid. A pior coisa que pode haver é um mau perdedor.

– Não se trata de ganhar ou perder.

– Não, trata-se de defender meu cliente, que foi o que fiz. As Regras de Conduta Profissional nos impõem o dever de defender zelosamente nossos clientes com o melhor de nossa capacidade.

– Estou cansado de ouvir falar em código de ética como se fosse uma espécie de cartão para sair da prisão de graça. As regras foram criadas com o intuito de melhorar os padrões de responsabilidade moral dos advogados na prática de sua profissão. Ao invés, tornaram-se uma desculpa a ser invocada em momentos oportunos para justificar as táticas mais vergonhosas, para ganhar a qualquer preço. Não é para isso que estamos aqui!

Colby tentou desvencilhar-se dele.

– Isso está ficando muito cansativo, Kincaid. Se me dá licença.

– Ainda não. Quero falar com seu cliente. E já que as Regras de Conduta Profissional que você invocou me impedem de falar com

ele sem que você esteja presente, fique onde está. – Debruçou-se sobre a mesa para poder falar com Bennett cara a cara. – Quero que entenda duas coisas, dr. Bennett. Nunca deixarei que este caso seja arquivado. Não estou ligando a mínima para o que a poderosa firma de advocacia do Colby possa tentar fazer para me botar fora de combate. Não desistirei enquanto o senhor não pagar pelo que fez.
– Ben respirou fundo. – E a segunda coisa é que, a partir deste momento até que acerte as contas com a justiça, farei da sua vida um verdadeiro inferno!

Colby mostrou-se chocado.

– Dr. Kincaid!

– Esta será uma santa cruzada para mim, dr. Bennett. Farei com que todos os habitantes desta cidade fiquem sabendo que o senhor estava dirigindo embriagado, que feriu gravemente uma pessoa e que se recusa a assumir a responsabilidade pelos seus atos. Farei com que as coisas fiquem tão feias para o senhor que não conseguirá dormir à noite. Toda vez que aspirar o ar que o cerca, estarei espreitando por cima do seu ombro.

Colby interpôs-se entre os dois.

– Kincaid sua conduta é chocante. Vou denunciá-lo à comissão de ética.

– Faça o que quiser e bem entender, Colby. Não tenho medo de você. Ou da sua firma de advocacia. – Lançando um olhar para trás, na direção de Bennett, Ben acrescentou: – Estou falando sério, é pra valer. Cada uma de minhas palavras.

Lentamente, quase penosamente, os lábios do dr. Bennett se entreabriram.

– O que está querendo?

– Conforme venho dizendo desde o princípio – Ben retrucou. – Quinhentos mil dólares por danos pessoais. Nem um centavo a menos.

Bennett abanou a cabeça.

– Não posso fazer isso.

– Seu patrimônio é dez vezes superior a isso.

— Essa não é a questão. Se fizer um acordo financeiro com o senhor, estarei admitindo minha responsabilidade. Que estava dirigindo embriagado e quase matei uma pessoa. Seria demitido do hospital. Poderia até perder meu diploma de médico.
— Não haveria admissão de responsabilidade no acordo firmado.
— Mesmo assim. Acabariam sabendo. — Bennett suspirou. — Sinto muito, mas não posso pagar um centavo à sua cliente. — Lentamente, hesitantemente, Bennett ergueu-se de sua cadeira. Colby pegou sua pasta e saiu atrás dele. Ben observou-os atravessando a sala do tribunal juntos, sabendo que não veria nenhum dos dois durante meses, e que as únicas chances de Tess recuperar alguma coisa eram muito remotas.
— Esperem — Ben disse, pouco antes de eles chegarem à porta. — Tenho outra proposta a fazer.

Todo o pessoal do escritório — Christina, Loving e Jones — estava reunido na sala de conferências.
— Chega de suspense, Ben, desembuche — disse Christina. — Qual é o grande segredo?
Ben sorriu.
— Eu conto a vocês assim que... — Ele desviou o olhar abruptamente. — Tess, por favor, entre.
Tess adentrou a sala de conferências. A última atadura tinha sido removida do centro do seu rosto, mas essa era a única modificação no seu aspecto. Sua pele ainda estava lacerada e marcada pelas suturas.
— Me disseram que você queria me ver.
Ben acenou com a cabeça.
— Recebemos uma proposta de acordo do dr. Bennett.
Os olhos dela se arregalaram.
— Verdade?
— Sujeita à sua aprovação. Mas deixe que vá logo lhe dizendo que ela não envolve dinheiro. Bennett não está disposto a pagar um centavo, e fará tudo para evitar qualquer pagamento nos próximos cinco anos.

— Oh! — O brilho nos olhos de Tess arrefeceu.

— Mas eis em que consiste o acordo. Sugeri que se não estava a fim de pagar em dinheiro, que tal bancar a cirurgia reparadora do seu rosto? Afinal de contas, ele é médico e conhece outros médicos. Eles trocam gentilezas entre si, cobram mais barato. Uma cirurgia plástica para reparar seu rosto lhe custaria milhões, mas Bennett poderia consegui-la por muito menos, provavelmente até por menos do que os quinhentos mil dólares que estávamos pedindo.

— E ele concordou?

— Concordou. Se você aceitar a proposta, ele pagará todas as despesas relativas ao seu tratamento. Não importa a quanto montem. Até que você volte a ser a Tess das fotografias do seu portfólio de modelo.

Os olhos de Tess se arregalaram. Seus lábios se entreabriram, mas não pronunciaram nenhuma palavra.

— Eu... não sei o que dizer...

— Você não é obrigada a aceitar a proposta. Estou disposto a lutar pelos seus direitos o tempo que for necessário.

— Ele reconstruirá o meu rosto? Realmente?

— Realmente. Se é isso o que você quer.

— Se é isso o que quero? Foi o que sempre quis. — As lágrimas transbordaram dos seus olhos. — Nunca liguei para o dinheiro. De qualquer forma, não seria suficiente. O que sempre quis foi o meu rosto, o meu sorriso de volta. — Num gesto impetuoso ela colocou os braços em torno de Ben e o abraçou fortemente.

— Isto... quer dizer então que você aceita?

Tess deu uma gostosa risada e sapecou-lhe um beijo em cada face.

— Por favor! O mais cedo possível. — Seu rosto deformado transformou-se num amplo sorriso de felicidade. — Muitíssimo obrigada!

Ben sorriu de volta e sacudiu os ombros.

— Estou apenas cumprindo minha obrigação como seu advogado.

Depois que Tess foi embora, Jones debruçou-se sobre a mesa de conferência.
– Muito bem, tenho uma pergunta a fazer.
Ben afrouxou a gravata.
– Aposto que sei qual é.
– Como podemos cobrar nossos honorários em função de uma promessa de serviços médicos a serem prestados?
Ben subitamente interessou-se por uma mancha na parede acima de suas cabeças.
– Bem... francamente... não sei!
– Então – disse Christina –, basicamente, estamos financeiramente arruinados. Passamos seis meses cuidando desse caso e não vamos receber um centavo.
– Uh... isto seria... quero dizer... – Ben pigarreou. – Isso seria mais ou menos exato.
Christina sacudiu a cabeça. Levantou-se, deu um passo à frente – e pespegou um sonoro beijo no rosto de Ben. Na mesma face que ainda estava úmida do beijo que Tess lhe dera pouco antes.
– Seu incorrigível sentimental!
Ben apertou os olhos, encabulado.
– Quer dizer então... que você não está zangada comigo?
Christina sorriu.
– Como é que alguém pode ficar zangado com você?
– Tudo bem – Jones começou.
– Não responda a essa pergunta – Christina disse a Ben. – Daremos um jeito de pagar o aluguel. E sua fotocopiadora terá de esperar um pouco mais.
– E meu guarda-roupa de outono – resmungou Jones.
– O importante – disse Christina – é que conseguimos exatamente o que a cliente queria. Ou melhor, exatamente o que ela *precisava*. E é para isso que estamos aqui, não é verdade?
Tudo o que Ben pôde fazer foi sorrir. E concordar.

PÓS-ESCRITO

Um dos problemas com que os advogados de causas cíveis se confrontam é particularmente desanimador – e que gera considerável má vontade entre eles e seus clientes – é o fato de os litigantes nunca obterem o que queriam. O meio-termo, a conciliação, é o lugar-comum. E mesmo quando a sentença estipula um ressarcimento pecuniário – geralmente o único remédio concedido por um tribunal de causas cíveis – ele não corrige todos os males. Baseado na minha experiência forense, considero que os melhores acordos são alcançados quando os advogados deixam de lado o aspecto meramente mercantilista do litígio civil e concebem soluções criativas que, a longo prazo, podem ser mais vantajosas do que indenizações em dinheiro. Por isso, neste conto, quis que Ben enfrentasse um desafio de maneira diferente, queimando um pouco de energia criativa, ao conceber um remédio capaz de emprestar um novo sentido à palavra "justiça".

– WILLIAM BERNHARDT

Bem, este aqui certamente nos impedirá de obter o endosso do Conselho Nacional de Juízes. Mas vale a pena penetrar na mente satírica de Michael Kahn e conhecer Sua Excelência Harry L. Stubbs, um extraordinário juiz federal envolvido numa situação ainda mais extraordinária.

A REDENÇÃO DO CONDADO DE COOK

Michael A. Kahn

Eis onde estamos:

Muito acima da Dearborn Street, no Trevo de Chicago, no recinto do gabinete do Meritíssimo juiz Harry L. Stubbs. É um gabinete imponente, digno de um faraó, à altura de um juiz federal. Pé-direito alto, paredes revestidas de painéis de madeira escura, uma janela panorâmica dando para o lado leste e proporcionando uma vista deslumbrante do Lago Michigan. Uma escrivaninha de nogueira maciça. Atrás dela uma poltrona de couro de espaldar alto que parece mais um trono do que um simples assento. E no trono, o juiz Distrital dos Estados Unidos Harry L. Stubbs, com o suor porejando na testa.

Sua Excelência inclina-se ligeiramente para a direita e solta outro peido.

Flatulência provocada pela ingestão de fibras. Não pode ser outra coisa. Senhor, tende piedade de mim. Estou tendo um choque fibroso.

No meio da sala, dominando o primeiro plano, uma mesa de conferência, também de nogueira, cercada por oito cadeiras de couro. Uma parede é inteiramente ocupada, do chão ao teto, por uma estante repleta de livros de direito encadernados. Numa outra, destacam-se retratos a óleo de Abraham Lincoln, Ronald Reagan e Henry Hyde, juntamente com um diploma emoldurado da Escola de Direito DePaul e um distintivo de bronze da Patrulha Rodoviária do Estado de Illinois engastado numa placa de prata. Sobre a escrivaninha, uma moldura com um retrato da família em que aparecem uma mulher gorducha, loura, e três filhas louras, todas usando óculos. Pendurados num cabide de latão, a um canto da sala, uma toga preta e um paletó esporte de xadrez de cor clara.

Sua Excelência ergue o traseiro e solta outro peido.

É isso que dá ser casado com uma fanática por fibras. Pelo amor de Deus!

Na manhã de ontem Bernice colocara um bolinho de farelo feito em casa ao lado da sua caneca de café. O aspecto era de uma bola (de tênis) encharcada e tinha gosto de caliça. A Broa da Lagoa Negra.

O estômago de Sua Excelência ronca. Gases fermentados pressionam novamente as paredes do cólon.

Hoje de manhã ela lhe dera um beijo na testa e pusera uma tigela na sua frente. Ele olhou para o que lhe pareceu um monte de cocô de rato.

– Em nome de Deus, o que é isto? – ele finalmente perguntou.

– Gérmen de trigo, benzinho. É delicioso.

Seu sabor era pior do que sua aparência – uma mistura úmida de serragem e areia industrial. Sua Excelência engoliu à força meia tigela, imaginando o que aconteceria se o presidente da Kellogg's algum dia se defrontasse num tribunal com o juiz distrital dos Estados Unidos Harry L. Stubbs.

Sua Excelência sacode a cabeça. Quem diria que a loura engraçadinha que ele mandara parar o carro por excesso de velocidade há trinta e um anos na I-55 se tornaria, no decurso do trigésimo ano do seu casamento, uma fervorosa crente da divina graça de um amplo e irrestrito movimento intestinal? Depois de vinte e nove anos de Wonder Bread, Uncle Ben's e Rice Krispies. É mole?

Outro sobressalto, outro peido.

Ele reconhece, entretanto, que não é mais o garboso patrulheiro rodoviário de outros tempos. Logo que se casaram ela o chamava de "meu John Wayne" – embora mesmo naquela época houvesse certo exagero da sua parte, convenhamos, para um sujeito que não media nem um metro e oitenta. Agora então o parâmetro era totalmente descabido. Durante os últimos trinta anos ele acrescentara vinte e cinco centímetros à cintura, perdera quase todo o cabelo e adornara o queixo quadrado com uma bela papada. No último fim de semana, quando escolhia um cinto na True Value, julgou ter visto o rotundo ex-gerente do Cubbs, Don Zimmer, mas se deu conta, espantado, de que estava olhando para um reflexo de sua própria imagem.

Sua Excelência tira um lenço do bolso de trás da calça e enxuga o suor da testa.

Um choque fibroso, não resta a menor dúvida.

Batem à porta.

— Santo Deus! — ele murmura, apertando as bochechas. — Está aberta.

Adentra o gabinete de Sua Excelência o enorme serventuário da justiça Rahsan Abdullah Ahmed (nascido Lamar Williams). Quase dois metros de altura, cento e cinqüenta quilos, grande como um boi, preto como carvão e — à primeira vista — estúpido como uma porta. As aparências enganam.

— Bom-dia, Rahsan.

— Bom-dia, Meritíssimo.

Os primeiros meses de convivência tinham sido difíceis para o juiz Stubbs. Gostava da pompa e circunstância do tribunal distrital nos seus menores detalhes, até do solene e tradicional *Ouçam todos, Ouçam todos,* abrindo os trabalhos do tribunal todas as manhãs. Chegava a se encolher quando Rahsan batia o martelo três vezes e anunciava com sonoros *Oba, oba, oba* que a *District Coat* dos Estados Unidos estava em sessão.

Mas isso foi só no princípio. Embora a enunciação das palavras de Rahsan deixasse muito a desejar, o juiz Stubbs não demorou a reconhecer os méritos do seu auxiliar encarregado do registro e tramitação dos processos. Tinha tido outros assessores, naturalmente — jovens orgulhosos de seus diplomas obtidos em arrogantes faculdades de direito. Embora capazes e astutos, parece não haver amanhã para esses jovens quando se dedicam a trabalhos de pesquisa, e isso é importante para o ex-patrulheiro rodoviário Harry L. Stubbs. Ele não pretende desbravar novos caminhos no direito, sobretudo depois do que a Sétima Vara lhe fez no processo de apelação do caso *Arnold Bros.* O juiz Easterbrook redigiu o parecer para o painel. O pomposo filho da mãe fez com que ele parecesse um selvagem qualquer que tivesse conseguido se desvencilhar de suas algemas eletrônicas. Por isso, atualmente, recorre aos seus assessores buscando a correta interpretação e aplicação da lei. Mas quando Sua Excelência precisa de algo mais importante do que pesquisas, sabe que pode contar com Rahsan. Seus assessores ocasionalmente o deixam na mão; nem sempre encontram um precedente. Mas seu eficiente administrador dos processos, Deus o abençoe, nunca o decepciona.

– O que temos esta manhã? – pergunta o juiz Stubbs.

Rahsan sacode a cabeça com entediada paciência e cofia o lado direito do seu espesso bigode à Fu Manchu.

– Os fofoqueiros e chorões de sempre.

Ele entrega ao juiz Stubbs a pilha de moções pautadas para serem apreciadas esta manhã. Sua Excelência consulta o relógio de pulso e suspira. Podia fechar os olhos e imaginá-los: soturnos pelotões de advogados armados com suas pastas emergindo de arranha-céus ao longo da LaSalle Street, marchando em direção à Dearborn, inclinando-se para a frente com determinação. Logo estarão convergindo para os elevadores, subindo para as salas dos tribunais do juiz Stubbs e seus colegas do Distrito Norte de Illinois.

Chamada matutina das moções.

O juiz Stubbs passa os olhos na papelada que lhe é mais do que familiar, com indisfarçável relutância. Moção para Exigir Apresentação de Documentos. Moção para Prorrogação do Prazo de Apresentação do Memorando de Resposta. Moção para Sanções. Moções para Continuidade. Moção Exigindo Respostas aos Interrogatórios. Moções para Sanções. Moção para Arquivamento de Réplica. Moção para Extensão do Prazo de Apresentação da Reclamação Emendada. Moção para Arquivamento de Sumários com Mais de Vinte Páginas. Moção para Continuidade. Moção para Sanções.

A chateação de sempre.

Como a maioria de seus colegas, o juiz Stubbs detesta a chamada matutina das moções. Do alto de sua tribuna, ouvindo a sucessão interminável de advogados acusando-se reciprocamente de violações irrisórias das normas, ele se sente como aquela velha mulher que morava num sapato.

Ele ergue os olhos, e suspira, cansado.

– Mais alguma coisa?

– Temos uma moção de emergência, Meritíssimo.

– É mesmo? Uma das nossas?

– Não, senhor. Pertence ao juiz Weinstock.

– Um dos casos do Marvin? Por que está aqui?

– Ele está de férias. Esta semana e a outra.

– Caso novo?

– Não, senhor. Reclamação apresentada há seis semanas.

– Seis semanas? Por que a pressa repentina?

Rahsan sacode a cabeça.

– Não sei não, senhor. As partes querem uma audiência. O juiz no exercício da presidência mandou eles pra cá.

– Sou eu o juiz de plantão esta semana?

– É, sim senhor. Esta semana e a próxima.

O juiz Stubbs abre seu calendário de mesa e estuda-o.

– Tudo bem, provavelmente poderemos encaixá-los na pauta de hoje. Tenho uma conferência pré-julgamento às dez. Depois disso não há muita coisa.

– Já disse a eles para estarem aqui às onze em ponto.

O juiz Stubbs levanta os olhos e sorri.

– Já está com os documentos referentes às moções deles?

– Sim, senhor. Estão aqui comigo. – Rahsan Ahmed entrega os documentos ao juiz Stubbs e levanta-se. – A chamada das moções vai começar dentro de cinco minutos, Meritíssimo. Baterei na porta quando chegar a hora.

E eis como chegamos aqui:

Cinco semanas atrás. Interior do banheiro de homens do Union League Club. Pias de mármore, torneiras e acessórios de latão polido, pilhas de toalhas de mão imaculadas, uma suntuosa fileira de mictórios de louça dignos de deuses. É um lavatório elegante, exatamente o que era de esperar de um dos mais exclusivos clubes masculinos do centro de Chicago. O último lugar, portanto, onde alguém poderia pensar em encontrar Jimmy Torrado.

Jimmy penteou os bastos cabelos pretos, mirando-se no grande espelho acima das pias de mármore, procurando manter a fleuma. Passou os dedos por dentro do colarinho e ajeitou a gravata, conferindo sua imagem refletida no espelho. Não estava acostumado a usar paletó e gravata, mas quando é preciso faz-se o que se tem de fazer. Seguira o filho-da-puta durante uma semana, bolando como chegar perto dele, burlando a vigilância de seu motorista e de sua secretária e do resto da maldita camarilha. E de repente teve um lampejo, como uma dessas lâmpadas que acendem nas histórias em quadrinhos, tirando o cara do sufoco. Sorrindo, Jimmy inclinou-se para a frente e admirou-se mais uma vez no espelho. Notou um pequeno cravo na ponta do nariz. É isso aí, falou com seus botões, ao espremer o cravo com as unhas, tem de ser muito malandro para passar Jimmy Torrado para trás.

Ouviu um farfalhar de folhas de jornal numa das privadas. Depois o ruído de papel higiênico sendo desenrolado. Jimmy Torrado retirou os documentos da pasta de plástico azul e esperou. A descarga do vaso foi acionada, a porta do gabinete sanitário abriu-se. Um homem de cabelos grisalhos saiu com um *Sun-Times* dobrado debaixo do braço e passou por Jimmy, encaminhando-se para as pias, como se ele não estivesse ali.

Não tinha erro, era ele mesmo.

Jimmy esperou até que o cidadão começasse a lavar as mãos. Abotoaduras de esmeraldas, unhas tratadas, Rolex de ouro. O cara era, sem dúvida, cheio da grana.

– Lester Fleming?

O cavalheiro grisalho virou a cabeça para ele, ensaboando as mãos. Não disse nada, limitou-se a olhar para Jimmy com seus olhos azuis gelados. Olhos abaixo de zero. Enxaguou as mãos meticulosamente, com toda a calma, como se tivesse o dia todo, enquanto Jimmy esperava pacientemente, transferindo o peso do corpo de um pé para o outro.

Ainda enxaguando as mãos, dignou-se finalmente a olhar para Jimmy.

– O que deseja? – disse numa voz rouca, soando mais como uma ordem de comando do que uma pergunta.

Jimmy Torrado estendeu a mão com os documentos.

– Por esta intimação o senhor está sendo notificado da ação judicial que lhe é movida. O senhor também toma ciência de uma moção e outros instrumentos legais.

Fleming não apanhou os papéis. Nem sequer olhou para eles. Apenas lançou um olhar arrogante para Jimmy Torrado, que estava começando a se sentir um perfeito imbecil com a mão esticada segurando os papéis e o sujeito continuando a enxaguar as mãos e a olhar para ele como se ele fosse um débil mental.

– Como é que é, vai apanhá-los ou não?

Após um breve momento de hesitação, os lábios de Fleming abriram-se num sorriso cheio de desprezo e sarcasmo. Virou-se e jogou a toalha no cesto.

– Deixe os papéis em qualquer lugar e vá tratando de dar o fora daqui, seu... "gomalina".

Torrado deixou os papéis em cima da banca de mármore e apanhou sua pasta de plástico. Parou na porta e olhou para trás.

– Acaba de ser oficialmente notificado, babaca.

Depois que Torrado foi embora, Lester Fleming olhou para a pilha de papéis. A folha de cima era a intimação da ação judicial da *Mid-Continent Casualty Assurance Co. contra Lester M. Fleming*. Ele levantou o documento. Por baixo estava a queixa. Passou os olhos, sem alterar a expressão fisionômica. Em seguida vinha a moção e sua justificava legal. Fleming folheou a moção devagar, detendo-se na última página:

> Pelo que este egrégio tribunal emite uma ordem restritiva provisória e uma injunção preliminar, congelando todos os ativos líquidos do acusado Fleming, proibindo o dito acusado e quaisquer bancos, associações de poupança e empréstimos ou outras instituições financeiras com as quais o acusado Fleming ou sua firma mantenham contas de sacar ou transferir por outros meios quaisquer importâncias de qualquer uma dessas contas.

Ele leu novamente o parágrafo, meditando sobre ele. Depois olhou sua imagem refletida no espelho, desanuviando lentamente a expressão fechada.

Rahsan Ahmed sai do gabinete do juiz Stubbs no mesmo instante em que Norman Feigelberg, um dos assessores legais do juiz, cruza apressadamente a recepção. A secretária do juiz Stubbs ausentara-se momentaneamente para ir apanhar outra Coca Diet na máquina do corredor, deixando os dois sozinhos na ante-sala. Como de hábito, é um mau dia para as melenas de Norman Feigelberg. Com seus cabelos pretos encarapinhados (esta manhã embolados do lado direito) e seus óculos com armação de chifre (o cavalete consertado com fita adesiva branca), Feigelberg poderia passar pelo irmão caçula míope do Kramer da série *Seinfeld*.

Feigelberg olha para o coordenador dos processos, apertando os olhos por trás das lentes grossas.

– Está vindo do gabinete do juiz?

– Tô.

Feigelberg enrola nervosamente a ponta da gravata no seu dedo indicador.

– Como é que ele está hoje?

– É a maldita fibra que ele vem comendo. – Rahsan enruga o nariz. – É um cheiro desgraçado de coisa podre o dia inteiro. O pobre tem peidado adoidado.

Feigelberg contém o riso, balançando a cabeça.

Rahsan dá um passo atrás e abana a mão na frente do nariz.

– Falando de odores, Norman, você não tem exatamente o perfume de uma rosa.

– Qual é o problema?

– Seu hálito é de morte.

Feigelberg fez uma careta.

– Estou novamente com aquela miserável infecção de gengiva. Acho que é de um dente de siso.

– Sem fazer trocadilho, se tiver algum, meu chapa, vá correndo à Wallgreens e compre um galão de Listerine porque, francamente, não estou a fim de ficar sentindo esse cheiro o dia todo.

No seu gabinete, o juiz Stubbs sorri ao reler a queixa no caso *Mid-Continent Casualty Assurance Co. contra Lester M. Fleming.*
Inclina-se para trás e sacode a cabeça, admirado.
Lester Fleming.
Apesar de passados vinte e um anos, ele nunca se esqueceu daquele dia. Começou numa encantadora manhã de primavera – muito parecido com o dia de hoje. Seu primeiro julgamento no tribunal do condado de Cook. Decerto, àquela altura, já tinha atuado em alguns casos em DuPage, mas aquele era seu grande momento. O cenário agora era outro – estava em Chicago. Melhor ainda, ia se confrontar com o famoso Lester Fleming.

Mesmo então, tanto tempo atrás, antes de a candidata a prefeito Jane Byrne tê-lo acusado de pertencer a uma "máfia de malfeitores", Lester Fleming já gozava de reputação duvidosa. Começara carreira no juizado de causas de tráfico de drogas em North LaSalle, onde rapidamente se tornou conhecido como subornador. De lá transferiu-se para a área de queixas por danos físicos, passando a trabalhar com Sam "O Homem Melancia" Blumenfeld. Quando Sam foi condenado, enquadrado em onze dispositivos da lei de fraudes postais, a sociedade Blumenfeld & Fleming passou a ser denominada Escritórios de Advocacia Lester Fleming & Associados – os "associados" consistindo num grupo rotativo de meia dúzia de jovens advogados e assistentes paralegais que cuidavam das centenas de pequenos acidentes automobilísticos encaminhados a Fleming por caçadores de colisões e outras ocorrências, patrulhando as rodovias metropolitanas de Chicago, utilizando rádios da polícia nos seus carros. Embora seu cliente típico geralmente rendesse menos de vinte mil dólares, Fleming compensava a baixa rentabilidade de cada caso com o seu volume. Cedo percebera que podia ganhar tanto dinheiro trabalhando duzentas pequenas causas por ano quanto encaçapando um ou dois grandes veredictos.

Lester Fleming, hein? Finalmente posso ter uma chance de enquadrar o F.D.P.

Ao deixar de carro Hinsdale naquela manhã há vinte e um anos, Harry Stubbs estava nervoso mas confiante. Nervoso porque sempre ficava nervoso antes de um julgamento, especialmente antes daquele. Embora fosse bem mais velho do que Lester Fleming, era muito menos experiente. Afinal, Fleming já pontificava no juizado de causas de tráfico de drogas quando o patrulheiro Stubbs compareceu à sua primeira aula do curso noturno de direito. Mas, ainda assim, confiante, porque não lhe faltavam razões para isso. Os fatos estavam a seu favor. A lei estava do seu lado. Melhor ainda, tinha provas de que o cliente de Fleming forjara o acidente. Tudo não passava de uma farsa, e contava com uma testemunha que poderia provar que Fleming tinha ajudado o queixoso a forjá-lo.

No trajeto para a cidade naquela manhã Harry Stubbs fantasiara: não só iria derrotar o grande Lester Fleming, como poderia até levá-lo a depor perante a comissão disciplinar. Sim, senhor, disse a si mesmo naquela encantadora manhã de primavera, o nome Harry L. Stubbs seria estampado com todas as letras em todos os jornais.

E não deu outra. Só que seu nome apareceu como o do advogado derrotado num veredito por danos causados de US$ 145.000 – na época, a mais alta indenização num acidente não envolvendo ferimentos pessoais concedida na história do estado de Illinois, e conseqüentemente fazia jus a uma reportagem de primeira página no *Sun-Times*, ilustrada com uma fotografia de um sorridente Lester Fleming.

O julgamento tinha sido um ultraje do princípio ao fim. Após a primeira hora – depois de o juiz Madigan ter rejeitado todas as objeções de Stubbs e ter concedido uma moção a Fleming, excluindo a maioria das provas de Stubbs – finalmente a evidência do suborno ficou clara para ele. Pior ainda, Madigan era uma astuta raposa irlandesa que sabia exatamente como implodir um caso sem deixar margem a apelação.

O juiz anunciou o veredito no fim do segundo dia do julgamento, imediatamente após Harry Stubbs ter encerrado sua argumentação final, num tom cada vez mais exaltado. Sentou-se, estonteado, à mesa da acusação enquanto Fleming fazia declarações pomposas à imprensa fora da sala do tribunal. Permaneceu sentado durante todo o tempo em que Fleming e o juiz se mantiveram reunidos a portas fechadas. Finalmente, começara a arrumar seus papéis quando Fleming emergiu do gabinete do juiz, tirando baforadas de um grosso charuto.

Fleming deteve-se perto de Stubbs.

– Falta de sorte, colega.

Stubbs olhou penetrantemente para ele.

– Não foi uma questão de sorte. Sei perfeitamente o que você fez.

Fleming sorriu, apertando o charuto entre os dentes.

– É preciso ter jogo de cintura, meu jovem. – Tirou o charuto da boca, examinou-o por um momento, e soltou outra baforada. – Bem-vindo ao condado de Cook.

Fleming retirou-se da sala do tribunal rindo à socapa, deixando atrás de si uma nuvem de fumaça de charuto.

Bem-vindo ao condado de Cook, não é?

O juiz Stubbs folheia rapidamente a papelada do tribunal até chegar às assinaturas na última página. Abbott & Windsor. Sete advogados no espaço reservado às assinaturas. Típica alcatéia de lobos de uma grande firma de advocacia à frente de um litígio. Mas o verdadeiro advogado, o que conduzirá o interrogatório hoje, será um dos três primeiros nomes da lista: L. Debevoise Fletcher, Gabriel Pollack ou Melvin Needlebaum.

Ouvira falar de Fletcher – ou talvez tivesse lido alguma coisa sobre ele na coluna do Kup. É um dos medalhões da Abbott & Windsor, o que significa que provavelmente seu nome consta das petições e demais documentos submetidos ao tribunal apenas para impressionar. Naturalmente, também ouvira falar de Needlebaum. Qual o juiz federal que não o conhecia pelo menos de nome? Needlebaum talvez seja o cérebro dessa operação, mas não será seu porta-voz. Com isso, resta Pollack. Provavelmente, um sócio júnior – um desses brilhantes jovens turcos. Nada a opor. Desde que ele saiba usar as provas convenientemente. Ao que parece, a metade dos advogados que se confrontam com ele não sabe distinguir a diferença entre um boato e um disparate.

Uma batida na porta.

– Está na hora das moções, Meritíssimo.

Logo em seguida, Rahsan Ahmed adentra a sala do tribunal para se posicionar abaixo da tribuna de onde o juiz Stubbs preside. Rahsan fica atento, com os olhos pregados na porta alta à esquerda da tribuna, a porta que comunica diretamente o gabinete do juiz Stubbs com a sala do tribunal. O martelo parece de brinquedo nas suas mãos enormes. Aproximadamente quarenta advogados estão espalhados pela sala imensa – alguns sentados às mesas da defesa e da acusação, outros nos boxes dos jurados, e os restantes nas fileiras de bancos da galeria. Com a presença do corpulento serventuário negro de justiça, os advogados põem de lado seus jornais e começam a recolher seus papéis. Alguns tossem e pigarreiam.

A simples presença de Rahsan na sala do tribunal impõe respeito. A estrutura óssea do seu rosto confere-lhe uma severidade natural. Acrescente-se a isso um olhar feroz, e ele se agiganta, parecendo a todos intimidar. Percebe-se isso claramente quando os advogados se aproximam do pódio durante a leitura das moções, lançando-lhe olhares assustados.

Enquanto isso, no seu gabinete, de pé ao lado do cabide, o juiz Harry Stubbs veste sua toga preta. Ajusta-a ao corpo ao se encaminhar para a porta que dá para a sala do tribunal. Parando um instante, ele não contém um sorriso.

Bem-vindo ao condado de Cook, não é?

Sua Excelência gira a maçaneta da porta. Esse é o sinal convencionado com Rahsan: o giro da maçaneta. Sua Excelência ouve as três pancadas do martelo soarem do outro lado da porta. Ouve Rahsan mandar todos se levantarem. O Meritíssimo juiz Harry Stubbs abre a porta e entra na sala do tribunal.

Oba, oba, oba.

Decorridos quarenta e cinco minutos de interrogatório o juiz Stubbs já chegou à conclusão de que gosta do jovem advogado Pollack. Fluente, profissional – nada espalhafatoso. No estilo do DiMaggio nos seus melhores dias. Implica um pouco com a barba, mas admite que fica bem em Pollack.

O juiz Stubbs lança um olhar para além de Pollack, para a mesa do advogado do acusado. O cidadão de óculos escrevendo freneticamente num bloco de papel ofício amarelo só pode ser Needlebaum. De cinco em cinco minutos ele ergue os olhos com um sorriso alucinado e volta a mergulhar a cabeça no bloco de anotações. O juiz Powell o tinha advertido sobre Needlebaum: *O sujeito vai bombardeá-lo com moções e sumários, Harry.* Ele age com presteza e objetividade. Dirá aos advogados depois do interrogatório que não quer transformar o caso numa guerra de papéis.

– Protesto, Meritíssimo. Ele está conduzindo a testemunha.

O juiz Stubbs olha para Stan Budgah na mesa do acusado. *Qual foi a pergunta?* Não tem importância.

– Refaça a pergunta, dr. Pollack.

– Certamente, Meritíssimo. – Pollack volta-se para a testemunha. – O dr. Fleming disse mais alguma coisa?

Stan Budgah dá um grunhido de satisfação e torna a sentar-se.

O juiz Stubbs consulta suas anotações e franze as sobrancelhas. *Stan Budgah?*

Conhece Stan desde o tempo em que advogava. Provavelmente, esta é a primeira vez em que Stan comparece a um tribunal federal em muitos anos. Budgah é essencialmente um advogado de causas menores, que se ocupa sobretudo de cobranças no âmbito da justiça estadual. Provavelmente, o advogado de cobranças mais gordo de Chicago. O juiz Stubbs pode ouvir a respiração áspera, de boca aberta, de Budgah no outro lado da sala do tribunal. Stan certamente veste-se de acordo com seu extravagante personagem: paletó esporte verde brilhante com um par de charutos envoltos em celofane despontando do bolso superior do paletó, gravata roxa larga salpicada de manchas de sopa, camisa branca de dacron de mangas curtas esticada sobre o ventre volumoso, calças cinza amarrotadas com o gancho começando no meio das coxas maciças, sapatos pretos arranhados e uns cinco centímetros de canelas peludas aparecendo acima das meias azuis.

Sentado ao lado de Stan Budgah à mesa do advogado de defesa, Lester Fleming exibe-se, como sempre, bronzeado, impecavelmente trajado no seu terno cinzento risca de giz de três peças, camisa de algodão azul, e gravata de listras vermelhas e azuis. Parece estar entediado com o procedimento legal. Fleming poderia ser a resposta do Departamento de Elenco a um pedido de um figurante com "pinta" de advogado de uma corporação eminente. Na verdade, se alguém entrasse na sala do tribunal desprevenidamente, diria que Fleming era o advogado e Budgah o acusado, provavelmente respondendo a um processo criminal pela exploração de uma livraria de obras pornográficas.

Enquanto o juiz Stubbs o estuda, Fleming olha para cima. Seus olhos se encontram. Fleming encara o juiz calmamente, não denotando qualquer sinal de preocupação na expressão. Chega a ser irritante. Embora o juiz Stubbs, do alto de sua banca, envergando sua toga judicial preta, esteja investido do poder e da autoridade que lhe confere o artigo III da Constituição, é ele quem desvia o olhar. Embaraçado, baixa os olhos para seus apontamentos.

– Meritíssimo. – É Pollack. – Apresentamos como evidência o elemento material de prova contra o acusado Número Seis: o depoimento final prestado ao sr. Ortega por Lester Fleming na data assinalada.

O juiz Stubbs vira-se para Stan Budgah, entregue ao processo de remover o volumoso traseiro da poltrona.

– Alguma objeção, doutor?

Budgah aperta os olhos e sacode a cabeça.

– Protesto, Meritíssimo. Protesto certamente.

– Sob que alegação, dr. Budgah?

Fazendo um gesto displicente com a mão, ele enumera:

– Relevância, materialidade, regra da melhor prova, boatos infundados.

– Objeção rejeitada. A prova Número Seis é aceita como evidência, dr. Pollack.

– Obrigado, Meritíssimo. Não tenho outras perguntas a fazer à testemunha.

– Algum reinquirição, dr. Budgah?

Budgah faz menção de levantar-se novamente, mas é impedido por Fleming com um toque no ombro. Ele se inclina para Fleming, que lhe fala baixo no ouvido. Budgah ergue os ombros, e torna a se dirigir ao juiz Stubbs.

– Não, Meritíssimo.

TRANSCRIÇÃO DOS DEPOIMENTOS
PERANTE O MERITÍSSIMO JUIZ EM EXERCÍCIO
HARRY L. STUBBS

(Excerto do relatório de Rudolph Martin, regulador da Reclamação da Queixosa Mid-Continent Casualty Assurance Co.)

P. (do dr. Pollack) – Teve outras conversas com o dr. Fleming a propósito da reclamação do seu cliente, sr. Ortega, contra seu segurado?

R. – Outra conversa telefônica.

P. – Quando ocorreu essa conversa?

R. – Mais tarde no mesmo dia.

P. – Descreva-a, por favor.

DR. BUDGAH: Protesto, insinuações sem fundamento.

O TRIBUNAL: Rejeitado.

R. – O dr. Fleming ligou de volta e disse que seu cliente estava disposto a fazer um acordo de US$ 15.000. Concordamos com essa importância.

P. – Isso foi no dia 14 de março?

R. – Sim, foi.

P. – A Mid-Continent Casualty emitiu um cheque no valor de US$ 15.000?

R. – Sim.

P. – Remeteu esse cheque ao dr. Fleming?

R. – Sim.

P. – Sr. Martin, deixe-me mostrar-lhe uma cópia de um cheque cancelado que foi arrolado como Prova N.º 12 da Queixosa para identificação. Este é o cheque que enviou ao dr. Fleming por volta de 16 de março?

R. (A testemunha examina o cheque) – É, sim, senhor.

P. – Este é o único cheque que a Mid-Continent emitiu como indenização à reclamação do sr. Ortega contra seu segurado?

R. – É, sim senhor.

DR. POLLACK: Meritíssimo, submeto como Prova No. 12 da Queixosa este cheque de US$ 15.000 pagável à ordem de Manuel Ortega e seus advogados, Lester M. Fleming & Associates.

O TRIBUNAL: A Prova N.º 12 da Queixosa é aceita como Evidência.

P. (do dr. Pollack) – Sr. Martin, o senhor ouviu o sr. Ortega testemunhar no início dos depoimentos desta manhã, correto?

R. – Sim, senhor.

P. – O senhor o ouviu testemunhar que Lester Fleming lhe dissera que tinha fechado o acordo por US$ 13.000?

R. – Não, senhor. O dr. Fleming e eu fechamos acordo por US$ 15.000. Foi por isso que preparei o cheque nesse valor.

P. – O senhor também ouviu o sr. Ortega testemunhar que, no dia 20 de março, o dr. Fleming lhe entregou um suposto cheque da Mid-Continent no montante de US$ 13.000 e pediu a ele para endossá-lo no verso?

R. – Sim.

P. – A Mid-Continent emitiu algum cheque de US$ 13.000 em favor da firma do dr. Fleming durante esse período?

R. – Não.

P. – Sr. Martin, o senhor tem a Prova N.º 12 da Queixosa diante dos seus olhos? O cheque de US$ 15.000 que emitiu para que o dr. Fleming desse o caso por encerrado?

R. – Tenho.
P. – Por favor, vire-o. Há uma assinatura no verso?
R. – Sim.
P. – Leia o que está escrito no verso.
R. – Diz: Somente para Depósito e segue-se a assinatura. Depois da assinatura está escrito: Assinado em nome de Manuel Ortega e seus advogados, Lester M. Fleming & Associates.
P. – A assinatura do sr. Ortega aparece em algum lugar do verso ou anverso desse cheque?
R. – Não.
DR. POLLACK: Não tenho outras perguntas a fazer, Meritíssimo.
O TRIBUNAL: Dr. Budgah?
DR. BUDGAH: Sim, ainda tenho algumas perguntas.
P. (do dr. Budgah) – Essa reclamação do sr. Ortega a que se vem referindo, não é o primeiro caso na sua carreira em que chega a um acordo, certo?
R. – Não.
P. – O senhor fecha centenas de acordos por ano, certo?
R. – Sim.
P. – Milhares na sua carreira, certo?
R. – Creio que sim.
P. – Também creio. (Risos) E fala ao telefone com advogados de queixosos todos os dias da semana, certo? Fala com eles sobre acordos, certo?
R. – Sim, senhor.
P. – Provavelmente fala diariamente com diversos advogados sobre esse assunto, certo?
R. – Sim, senhor.
P. – E o dr. Fleming aqui presente, provavelmente terá falado com esse cavalheiro pelo menos duas vezes por semana nos últimos dez anos, certo?
R. – Provavelmente.
P. – E agora o senhor afirma que é capaz de se lembrar de detalhes de um telefonema há mais de quatro anos, um entre esses milhares de telefonemas.

R. – Sim, senhor.
P. – Convenhamos, sr. Martin. Como pode esperar que este tribunal acredite que é capaz de se lembrar dos detalhes exatos dessa conversa telefônica?
R. – Por duas razões. Meu chefe me deu instruções para anotar todas as conversas com o dr. Fleming. Ele me disse que o dr. Fleming não era confiável porque vendia seus clientes.
    Consultei essas anotações hoje de manhã. A outra razão por que me lembro dessa conversa específica se deve ao fato de o dr. Fleming me ter dito que o sr. Ortega não aceitaria um centavo a menos de US$ 15.000 e que se não concordássemos com essa importância ele nos processaria por má-fé. Nunca tinha sido ameaçado dessa maneira. É por isso que me lembro dessa conversa telefônica.
DR. BUDGAH: Muito bem. Vejamos. (Pausa) Não tenho outras perguntas.
O TRIBUNAL – Algum redirecionamento, dr. Pollack?
DR. POLLACK – Nenhum, Meritíssimo.
O TRIBUNAL (para a testemunha) – O senhor pode descer.

    O juiz Stubbs examina o documento.
    – Tem alguma coisa esquisita aqui – ele diz finalmente, recostando-se na poltrona com olhar intrigado.
    Os três estão reunidos no seu gabinete – ele, Rahsan Ahmed, Norman Feigelberg. O juiz Stubbs lhes tinha pedido que o procurassem depois do recesso de noventa minutos para o almoço que ele determinara.
    Feigelberg puxa nervosamente o lóbulo da orelha.
    – Que está querendo dizer?
    O juiz Stubbs empurra uma das provas do julgamento que estão em cima da mesa para seu assessor legal.
    – Veja a Prova n.º Seis.
    Feigelberg passa os olhos rapidamente:

LESTER FLEMING & ASSOCIATES
BALANCETE DE ENCERRAMENTO

Cliente: *Manuel Ortega*
Pagamento do Acordo: US$ 13.000,00

MENOS:

Honorário do Advogado (40%)	5.200,00
Despesas Forenses	125,00
Despesas Médicas	2.225,00
LÍQUIDO PARA O CLIENTE	US$ 5.450,00

Data: 20 de março de 1996
De acordo: *Manuel Ortega*

– Você ouviu o testemunho – diz o juiz Stubbs.

Feigelberg analisa o balancete e sacode a cabeça enquanto o juiz continua.

– Ortega foi ao escritório de Fleming receber o dinheiro do acordo. Entregaram-lhe uma cópia do balancete e um cheque no valor de sua cota do acordo.

Quando o juiz Stubbs faz uma pausa, Feigelberg ergue os olhos.

– OK – ele diz hesitantemente.

O juiz Stubbs lança um olhar para Rahsan, que se inclina para a frente e coloca um dedo gigantesco no primeiro lançamento do balancete.

– Está dizendo aqui que o acordo foi fechado por treze mil, certo?

Feigelberg franze o cenho diante do lançamento, e consulta rapidamente suas anotações sobre os depoimentos da manhã.

– Espera aí – ele diz, acentuando o sulco entre as sobrancelhas enquanto estuda mais minuciosamente suas anotações. – O cheque do acordo emitido pela companhia de seguros foi de quinze mil.

– Exatamente – confirma o juiz Stubbs.

Feigelberg olha para o juiz, depois para Rahsan, e de volta para o juiz.

– Não estou entendendo.

Rahsan resmunga impacientemente.

— Norman, o cara está roubando dos dois lados. — Faz um gesto na direção do cheque. — Ele firmou com a companhia de seguros um acordo de quinze mil, mas disse ao cliente que foi de treze mil. O cliente e a companhia de seguros entram de gaiatos enquanto o vivaldino do Lester embolsa a diferença.

O juiz Stubbs sacode a cabeça.

— Os clientes dele são presas fáceis, Norman. A maioria é gente pobre, hispânicos e negros, o pessoal mais apavorado com o sistema legal, e portanto o mais crédulo, que acredita piamente quando um advogado de boa lábia garante que treze mil dólares está de muito bom tamanho.

— Peraí um momentinho — diz Feigelberg, conferindo suas anotações. — Quantos casos ele acerta com a Mid-Continent Casualty?

— Uns cem por ano — diz o juiz Stubbs.

Feigelberg ergue a sobrancelha, admirado.

— E o senhor acha que ele vem desviando de dois a três mil dólares por caso?

O juiz Stubbs dá de ombros.

— É possível. — Ele olha para Rahsan e sacode a cabeça lentamente. — Não faz sentido.

— O que não faz? — pergunta Feigelberg.

Rahsan vira-se para Feigelberg.

— Stan Budgah.

O juiz Stubbs concorda com um aceno de cabeça.

— Num caso como este — ele explica a Norman —, Fleming tinha de ser defendido pelos melhores advogados da paróquia, e ele pode contratar os mais caros.

Rahsan cofia pensativamente os bigodes.

— Parece que ele não está dando muita bola.

— Talvez ele e Budgah sejam amigos do peito — sugere Feigelberg.

Rahsan bufa.

— E eu talvez seja o coelhinho de chocolate da Páscoa.

O estômago de Sua Excelência ronca audivelmente. Ele lança um olhar furtivo para o saco do lanche num canto do sofá ao lado da janela panorâmica. Dentro dele, decerto mais um daqueles sanduíches de tomate e couve-de-bruxelas com a pasta de fibra especial feita em casa – duas alentadas fatias de pão reforçadas com os malditos flocos que parecem com e têm gosto de estopa. Súbito, a tentadora visão de um suculento hambúrguer num pãozinho macio guarnecido com rodelas de cebola e muito ketchup surge diante de seus olhos como se fosse uma miragem no deserto. Ele sacode a cabeça como se quisesse afastar a visão.

Rahsan olha para o juiz com compaixão.

– Vamos, Norman – ele diz, levantando-se. – Temos muito que fazer.

– E o almoço? – Feigelberg lamenta-se.

– Esqueça o almoço, Norman – diz Rahsan. – Não temos tempo a perder. Vou lá embaixo no arquivo checar as súmulas dos processos federais. Não posso me afastar do prédio porque preciso estar aqui quando o julgamento recomeçar. Isso significa que você vai ter de ir ao Daley Center e levar um dos escrivães na conversa para que ele se disponha a dar uma busca em todos os processos arquivados, tentando localizar o nome de Fleming. Em todos eles, sem exceção, Norman. Se estiver correndo alguma ação contra Lester Fleming não importa em que vara do tribunal de Cook, quero ficar sabendo. Está me entendendo?

Feigelberg faz um aceno com a cabeça, resignado.

– Tudo bem, falou.

Rahsan confere o relógio.

– Vamos recomeçar os trabalhos à uma e meia. Acho que a apresentação de provas deve continuar até as três. Esteja de volta antes disso, Norman.

– Por que a pressa?

Rahsan arregala os olhos.

– Onde é que você foi criado, filho? Esta é uma moção de emergência. Eles querem que o juiz congele os bens do homem. Até o último centavo.

— E daí?
— Tenho pra mim que o nosso juiz está a fim de fazer isso. — Rahsan faz uma pausa. — Por algum motivo nosso juiz tem uma velha diferença com Lester Fleming. — Rahsan sacode a cabeça. — Antes que o deixe acabar com o homem, preciso me certificar de que não há nada escondido na moita que possa eventualmente dar o bote e morder nossos rabos. Portanto, mexa-se, Norman. O tempo está correndo.

Os olhos de Norman Feigelberg piscaram rapidamente por trás das lentes sujas.
— Ele é brilhante — diz enquanto folheia suas anotações. — Diria mesmo diabólico.
Estão sentados no acanhado escritório de Rahsan do outro lado do corredor, em frente ao gabinete do juiz. São 2:45. Recesso da tarde. Há cinco minutos o juiz deixou sua tribuna — melhor dizendo, teve de deixá-la às pressas — no que pareceu, pelo menos para Rahsan, uma crise intestinal. O assento de Rahsan na sala do tribunal é o mais próximo do juiz, e durante os trinta minutos que precederam o recesso ele ouviu diversos sons inconfundíveis escapando das regiões inferiores de Sua Excelência.
— Ouçamos o que conseguiu apurar — disse Rahsan.
— Ok — Feigelberg murmura visivelmente excitado, ainda conferindo suas notas. — Começou com o divórcio deles há seis anos. Foi um divórcio feio. Estavam casados há vinte e um anos. Duas filhas, uma de vinte e outra de dezessete anos.
— A briga foi por causa das filhas?
— Negativo. Por causa da casa.
— Que casa?
— A casa deles. — Feigelberg levantou os olhos de seus apontamentos, vagando por trás das lentes grossas. — A casa coube a ela na partilha dos bens do casal.
— E então?
— Ele ficou com a responsabilidade do pagamento das prestações mensais. Havia uma intermediária pesada, de trezentos mil dólares, vencendo em outubro passado.

— Que ele não pagou.
Feigelberg ergueu os olhos, surpreso.
— Como é que você sabia?
— Continue, Norman. O recesso está quase acabando.
— Tá legal, tá legal. — Ele consulta suas anotações. — Então ele não pagou a intermediária. O banco inicia o processo de execução da hipoteca. Sua ex-mulher, Evelyn Fleming, move uma ação contra ele e outra contra o banco. Contra ele por dinheiro, contra o banco para que suste a execução da hipoteca.
— E?
— Ela comprou uma boa briga para sustar a execução da hipoteca. Li sua declaração juramentada. A mãe inválida mora com ela num quarto adaptado no primeiro andar, quer que suas filhas se casem na casa, tem um escritório no porão onde faz trabalhos de caligrafia em convites de casamento, enterrou o cachorro da família no quintal, esse tipo de coisas. — Ele fez uma pausa. — Mas não adiantou nada. O caso será julgado no dia 28 de janeiro.
— Quando é que a casa irá a leilão?
— Dentro de duas semanas. — Feigelberg sacode a cabeça, irritado. — E vai ser vendida por muito mais de US$ 300.000. A casa fica em Wilmette, perto do lago. Valorizou-se muito desde que a compraram há quinze anos. Está avaliada em US$ 3,4 milhões. E você não sabe da melhor. Telefonei para o corretor que está cuidando da venda. Ele acha que Lester Fleming está a fim de arrematá-la. É capaz de comprá-la só por despeito.
— Pois ele que vá tirando o cavalinho da chuva. — Rahsan inclina-se para trás na cadeira, sacudindo a cabeça, cruzando os braços descomunais. — Vamos enrabá-lo direitinho.
— Esse é que é o problema.
Rahsan franze as sobrancelhas.
— Qual é o problema?
— Ela ainda tem direito de amortizar a dívida.
— Como é que é?
Feigelberg encontra a página com as anotações que buscava.

— De acordo com a legislação em vigor sobre as hipotecas, há casos em que a execução pode ser sustada. Uma das provisões da lei estabelece direitos de reintegração de posse, e outra regula as execuções de hipotecas de imóveis residenciais nas quais o mutuário...

— Troque isso em miúdos, Norman, e rapidamente.

Feigelberg faz uma pausa, ordenando seus pensamentos.

— Estamos falando da execução de uma hipoteca, certo? A ex-mulher de Fleming é denominada mutuária, e de acordo com a lei do estado de Illinois, tem direito a amortizar o saldo devedor, mesmo depois de o banco ter iniciado a execução.

— O que isso significa em termos práticos?

— Se ela saldar o débito total antes do vencimento do prazo, o banco é obrigado a devolver-lhe a casa sem qualquer ônus.

— Débito total? — Rahsan repete. — Você está se referindo aos trezentos mil?

— Mais juros, mora etc.

Rahsan sacode a cabeça.

— Onde é que ela vai arranjar essa grana toda?

— Com Lester Fleming.

— De que jeito? Com uma arma na mão?

— Não, com uma ação judicial.

Rahsan dá um sorriso cético.

— É bom ela não perder tempo.

— Ela não brinca em serviço. É o que estou querendo lhe dizer. Lembra-se de que lhe disse que ela moveu uma ação contra Fleming? Pois bem, assim que o outro tribunal começou a julgar o mérito da execução da hipoteca, os advogados dela não vacilaram. Sexta-feira passada, eles convenceram o juiz a instaurar um processo contra Lester Fleming, responsabilizando-o pelo pagamento total da amortização: US$ 323.345,00.

Rahsan inclina-se para a frente.

— Sexta-feira passada?

Feigelberg assente com um gesto de cabeça.

— Vi o mandado.

— E o que ela está fazendo agora?

— De acordo com o procedimento legal, seus advogados notificaram todos os bancos com que ele opera. Estão aguardando resposta até esta sexta-feira. Vai ser apertado, mas há chance de ela receber o dinheiro a tempo.

— O que você quer dizer com "apertado"?

— O direito à amortização expira três meses após o início do julgamento da execução da hipoteca.

— Quando é isso?

— Daqui a uma semana. Ela tem até lá para fazer o pagamento ao banco.

Rahsan mexe no seu bigode à Fu Manchu.

— E se ela perder o prazo?

Feigelberg estala os dedos.

— Puf! Ela perde a casa. Nesse meio-tempo é um pega pra capar. Fleming conseguiu que o juiz considerasse o caso *sub judice* há quatro semanas. Ninguém da imprensa sabe o que está acontecendo.

Batem à porta. A relatora do tribunal enfia a cabeça na fresta da porta.

— O juiz está pronto, Rahsan.

— Estou indo. — Ele se levanta e olha para Feigelberg com ar preocupado. — Deixe ver se entendi isso bem, Norman. A ex-mulher de Fleming estava com tudo em cima pra botar a mão no dinheiro dele e salvar sua casa na hora agá, certo?

Feigelberg acena com a cabeça.

— Exatamente.

— E a única coisa que poderá dar errado, a única coisa que se antepõe a um final feliz é se um certo juiz federal de nome Harry Stubbs expedir um mandado congelando todos os bens de Lester Fleming antes do prazo fatal da amortização. Será que entendi direito?

— Bem, suponho que seja possível que outra coisa...

— Deixa isso pra lá, Norman, me poupa dessa sua erudição jurídica e responde à minha pergunta: entendi a situação corretamente?

— Entendeu.

Rahsan olha para ele por mais um momento, com as mãos nos quadris. Depois olha para o teto.

— Mer-da.

O juiz Stubbs vira-se para Stan Budgah.

– E o acusado?

Budgah olha para Fleming, que sacode a cabeça. Budgah levanta-se com esforço da cadeira e dirige-se ao juiz.

– O réu não tem mais nada a declarar, Meritíssimo.

– Muito bem – diz o juiz Stubbs, fazendo uma pausa para fechar seu livro de apontamentos e descansar a caneta. – Que o acusado se levante.

No seu assento abaixo da tribuna do juiz, Rahsan pigarreia, limpando a garganta.

Lester Fleming levanta-se com a fisionomia quase serena.

– Dr. Fleming – o juiz Stubbs começa num tom de voz solene –, este tribunal está profundamente chocado com as provas apresentadas esta tarde. – Ele faz uma pausa dramática.

Fleming olha fixamente para ele, imperturbável, com os olhos distantes, como se estivesse ouvindo um concerto de piano em vez do preâmbulo de uma injunção federal.

Desconcertado, o juiz Stubbs franze as sobrancelhas e sacode a cabeça.

– Sim – ele diz, procurando imprimir um tom severo à voz –, profundamente chocado.

Rahsan pigarreia novamente, dessa vez mais alto.

O juiz Stubbs faz uma pausa e olha para baixo, para seu administrador de processos. Os dois trocam um olhar silencioso.

– Ah, sim – diz o juiz Stubbs, virando-se para os advogados com expressão ligeiramente perplexa. – O tribunal entrará em recesso, cavalheiros. – Ele consulta seu relógio. – São três e vinte. Voltaremos a nos reunir daqui a pouco.

Estão sozinhos no gabinete, somente o juiz e Rahsan. Norman Feigelberg está na porta, esperando. Não está querendo bisbilhotar, mas não pode deixar de ouvir o que os dois estão falando.

O juiz Stubbs dá um murro no tampo da sua mesa.

– Isto aqui não é um tribunal de divórcios, que diabo! – Ele sacode a cabeça com veemência. – E eu não sou um juizinho de causas domésticas.

Rahsan acena com a cabeça calmamente.

– O Meritíssimo está absolutamente certo. – O tom de sua voz é reconfortante, quase um ronronar. – O senhor é um juiz federal.

– Pode apostar.

– Investido do poder constitucional de que necessita para ministrar a justiça.

– Sem a menor dúvida, e sei exatamente como a justiça deve ser feita aqui. – Ele cruza os braços desafiadoramente sobre o peito. – Vou botar fogo no rabo dele.

Rahsan aprova calmamente com uma inclinação de cabeça. Encaminha-se lenta e pensativamente para o janelão panorâmico. O juiz Stubbs vira-se na poltrona, acompanhando com os olhos seu enorme auxiliar. Rahsan cofia os bigodes enquanto medita, olhando a deslumbrante paisagem do lago Michigan. Ele conhece o seu juiz. Sabe o suficiente para permitir que esse silêncio se prolongue mais um pouco. Concluída a pausa técnica, ele se volta para o juiz Stubbs.

– Esse homem está usando o senhor – ele diz em voz baixa.

– Me usando? – O juiz Stubbs olha para ele com incredulidade. – Me usando?

O serventuário assente com um gesto de cabeça.

– Usando-o para atingi-la.

– Convenhamos, Rahsan. Você espera que eu acredite que ele montou todo esse circo para prejudicá-la, para impedi-la de receber os trezentos mil?

Rahsan levanta os ombros, mantendo sua postura conciliatória.

– O homem é um oportunista, Meritíssimo. Ele não moveu a ação, mas tratou de tirar partido dela. Veja só o que ele fez até agora: conseguiu adiar o julgamento, depois o transferiu para o senhor e finalmente contratou esse barril de banha para defendê-lo, com a intenção deliberada de perder a causa.

O juiz Stubbs coça o pescoço, pasmo.

— Não estou percebendo. Qual é o lance? Ela já obteve um pronunciamento judicial contra ele, e receberá juros sobre a importância em litígio após o julgamento. Afinal, isso é apenas uma injunção *preliminar*. Só vigorará até o juiz Weinstock voltar a apreciar o mérito da questão. Assim que a injunção for suspensa ela poderá receber seu dinheiro acrescido de juros.

— O dinheiro não servirá pra nada a essa altura. Ela quer sua casa de volta e pra isso precisa do dinheiro agora. — Rahsan faz uma pausa para dar mais ênfase às suas palavras. — Se o senhor condenar o homem, a dona perderá a casa. Quando o juiz Weinstock conseguir finalmente apreciar o mérito da questão, ninguém verá mais a sombra do Stan Budgah. Pode crer. O Lester vai aparecer com um exército de advogados do primeiro escalão, e eles vão botar pra quebrar.

O juiz Stubbs hesita momentaneamente, e depois sacode a cabeça visivelmente irritado.

— O que está sendo julgado, Rahsan, é muito mais importante do que a casa de uma mulher. Você não vê isso? Lester Fleming está fraudando a companhia de seguros. Pelo amor de Deus, homem, ele está violando leis federais. O que acha que devo fazer? Virar o rosto para o outro lado? Permitir que ele continue a lesar o público?

Um lânguido erguer de ombros.

— O cara vem lesando o público há vinte e cinco anos. Uns poucos meses não vão acabar com o país.

— Francamente, Rahsan. Não podemos tomar essa atitude. Isto aqui é um tribunal de justiça.

Rahsan atravessa vagarosamente a sala e pára em frente à escrivaninha. Apóia suas poderosas manoplas no tampo da mesa, e se debruça sobre o juiz Stubbs. Rahsan olha fixamente para o seu juiz, seus olhos escuros focalizados como raios laser.

— O homem está usando o senhor.

— Não acredito realmente...

— O sujeito está fazendo o senhor de tolo.

O juiz Stubbs faz uma pausa, e pisca os olhos.

— De tolo, para não dizer coisa pior?

– Exatamente. – Rahsan apruma o corpanzil e sacode a cabeça lentamente, não tirando os olhos da expressão de perplexidade do juiz. – E o senhor não é nenhum tolo. De jeito algum.

O juiz Stubbs franze a testa e estuda o mata-borrão em cima da mesa. Rahsan recua e senta-se numa cadeira em frente à escrivaninha. Fica esperando.

Finalmente, o juiz Stubbs ergue os olhos.
– O que posso fazer?
Rahsan cofia o bigode.
– Estive pensando sobre isso.
– Então me conte.
– Esperemos Norman chegar aqui.

O juiz Stubbs e Rahsan Ahmed esperam. Ambos estão observando Norman Feigelberg, que está com a fisionomia fechada, a cabeça ligeiramente inclinada para trás, os olhos semicerrados. Passam-se alguns segundos.
– Ah – ele diz finalmente, baixando a cabeça e abrindo os olhos. – Sei exatamente o que podíamos usar.
– O quê? – O juiz Stubbs pergunta ansiosamente.
Feigelberg olha para eles com um sorriso matreiro nos lábios.
– Um pouco de reciprocidade.
– Santo Deus! – exclama Rahsan, contrariado. – Norman, o que você tem na cabeça? Titica? Precisamos de amparo legal, não de comicidade.
– Não – Feigelberg protesta nervosamente. – Não é nenhuma piada. Estou falando de RECIPROCIDADE. É um princípio básico da lei.
– Correto – O juiz Stubbs concorda, acenando com a cabeça sobriamente. – Reciprocidade. É isso aí, reciprocidade. – Ele fez uma pausa. – Como acha exatamente que ela se aplica aqui?
– Federalismo, Meritíssimo. – Feigelberg pára e olha para os retratos do presidente Reagan e do deputado Hyde. – Sabe a que me refiro, direitos estaduais, deferência às cortes federais, respeito à soberania dos tribunais estaduais. Esse tipo de coisa.

O juiz Stubbs começa a sorrir.
— Ah, sim, estou compreendendo. — *E*, ele pensa, *o juiz Easterbrook também honrará esse princípio*. Mas logo seu sorriso é ofuscado pela sombra da dúvida. — E há precedentes?
— Naturalmente. — Feigelberg responde com convicção. — Estamos falando de um princípio consagrado na matriz da legislação constitucional. Tenho certeza de que poderei encontrar diversos precedentes excelentes na biblioteca.
— Esqueça a biblioteca — diz Rahsan. — Não temos tempo pra isso. Você não estudou a Constituição na Universidade de Yale?
— É claro. Fiz o curso. Tínhamos...
— Você tem o texto no seu escritório?
— Certamente.
— Se essa tal de reciprocidade é, como é mesmo que vocês chamam ela?, um jogo de tênis integrado na legislação constitucional, alguns desses casos excepcionais devem estar mencionados no texto. Não é verdade? Talvez até algumas opiniões dos supremos magistrados.

Feigelberg sorri.
— Você tem razão.
— Então o que estamos esperando, meu chapa? Vá até lá e traga para Sua Excelência algumas palavras de sabedoria do nosso Supremo Tribunal.

Com um floreio, o juiz Stubbs assina três vias da sentença que acabou de ler em voz alta. Ele as entrega ao seu auxiliar forense e observa Rahsan dar uma a Stan Budgah e outra a Gabe Pollack. Pollack permanece no pódio, relendo os dois últimos parágrafos da sentença. Budgah retorna à mesa do réu, onde Fleming lhe arrebata das mãos a sentença de duas páginas.

— Cavalheiros — diz o juiz Stubbs —, o juiz Weinstock regressará de suas férias dentro de duas semanas. A injunção continuará em vigor até sua volta. Se porventura surgirem questões processuais antes disso, é favor entrarem em contato com o assessor forense do juiz Weinstock. – Ele fez uma pausa, com os olhos voltados para Pollack. – Alguma pergunta?

Gabe ergue os olhos com uma expressão de contentamento, embora ligeiramente confusa.

– Nenhuma, Meritíssimo.

O juiz Stubbs vira-se para a mesa do réu.

– Dr. Budgah?

Budgah olha seu cliente, que está sentado lendo os dois últimos parágrafos da sentença.

– Dr. Budgah?

Budgah olha para o juiz, observa cautelosamente seu cliente e volta a olhar para o juiz.

– Não! Creio que não.

– Muito bem. – O juiz Stubbs fecha seu livro de apontamentos e se levanta. – Entraremos em recesso.

Rahsan bate o martelo.

– Levantem-se todos!

O juiz Stubbs detém-se na porta, com a mão na maçaneta, e vira-se para trás. Fleming continua sentado à mesa do réu, segurando a sentença. Mesmo da outra extremidade da sala do tribunal, o juiz Stubbs percebe a veia latejando na têmpora do acusado. Fleming olha para cima. Seus olhos se encontram, e naquele momento não há mais ninguém na sala. Todos aqueles anos intermediários desapareceram. Mas desta vez Fleming é quem está sentado à mesa do advogado. Ele olha fixamente para o juiz Stubbs, que devolve o olhar serenamente. E desta vez é Fleming quem desvia o olhar. Olha para o mandado. O juiz Stubbs aguarda apenas a batida do martelo, lamentando somente não ter um charuto, e cruza a porta, desaparecendo.

O noticiário da televisão e o *Sun-Times* naturalmente ficam completamente por fora. Mas a última edição do *Tribune* – que noticia a matéria sob a manchete ADVOGADO DE CHICAGO PROCESSADO POR FRAUDE; JUIZ FEDERAL CONGELA BENS – põe o dedo na questão no fim do artigo:

A decisão baseia-se numa exceção inusitada para permitir a cobrança de qualquer sentença contra Fleming decorrente da execução de uma hipoteca envolvendo a residência de Wilmette de sua ex-mulher, Evelyn. Conseqüentemente, os bens de Fleming só podem ser movimentados exclusivamente para efeito de resgate da hipoteca da casa, muito embora permaneçam completamente fora do controle de Fleming.

O professor Harold Kussell, da Northwestern Law School, descreveu a exceção como "muito rara", mas ressaltou que a decisão cita dois casos julgados pelo Supremo Tribunal como precedentes. "O juiz Stubbs define a exceção como 'uma exclusão fundamentada na reciprocidade'", explicou Kussell. "Francamente, é uma extensão engenhosa de uma lei existente, não cabendo apelação."

Oba! Oba! Oba!

PÓS-ESCRITO

Quando eu era um jovem advogado, o comparecimento perante um juiz federal – especialmente um juiz federal distrital – era tão intimidante quanto aparecer diante do Mágico de Oz. De fato, naquelas primeiras vezes num tribunal senti-me como o Homem de Lata, tremendo na frente daquela assustadora cabeça flutuante. Gradativamente, porém, fui percebendo que havia um homem comum por trás da cortina. E finalmente, à medida que passava mais tempo em determinados tribunais, fui descobrindo que a figura da autoridade togada no alto da imponente tribuna não era necessariamente a fonte de onde emanava a justiça no tribunal. Em torno do universo de todo juiz assoberbado gravitam diversos servidores da justiça – assessores legais, meirinhos, assistentes forenses, secretárias –, e ignorar sua existência é pôr em risco sua sorte e a de seu cliente. Com efeito, passei uma tarde inteira estoicamente apresentando provas a um juiz que não apenas cochilava como roncava durante o tempo todo de minha brilhante atuação, aparentemente tranqüilo por saber que a decisão do caso seria dada pelo seu jovem assessor legal, que tomava nota de tudo e ao fim lavrou um excelente parecer (obviamente, favorável ao meu cliente). Assim sendo, embora não tenha chegado a conhecer o juiz Harry Stubbs, acumulei uma respeitável quilometragem em tribunais onde o verdadeiro juiz era outra pessoa que não a figura togada na tribuna.

Finalmente, algumas palavras sobre o juiz Stubbs e seus padecimentos gastrointestinais. A maioria de nós que um dia foi estudante de advocacia teve um professor que nos apresentou à doutrina do realismo legal valendo-se de um adágio desse ramo da jurisprudência: *Os resultados judiciais são influenciados menos pelo precedente legal do que pelo que o juiz comeu no café da manhã.* Costumava me perguntar se esse adágio devia ser tomado ao pé da letra. No caso do pobre Meritíssimo Harry Stubbs, o realismo legal atinge seu epítome por obra e graça das broinhas de gérmen de trigo de Bernice.

– MICHAEL A. KAHN

Se há uma experiência universal compartilhada por todos os jovens associados, essa experiência é seguramente a das horas passadas ansiosamente fora da sala de deliberação do júri ou num bar ouvindo os advogados mais velhos contarem suas histórias de batalhas, geralmente com inevitável prolixidade. Neste conto, o autor, Phillip Margolin, transplanta o narrador para um programa radiofônico de entrevistas e lhe permite contar uma das melhores histórias dessas memoráveis pugnas.

ADVOGADO DE CADEIA

Phillip Margolin

— Meu nome é Lyle Richmond e vocês estão ouvindo a Talk Radio. Meu convidado muito especial desta noite tem um metro e noventa e cinco de altura, vasta cabeleira grisalha ondulada, olhos azuis de aço, e o queixo mais quadrado deste lado do monte Rushmore. Se eu também dissesse que ele está usando um chapéu Stetson, gravata e botas de vaqueiro de couro de avestruz, aposto que a maioria dos ouvintes adivinharia que estou falando do advogado criminalista Monte Bethune. Ele está nos visitando uma semana depois da estrondosa vitória que obteve com a absolvição da governadora de Iowa, Leona Farris, que matou o marido na frente de milhões de espectadores de um programa de televisão transmitido em rede nacional.

– Bem-vindo ao nosso programa, Monte.

– Obrigado por ter me convidado.

– Esse traje da sorte ganhou o caso Farris para você?

– Bem que gostaria que tivesse sido tão fácil assim, Lyle. Dou todo o crédito pela absolvição da governadora aos jurados, que foram capazes de enxergar através da cortina de fumaça do governo e encontrar a verdade.

– Tenho certeza de que você teve papel preponderante na travessia dessa cortina de fumaça, Monte.

– Tento fazer o melhor possível, Lyle.

– Nossos ouvintes gostarão de saber que você está em nossa bela cidade num giro para promover sua autobiografia, *A melhor defesa*. Eles poderão estar com você amanhã na Benson's Books, na Comstock esquina com Vine, das três às cinco.

– Isso mesmo.

– Como é que o livro está indo?

– *A melhor defesa* vai para o quarto lugar na lista dos *bestsellers* do *New York Times* este domingo.

– Parabéns! Posso garantir aos nossos ouvintes que ele merece ocupar essa posição. O livro é realmente genial.

– Obrigado, Lyle. Resolvi escrevê-lo para tentar passar aos nossos leitores uma idéia do que é participar de um julgamento ruidoso, de grande repercussão.

– E você consegue cumprir esse objetivo com grande brilho. O capítulo que descreve a maneira como obteve aquele veredito favorável de quarenta milhões de dólares contra a Dental Pro me deixou sem fôlego.

– Meus clientes mereciam aquele veredito. Foi por pura sorte que meu investigador pôde provar que a Dental Pro estava usando materiais radioativos para fabricar implantes dentários.

– Você teve de enfrentar profissionais particularmente talentosos e de alto preço naquele caso.

– Parece que a outra parte sempre dá um jeito de alinhar seus melhores advogados contra mim.

– Como nos duelos do Velho Oeste em que jovens pistoleiros desafiam o mais rápido no gatilho. Acontece que você sempre leva a melhor.

– Nem sempre, Lyle. Já tive meu quinhão de derrotas. Até falo de alguns dos meus insucessos no livro.

– O caso do Estrangulador de Chicago?

– Exatamente. Esse foi um caso em que fui implacavelmente abatido por um brilhante jovem promotor público.

– Ele se chama Everett Till, não é?

– Atual governador de Illinois. Toda vez que nos encontramos, Everett me agradece por ter lhe aberto o caminho para o governo do estado.

– Till foi o melhor adversário com quem já mediu forças, Lyle?

– Puxa, você agora me pegou. Essa é uma pergunta difícil de responder.

— Por quê? Pelo fato de ter tido de enfrentar tantas feras?
— Não. O problema não é esse. O Everett foi indiscutivelmente o advogado que melhor conduziu um caso contra mim, mas não foi o adversário mais temível que já precisei enfrentar num tribunal.
— Não estou entendendo, Monte.
— O mais temível nem era um advogado formado. Era um advogado de cadeia.
— E o que é um advogado de cadeia?
— Um condenado. Alguém que aprendeu direito enquanto cumpria pena.
— Está se referindo a um delinqüente?
— Precisamente. Mas esse cara era um delinqüente muito esperto.
— Estou farejando uma história no que está me contando, Monte. Uma que não foi contada no seu livro.
— Aí é que está. Para lhe dizer a verdade, essa história é um pouco embaraçosa.
— Abra o jogo, Monte. Estou certo de que todos os meus ouvintes adorariam ouvir falar de um condenado que conseguiu se dar bem num confronto com o melhor advogado dos Estados Unidos.
— Tudo bem, Lyle. Não me incomodo de contar histórias a meu respeito, e esse caso ocorreu quando eu ainda estava engatinhando como advogado. Não quero dizer com isso que teria percebido o que estava acontecendo mesmo com toda a cancha que tenho hoje.
— Conte-nos, Monte.
— Então lá vai. Isso se passou em 1970. Tinha saído da faculdade há dois anos e há dois anos exercia as funções de promotor público substituto em Portland, Oregon. Você é um pouco moço para se lembrar daqueles dias. A guerra no Vietnã dominava tudo. E havia o movimento Black Power. Bobby Kennedy e Martin Luther King tinham sido assassinados. A cada dia irrompiam novos conflitos e protestos. Creio que se pode dizer sem exagero que havia um caos generalizado nos Estados Unidos, com exceção do Tribunal Distrital do condado de Multnomah, onde eu estava encalhado julgando

pequenos furtos em lojas, motoristas dirigindo embriagados e outros delitos enfadonhos.

"Estava me especializando em casos de tráfego na manhã em que fui designado para representar a promotoria no julgamento do caso *O estado de Oregon contra Tommy Lee Jones*. Tinha sido uma semana dura. Depois de uma sucessão de êxitos, tinha perdido duas causas difíceis de direção sob influência, e precisava de uma vitória. Um largo sorriso estampou-se no meu rosto quando meu supervisor me disse que Tommy Lee tinha dispensado advogado e faria sua própria defesa. Há uma velha máxima que com certeza você conhece que diz que um advogado que defende a si mesmo tem um idiota como cliente. Essa máxima é duplamente verdadeira quando se trata de um advogado de cadeia. Derrotar um advogado de defesa conceituado seria mais gratificante do que aniquilar um pobre-diabo que pensa que é Perry Mason, mas um ponto ganho é sempre um ponto ganho.

"A sala de julgamento do juiz distrital Arlen Hatcher ficava no terceiro andar do prédio do tribunal do condado de Multnomah, um ameaçador monstrengo de concreto que ocupava um quarteirão inteiro no centro de Portland. As salas de tribunal mais antigas são imponentes, com colunas de mármore e madeira envernizada. Hatcher, um promotor de carreira antes de sua nomeação judicial, tinha chegado à magistratura há oito meses apenas. Coubera-lhe uma nova sala de tribunal espremida num espaço previamente ocupado por um escritório administrativo. Plástico e imitação de madeira dominavam a decoração.

"Duas grandes mesas destinadas aos advogados ficavam de frente para o estrado do juiz. Tommy Lee estava espichado desrespeitosamente numa cadeira em frente à mesa mais próxima da bancada de jurados. Seu extravagante corte de cabelo afro, cavanhaque malcuidado, e roupas de prisioneiro sujas tornavam sua aparência ameaçadoramente selvagem. Qualquer advogado com um mínimo de traquejo teria feito com que Tommy Lee se apresentasse devidamente barbeado e decentemente trajado perante o juiz, mas

Tommy Lee não tinha dinheiro para contratar um advogado e se recusara a permitir que o tribunal nomeasse um.

"'Você é o porco que mandaram pra me enquadrar?', Tommy Lee rosnou quando me encaminhei para a outra mesa. Sua bravata não me intimidou, e dirigi-lhe um sorriso condescendente.

"'Contenha-se, Tommy Lee', ordenou um dos dois guardas incumbidos de vigiar o prisioneiro.

"Se você está admirado pelo fato de Tommy Lee estar tão fortemente guardado quando a acusação que pesava contra ele era apenas de direção imprudente, talvez lhe interesse saber que dois meses após a infração de trânsito ter sido cometida em Portland, Tommy foi novamente autuado sob acusação de fuga de Newark, New Jersey, que se seguiu a um homicídio. Tommy Lee também estava travando sua batalha de extradição por sua conta e risco.

"O meirinho bateu o martelo e Arlen Hatcher entrou solenemente na sala do tribunal. O juiz era alto e esguio e claudicava ligeiramente de uma perna. Tinha as faces encovadas, os olhos apertados, e seus lábios finos esboçavam um sorriso ferino toda vez que rejeitava uma objeção da defesa. O juiz Hatcher adorava atormentar os advogados de defesa, e sempre se sentia muito feliz ao lavrar uma sentença.

"Pus-me imediatamente de pé quando o juiz Hatcher assumiu a tribuna, mas Tommy Lee permaneceu sentado. O velho Alen fixou o acusado com seu olhar de morte. Tommy Lee nem pestanejou.

"'Levante-se quando o juiz entrar no recinto', o meirinho ordenou ameaçadoramente. Tommy Lee desencolheu o corpo vagarosamente, sem desviar os olhos do juiz. Quando acabou de se aprumar, anunciei o caso e o juiz mandou o meirinho convocar o júri. Foi aí que, a meu ver, Tommy Lee cometeu seu erro fatal.

"'Não quero júri nenhum', ele disse.

"O quê?!', Hatcher perguntou incredulamente.

"'Um porco e seis carneirinhos fascistas não fazem diferença.'"

"O velho Arlen ficou rubro de raiva. 'Já ouviu falar em desacato?', ele rosnou. 'Mais uma referência a animais de quintal e... sr. Jones'.

"Aqui entre nós, tenho certeza de que o 'sr. Jones' correspondia originalmente a um tratamento menos respeitoso, mas Hatcher tinha deixado de humilhar os afro-americanos depois de seriamente advertido pelo Supremo Tribunal de Oregon. Na verdade, Hatcher não era nem mais um pouco preconceituoso em relação aos negros do que era em relação a qualquer outro acusado.

"Essa era outra razão que me fizera achar que Tommy Lee fora idiota ao insistir em defender a si próprio. Ele precisava de um advogado que conhecesse os bastidores. Com um cliente como Tommy Lee, que diabo, qualquer advogado do país teria engolido pregos para impedir que Arlen Hatcher julgasse o caso.

"'Sabe que a constituição lhe assegura o direito de ser julgado por um júri integrado por seus pares?', Hatcher perguntou.

"O que acha? Não sou imbecil. Também tô sabendo que tenho direito de não querer nenhum júri?

"Os olhos de Hatcher adquiriram um brilho intenso e seus lábios comprimiram-se num esforço para conter sua alegria por ter a sorte de Tommy Lee nas mãos. Eu quase conseguia ouvi-lo calculando a pena máxima que poderia aplicar depois de ter considerado Tommy Lee culpado.

"'Muito bem, sr. Jones', disse Hatcher. 'Faça o favor de expor o seu caso. O senhor está pronto para prosseguir, dr. Bethune?'

"Minha única testemunha era o oficial da polícia de Portland Marty Singer, um camarada grandalhão, despreocupado, dolorosamente honesto. Marty sempre dizia a verdade quando era chamado a depor. Alguns promotores públicos substitutos queixavam-se de que a honestidade a toda prova de Marty mais de uma vez lhes tinha custado um veredito favorável, mas eu dava preferência a ele como testemunha porque os jurados sempre acreditavam nele.

"Assim que ele prestou juramento, estabeleci que Marty estava trabalhando como patrulheiro de trânsito no dia 8 de fevereiro de 1970. Depois perguntei-lhe se havia efetuado uma prisão naquela noite no centro de Portland devido a direção imprudente.

"'Às 21:35, estava patrulhando a Salomon perto da Terceira', disse Singer, 'quando vi um veículo ziguezagueando em alta veloci-

dade. Acendi meus faróis, mas o carro continuou andando em ziguezague por mais de um quarteirão até parar.'
"'O que foi que fez então'?
"'Quando os dois carros estacionaram, saí da minha viatura e me aproximei do motorista. A primeira coisa que fiz foi pedir-lhe que exibisse sua carteira de habilitação. Enquanto ele tentava tirá-la do bolso, debrucei-me sobre ele e senti cheiro de bebida alcoólica no seu bafo. Isso, somado à sua maneira imprudente de dirigir, me levou a suspeitar que o motorista estivesse embriagado, e por esse motivo pedi-lhe que saísse do veículo".
"'Pediu ao motorista para fazer algum teste para comprovar sua sobriedade?'
"'Sim, senhor.'
"'O que foi que pediu para ele fazer?'
"'Mandei que andasse em linha reta, contasse de trás pra frente a partir de cem, e repetisse diversas palavras difíceis para uma pessoa em estado etílico pronunciar."
"'Como foi que ele se saiu?'
"'Para minha surpresa, passou em todos os testes. Foi por isso que me limitei a multá-lo por direção perigosa e não por estar conduzindo sob efeito de intoxicantes.'
"'Patrulheiro Singer, examinou atentamente a carteira de habilitação do motorista?' – perguntei.
"'Sim, senhor.'
"'A carteira estava em nome de quem?'
"'Bobby Lee Jones', Singer respondeu.
"'Meu coração levou um baque violento.
"'Está querendo dizer Tommy Lee Jones, não é?', perguntei, a fim de dar a Singer uma chance para corrigir sua gafe.
"Singer pareceu confuso. 'Eu... acho que era Bobby Lee', ele disse. Depois se mostrou mais seguro.
"'Mais tarde, porém, ele disse que era Tommy Lee Jones.'
"'Mais tarde?'
"'Quando disse que ia prendê-lo.'
"'O motorista afirmou então que era Tommy Lee Jones?'

"'Certo. Ele me disse que tinha apanhado a carteira do irmão sem a permissão dele.'

"'Suspirei aliviado e apontei para o acusado.'

"'Foi esse o homem que prendeu?'

"Pela primeira vez desde que Singer tinha começado seu testemunho, Tommy Lee deu sinal de vida. Empertigou-se na cadeira e olhou frontalmente para Singer como se o desafiasse a identificá-lo. Singer hesitou.

"'Foi', ele respondeu vacilantemente. 'Acho que é ele.'

"'Se fosse um julgamento com um corpo de jurados, Lyle, eu estaria liquidado depois da identificação inconvincente de Singer, mas o velho Arlen não tinha ouvido uma única palavra desde que Tommy Lee o chamara de porco. Singer poderia ter dito que vira um anão caucasiano e não teria feito nenhuma diferença no que dizia respeito à sorte de Tommy Lee.

"'Prendeu o motorista e levou-o para a cadeia?'

"'Não, senhor. Ele se mostrou educado e disposto a cooperar. Por isso apenas lhe apresentei uma notificação para comparecer em juízo, comuniquei-lhe a data e deixei-o ir pra casa.

"'Uma última pergunta, patrulheiro Singer. Aconteceu alguma coisa antes da data de comparecimento do acusado em juízo que determinasse sua prisão?'

"'Sim. Ele foi indiciado num caso de homicídio ocorrido em New Jersey.'

"'É claro que era totalmente impróprio mencionar o assassinato, tentando estabelecer qualquer ilação com o caso em julgamento. Um advogado experiente teria protestado e impugnado o processo por desvirtuamento de seus propósitos. Mas no amor e na guerra vale tudo. Se Tommy Lee fazia questão de se autodefender tinha de arcar com as conseqüências de sua decisão. 'Não tenho outras perguntas a fazer', eu disse.

"'Um bom advogado de defesa teria feito picadinho da identificação de Singer e teria tido uma boa chance de ganhar o caso, mas Tommy Lee parecia ser seu pior inimigo. Primeiro, amarrou a cara.

Depois, olhou para Singer ameaçadoramente. E finalmente começou a insultar minha testemunha.

"'Não é verdade que disse ao irmão que mandou parar, que não era eu, que quebraria o galho dele por cinqüenta pratas?'

"'Isso não é verdade', Singer respondeu, enquanto suas orelhas começavam a arder. Marty freqüentava com regularidade a igreja e observava fielmente os preceitos da Bíblia. Acusá-lo de desonestidade era uma das piores coisas que uma pessoa poderia fazer.

"'Quanto foi então que você disse que queria?'

"Protestei veementemente, Hatcher bateu seu martelo com força, e o julgamento prosseguiu com Singer e o juiz olhando furiosamente para Tommy Lee.

"'Você afirma que essa suposta detenção ocorreu no dia 8 de fevereiro de 1970?', Tommy Lee perguntou, com um tom de voz de puro sarcasmo.

"Singer assentiu com um aceno de cabeça.

"Está de porre ou 'viajando'?

"Hatcher bateu o martelo vigorosamente antes mesmo que eu pudesse protestar.

"'Mais uma pergunta impertinente como esta, ele advertiu, 'e mando recolhê-lo ao xadrez por desacato. Tenha mais respeito quando se dirigir a um representante da lei.'

"De um salto, Tommy Lee pôs-se de pé.

"'Como é que posso ter respeito por um porco perjuro que diz que me prendeu quando eu nem estava no local?' Tommy Lee vociferou.

"Os dois guardas que o vigiavam arrastaram Tommy Lee à força de volta à sua cadeira. Singer parecia ferver. Hatcher começou a espumar. E eu me limitava a assistir ao grotesco espetáculo. A cada palavra que proferia, Tommy Lee cavava mais fundo a sepultura em que eu estava prestes a enterrar o seu corpo.

"'Como pode ter tanta certeza de que me prendeu?', Tommy Lee desafiou quando a calma voltou a reinar.

"'Me lembro de você', disse Singer, com muito mais firmeza do que demonstrara quando eu o interroguei.

"'Nós todos negros não parecemos iguais para você?', o acusado perguntou com escárnio.

"Singer agora estava realmente furioso. 'Não tenho nenhum problema para distinguir um negro de outro, sr. Jones', ele respondeu firmemente.

"'Não é verdade que o homem que deteve era meu irmão, Bobby Lee, que deu meu nome pra livrar a cara dele?', Tommy Lee perguntou, violando a regra que qualquer calouro de direito conhece. Toda vez que Tommy Lee contestava a identificação feita por Singer, estava dando ao policial a oportunidade de reafirmar sua opinião de que Tommy Lee era de fato a pessoa que ele havia detido.

"Singer sacudiu a cabeça, inflexível.

"'O senhor é a pessoa que detive, sr. Jones.'

"'Tommy Lee virou-se bruscamente para o fundo da sala do tribunal e apontou para um homem negro sentado numa das últimas filas.

"'Não foi ele quem deteve?', perguntou desafiadoramente.

"Singer estudou o homem cuidadosamente. Seu cabelo estava caprichosamente aparado e ele estava barbeado. Vestia um terno com colete, uma camisa branca de seda e uma gravata marrom. Era tudo o que Tommy Lee não era, e Singer não precisou de mais de um minuto para responder à pergunta do acusado.

"'Esse não é o homem que detive.'

"'Continua insistindo nessa história ridícula de que foi a mim que mandou parar o carro no dia 8 de fevereiro de 1970, mesmo depois de se defrontar cara a cara com esse homem?' Tommy Lee perguntou incredulamente.

"'Não tenho a menor dúvida de que foi o senhor quem detive naquela noite."

"'O veredicto foi uma conclusão previsível. Nunca vi ninguém cavar sua própria sepultura tão estúpida e obstinadamente em toda a minha vida. Fiz uma pausa e Tommy Lee não tinha testemunhas para chamar ao pódio. Pelo menos ele tinha tido o bom senso de se manter afastado da tribuna do juiz. Na ocasião, achei que tinha sido a única coisa que ele havia feito corretamente. Hatcher levou meio minuto para condenar Tommy Lee."

— Estou confuso, Monte. Julguei que você havia dito que esse tal de Tommy Lee tinha sido o melhor adversário com quem você se confrontou num julgamento. Parece-me, entretanto, pelo que acabei de ouvir, que o derrotou fragorosamente.

— Foi o que eu também pensei. Lembro-me de ter dado boas risadas durante o almoço ao relatar minha vitória aos meus colegas promotores públicos substitutos. Mas foi Tommy Lee quem riu por último.

"Só o vi mais uma vez depois da condenação. Três semanas depois. Estava presidindo uma vara criminal quando o meirinho anunciou o caso da extradição de Tommy Lee. O homem que o guarda escoltou até a sala do tribunal parecia o mesmo, vestia o mesmo uniforme de prisioneiro, mas sua atitude era diferente. Sorriu quando me viu e estendeu a mão.

"'O senhor realmente conseguiu arrancar o melhor de mim, dr. Bethune', ele disse, e notei que sua fala arrastada característica dos negros tinha desaparecido.

"'Só estava cumprindo a minha obrigação, sr. Jones. Nada pessoal', assegurei-lhe.

"'Estou certo disso', respondeu Tommy Lee.

"O juiz Cody assumiu a tribuna e o informei que chegara o momento de Tommy Lee contestar o pedido de New Jersey para que fosse extraditado, a fim de poder ser julgado por crime de morte. Baseado na experiência que tivera com ele no caso precedente, esperava que Tommy fosse fazer um escarcéu, mas ele surpreendeu a todos, dispensando a extradição e concordando em voltar para New Jersey voluntariamente.

"'Tem certeza de que é isso que quer fazer?', o juiz Cody perguntou. Ele era muito consciencioso, fazia questão de proteger os direitos de todos que compareciam à sua presença.

"'Sim, Meritíssimo', Tommy Lee respondeu educadamente.

"'Então, muito bem', disse o juiz. E foi a última vez que vi Tommy Lee.

"Mas não foi a última vez que pensei nele. Veja bem, Lyle, no íntimo sabia que alguma coisa estava errada. Ele tinha sido tão obviamente diferente nos dois casos. A maneira de falar, de andar. O que teria provocado a transformação de um radical feroz num cidadão polido, de boas maneiras? Isso realmente me intrigava, mas somente pouco antes de encerrar meu expediente, duas semanas mais tarde, é que me toquei.

"Tommy Lee e o negro bem-vestido que ele dissera que era seu irmão de fato se pareciam. A cabeleira afro e o uniforme de prisioneiro sujo e as histrionices de radical negro é que me tinham deixado confuso. O patrulheiro Singer teria realmente detido Bobby Lee Jones? Tommy Lee estaria levando a culpa pelo irmão? Essa era a explicação lógica. Bobby Lee parecia bem-sucedido. Tommy Lee era um mau ator com uma longa folha corrida de prisões e condenações. Era isso, concluí. Tommy Lee estava assumindo a culpa para salvar a pele do irmão, movido por comovente amor fraternal. Seu altruísmo me fez vê-lo com outros olhos. Por um momento, cheguei a me sentir emocionado.

"De repente, uma campainha de alarme começou a soar no meu subconsciente e senti-me nauseado. O processo de extradição estava arquivado numa sala do outro lado do escritório. Corri para lá e minha mão tremeu quando retirei o envelope pardo da gaveta. Rezei para que estivesse errado, mas tinha certeza de que não estava. Ao ler o mandado de extradição, revi nitidamente Tommy Lee apontando para Bobby Lee quando perguntou a Singer: *Continua insistindo nessa história ridícula de que foi a mim que mandou parar o carro no dia 8 de fevereiro de 1970, mesmo depois de se defrontar cara a cara com esse homem?*

"E me lembrei da resposta firme e inequívoca de Singer: *Não tenho a menor dúvida de que foi o senhor quem detive naquela noite.*

"Percebeu, Lyle? Aquele crime de morte que ocorrera do outro lado do país, a cinco mil quilômetros de distância, em New Jersey, de acordo com os documentos da extradição, tinha sido cometido no dia 8 de fevereiro de 1970."

PÓS-ESCRITO

Durante vinte e cinco anos, mantive em tempo integral um escritório de advocacia especializado em direito criminal. Durante esse tempo, defendi todo tipo de causa imaginável, de bizarras citações de tráfego como "Televisão no Assento Dianteiro Assistida pelo Motorista" a uma dúzia de casos de homicídios condenados com a pena de morte. Também entrei em contato com todo tipo de cliente. Embora geralmente sejam um saco, confesso que reservo um lugar especial no meu coração para os "advogados de cadeia". É uma classe constituída por sentenciados que adquirem noções de direito durante os anos que passam atrás das grades cumprindo suas penas. Acreditam que conhecem a lei melhor do que seus advogados – e às vezes têm razão.

No início de minha carreira, fui contratado para representar um advogado de cadeia sobre o qual pesavam sérias acusações. Fiz ver-lhe que não havia a mais remota possibilidade de um juiz libertá-lo sob pagamento de fiança. Diante de minha afirmação categórica, dispensou meus serviços e se elegeu autodefensor. No dia seguinte à sua intempestiva decisão, cruzei com ele no corredor do Tribunal de Justiça do condado de Multnomah, em Portland, Oregon, onde a maioria dos meus casos era julgada. Fiquei admirado ao vê-lo solto, e ele me explicou que tinha convencido o juiz a libertá-lo sob sua palavra de que compareceria ao tribunal no dia do julgamento. Esse incidente me convenceu a nunca duvidar da inteligência e da argúcia de um advogado de cadeia.

A história que você acabou de ler é minha homenagem a esses advogados frustrados que, não raro, demonstram ser mais ladinos do que nós, orgulhosos portadores de diplomas de bacharéis.

– PHILLIP M. MARGOLIN

O investigador particular de Jeremiah Healy, John Francis Cuddy, apareceu numa série de romances de mistério notáveis não só devido às suas tramas intrincadas como pelo seu enfoque sério de questões sociais dos dias de hoje. Este conto não constitui uma exceção ao narrar as peripécias de Cuddy, incumbido por um advogado amigo de perseguir essa que, dentre todas, é a mais ilusiva das presas – a verdade.

VOIR DIRE
(Dizer a verdade)
Jeremiah Healy

UM

Bernard Wellington, *Esquire*, tinha aquele ar pesaroso de um velho cão traído pela incontinência.

Observei Bernie acomodar-se na poltrona giratória de encosto alto atrás de sua escrivaninha, enquanto uma luz crepuscular turva entrando pela janela ampla desenhava a silhueta tanto do homem quanto dos móveis. Embora mais alto do que eu com os meus um metro e oitenta e sete, ele parecia uns três centímetros mais baixo, resultado de quase quatro décadas passadas debruçado em cima de livros de direito, curvando os ombros e prejudicando sua postura. Um bico-de-viúva de cabelos pretos coexistia pacificamente com as mechas grisalhas nas têmporas e costeletas. A cabeça e as mãos de Wellington eram desproporcionalmente grandes, sua voz era de barítono; curtida pelos efeitos a longo prazo de bons uísques. Descendente de uma família aristocrática de Boston, renegara sua herança de direito corporativo, optando pela modalidade criminal ao sair de Harvard há muitos e muitos anos.

Naquela bela segunda-feira de outono, Bernie deixara um recado na minha secretária eletrônica, pedindo para procurá-lo no seu escritório às 5:00 da tarde, isto é, depois do foro.

Ao sentar-me numa cadeira destinada aos clientes, a unha do dedo do meio direito de Wellington começou a tamborilar no braço de sua poltrona de espaldar alto.

— John Francis Cuddy, fazia tempo!

Não o via desde uma investigação preliminar que fizera para um cliente dele, acusado de roubo a mão armada havia uns cinco meses.

– O que tem para mim, Bernie?
– O que tenho é Michael Monetti.

O *Globe* e o *Herald* ambos publicaram reportagens de terceira página quando Monetti, um delinqüente profissional, foi indiciado há alguns meses pela tentativa de assassinato de um "parceiro de negócios".

– Está se aproximando a data do seu julgamento – comentei.
– Selecionamos o júri sexta-feira passada.
– Um pouco tarde nesta altura dos acontecimentos para convocar um investigador particular.
– Normalmente, sim. Mas... – Era óbvio que alguma coisa estava incomodando Bernie. – John, me desculpe um momento.
– Claro.

Wellington pigarreou, como costumava fazer na sala do tribunal para chamar a atenção para ele sem precisar erguer o tom de voz.

– Como acredito que saiba, a Comunidade de Massachusetts é um dos poucos estados da União que não permitem o advogado *voir dire* aos jurados em perspectiva.

Lembrei-me da expressão em francês do meu único ano de faculdade de direito, que quer dizer *falar a verdade*.

– Mas o juiz faz perguntas preliminares a eles, certo?
– Certo. Entretanto, um advogado que não pode confrontar-se com jurados individualmente antes de eles serem investidos não obtém muita informação ou orientação no sentido de exigir impugnações peremptórias. O questionário típico submetido aos jurados fornece apenas dados genéricos como ocupação, estado civil e idade dos filhos. Essa é a razão dessa nova experiência.

– Experiência?
– Nossa estimada legislatura aprovou uma lei estabelecendo um projeto piloto em três condados. De acordo com o projeto, cada advogado dispõe de um total de trinta minutos para interrogar todo o corpo de jurados sobre preconceito, temperamento etc.

Pensei no que ele me dissera.

– Não há muito tempo, mas ainda assim pode ser útil de certo modo quando se representa alguém tão envolvido com o crime organizado quanto Monetti.

Wellington pareceu não gostar de minha observação.
— Meu cliente não é um homem comprometido com o submundo como você supõe, John.
— Pois não me lembro de nenhum "estimado" juiz que lhe tenha concedido liberdade mediante o pagamento de fiança.
— Isso é uma perfídia, especialmente quando se leva em conta sua digna e numerosa família sempre presente na primeira fila, acompanhando solidariamente os julgamentos do princípio ao fim. O orgulhoso pai, um ex-pedreiro; a mãe dedicada, professora primária aposentada. A irmã mais velha de Michael vai de vento em popa como esteticista diplomada. E ele uma vez referiu-se, envaidecido, à carreira de um primo em segundo grau que vai fazendo sucesso como comediante e piadista nos clubes noturnos. Algo como o que faz esse rapaz Rich...
— Bernie?
Uma pausa demorada antes da pergunta:
— O quê?
— Talvez você devesse poupar o argumento "ele vem de uma boa família" para a frase que antecede a sentença.
Um olhar de pedra. Wellington sempre fora melhor na sala do tribunal do que no seu escritório. Finalmente, um relutante "Está bem".
— E, sem ofensa, Bern, ainda não sei por que você está querendo que eu pegue o bonde andando.
O olhar de pedra se abrandou, e Wellington inclinou-se para trás, apoiando a cabeça no encosto da poltrona, gasto e deformado das inúmeras vezes em que ele teria ponderado sobre complexos problemas de estratégia e tática.
— Estou preocupado com um dos jurados, John.
— Como assim?
— Nosso caso se enquadra nesse projeto piloto de que lhe falei, e tenho uma seqüência de perguntas verdadeiramente esplêndida para incluir no meu *voir dire*. Mas Michael insiste que, ao invés, eu use suas perguntas quando me dirigir aos jurados do sexo masculino.
— Perguntas dele?

— Correto. Meu cliente quer saber se esses jurados já pertenceram às forças armadas, foram presos ou se trabalharam em indústrias "estrategicamente sensíveis".

Não fez sentido para mim.

— Talvez compreenda o que ele quer dizer com sua pergunta sobre se algum deles já esteve preso, Bernie, mas o que as outras perguntas de Monetti têm a ver com sua acusação de tentativa de assassinato?

— Nada, John. E o pior é que a abordagem de Michael solapou minha oportunidade de usar o *voir dire* individual como uma forma de aquecer o júri para ele.

— Então que foi que aconteceu com eles?

— Você se refere aos jurados homens?

— Sim.

— Dois de fato já tinham estado presos, e a promotoria impugnou-os peremptoriamente.

— O que significa que as perguntas de Monetti na realidade ajudaram o outro lado a decidir quem deveria vetar.

— Novamente correto. — Wellington ficou azedo só de se lembrar. — Dos homens restantes chamados para fazer parte do júri, um tinha estado no exército, e outro na marinha. Michael exigiu que eu impugnasse ambos.

— Por quê?

— Ele não disse.

Eu ainda não percebia qual era a estratégia de Monetti.

— E os demais jurados?

Wellington fechou os olhos momentaneamente.

— Um tinha trabalhado num centro de estudos da defesa na Rodovia 128, e meu cliente também quis que ele fosse impugnado. Entretanto, os três homens que responderam negativamente a todas as perguntas de Michael foram conseqüentemente mantidos.

— Porque nem o promotor nem você os impugnaram.

— Certo — disse Wellington. — Mas acredite, estava a fim de derrubar um dos três, um tal sr. Arthur Durand.

– Tenho um palpite de que é esse jurado que está "incomodando" você.

Um aceno de cabeça.

– Não gostei dele desde o princípio, John. O questionário distribuído aos jurados dizia que o sr. Durand estava desempregado, nunca fora casado, não tinha filhos. Usava roupas velhas, tinha um cacoete de coçar o nariz e contorcia-se na cadeira o tempo todo. – Wellington imitou os tiques do homem. – Além disso, seus cabelos e sua barba eram compridos e malcuidados, e seus olhos tinham expressão meio apalermada.

– Não sei não, Bern, mas essa última parte faz com que esse Durand me pareça o tipo perfeito de jurado para Monetti.

Outro olhar ressentido.

– Exceto para o corte de cabelo à navalha de cem dólares e os ternos de mil dólares de Monetti. De qualquer maneira, porém, embora eu não topasse o sr. Durand, meu cliente fez questão de mantê-lo.

– E?

Wellington suspirou.

– E terminamos a seleção dos jurados sexta-feira à tarde, o sr. Durand tendo sido o último do grupo a ser investido nas suas funções. O júri foi então dispensado para o fim de semana em casa.

– Não houve mandado de seqüestro?

– Não "apenas" para tentativa de homicídio, John. – Um suspiro mais profundo. – Voltamos a nos reunir esta manhã, e imagine só com que me deparei.

– Não faço a menor idéia, Bernie.

– Todos os jurados compareceram, inclusive o nosso sr. Durand. Entretanto, sendo o primeiro dia dos depoimentos, eu realmente ainda não os conhecia direito.

– Você disse "conhecia"?

– Sim. Depois de alguns dias de julgamento, mesmo sem o *voir dire* dos advogados no princípio, os rostos e os lugares dos jurados ficam gravados na sua memória.

– Por que você fica olhando para eles, enquanto o juiz dialoga com uma testemunha?
– Ou quando estou interrogando. Mas na primeira manhã de um novo caso, provavelmente seria incapaz de identificar cinco dos jurados.
– Exceto esse Durand.
Wellington chegou mais para a frente de sua cadeira.
– Sim e não. Olho para ele e verifico que cortou o cabelo e raspou a barba. As roupas são mais ou menos as mesmas, mas quando me movimento na sala do tribunal, seus olhos me seguem, como se agora estivesse realmente prestando atenção. Oh, ele ainda se mexe na sua cadeira e coça o nariz, mas alguma coisa... não sei bem o quê, me incomoda.
Sacudo a cabeça.
– Bern?
– Sim?
– Por acaso, há alguma coisa que você não está me dizendo?
Wellington inclinou-se para trás novamente, girando lentamente sua poltrona.
– Representei Michael diversas vezes em boa parte das últimas duas décadas, John. Apesar de meus esforços hercúleos em todas essas ocasiões, seus antecedentes combinados com mais uma condenação por felonia implicariam nessa altura uma sentença de prisão perpétua.
– E?
Um suspiro quase glacial dessa vez.
– E há muitos anos Michael incumbiu dois de seus leais empregados de tentar "influenciar" alguém no programa de proteção a testemunhas da Comunidade.
Meu Deus!
– Pouco inteligente da parte dele.
– Michael pensou que uma mudança de testemunha poderia resultar na pior das hipóteses na impugnação do júri, e que o promotor pudesse desistir de um segundo julgamento ou o segundo júri declarasse o acusado inocente.

— E o estratagema de Monetti funcionou?

— Não, mas receio de que meu cliente custe a aprender uma lição, John.

— Isso quer dizer que teme que ele possa ter mandado seus rapazes fazerem uma visita ao não-impugnado Arthur Durand.

Wellington fechou os olhos.

— Da outra vez em que Michael tentou, o caso quase foi pelos ares. Felizmente, a testemunha me telefonou em vez de procurar o promotor.

— Telefonou para você?

— Para pedir uma "compensação em dinheiro" por sua "agonia mental".

Pensei que conhecesse Bernie melhor.

— Você não compareceu com o dinheiro.

Uma expressão de choque.

— É claro que não. Mas como resultado tivemos de aceitar uma barganha de contestação trinta por cento pior do que a que tinha sido originalmente oferecida pela promotoria. Disse ao Michael: "Nunca mais", ou deixo definitivamente de representá-lo.

Não invejei a posição ética de Wellington.

— Então, que quer que eu faça?

Ele recostou-se no espaldar desgastado pelo uso e voltou a tamborilar no braço de couro de sua poltrona.

— Não sei, John. Talvez você pudesse ir ao tribunal amanhã, observar o sr. Durand na bancada dos jurados e depois segui-lo. Isso talvez possa me dar algum indício, alguma pista para saber se Michael pisou novamente na bola.

— Bernie, você quer que um investigador particular vigie um jurado no desempenho de suas funções?

— A menos que você tenha um plano melhor.

Francamente, estava pensando em recusar a tarefa pura e simplesmente. Mas o olhar triste de cão abandonado de Bernie eliminou essa opção.

— Amanhã depois do almoço estaria bem?

— Não poderia ir mais cedo?

– Tenho de visitar uma pessoa na parte da manhã.

Bernard Wellington, *Esquire*, já ia me perguntar quem, mas conteve-se a tempo.

DOIS

Realmente não há árvores na sua colina que passem do amarelo ao laranja no outono, mas a grama faz o que pode trocando o verde do verão por um marrom desbotado. A brisa que sopra da baía é suavemente revigorante, e as gaivotas guincham ao sobrevoar essa parte da cidade na zona sul de Boston onde Beth e eu crescemos, nos casamos e ainda passamos alguns momentos juntos.

Por assim dizer.

Dirijo-me para sua alameda, e abro um pequeno banco de campanha que carrego comigo para evitar ficar de pé muito tempo por causa do meu joelho avariado. Na lápide, a inscrição de sempre: ELIZABETH MARY DEVLIN CUDDY. O que não torna mais fácil olhar para ela.

John, por que não está trabalhando?

Sorrindo, ajeito meu traseiro no banquinho.

– Ué! Você não acredita que seu empreendedor marido poderia ter um cemitério como cliente?

Beth faz uma pausa.

– Alguma coisa está perturbando você?

– Homem nenhum jamais conseguiu enganar uma boa esposa.

Nunca o impedi de tentar. Quer falar sobre isso?

Descobri que queria.

Como sempre, ela ouviu pacientemente. E, ao fim, perguntou: *Então qual é realmente o problema para você: o cliente ou o caso?*

– Creio que um pouco de cada coisa. Bernie Wellington é um bom sujeito. Até o admiro pela maneira teimosa como defende seus princípios éticos. Mas não me agrada trabalhar para Michael Monetti, e realmente não estou a fim de me arriscar a perder minha licença por seguir um jurado de um caso de crime capital.

Mas você está trabalhando para Wellington, não para Monetti, não é verdade?

– Tecnicamente.

Literalmente. E o que quer que venha a descobrir poderá contribuir para melhorar o sistema, não piorá-lo. Portanto, na realidade, você não está fazendo nada de errado.

Não tive como contra-argumentar.

– Você me defenderá em juízo caso o sistema discorde?

Outra pausa, mas essa um pouco mais longa – o tempo que se leva para forçar um sorriso. *Bem que o faria se pudesse, John Cuddy. Bem que o faria.*

Quando uma gaivota passou em vôo rasante guinchando alegremente, uma voz disse:

– Amém.

De volta ao meu escritório na rua Tremont em frente ao Conselho Municipal de Boston, telefonei para uma amiga chamada Claire cujo computador tem acesso a um *microsoft* bilionário. Ela atendeu no terceiro toque da campainha, e pedi-lhe para fazer uma busca do nome Durand Arthur no que ela chama de seus "dados básicos". Ela disse que me chamaria de volta mais tarde, e pedi-lhe que deixasse recado na minha secretária eletrônica. Fechei o escritório, desci e me encaminhei para o metrô de Park Street.

Michael Monetti tinha tentado matar seu associado em Cambridge em vez de Boston. Por esse motivo o julgamento estava sendo realizado no relativamente moderno Tribunal Superior de Middlesex do outro lado do rio Charles e não no nosso dilapidado tribunal do condado de Suffolk. Um ônibus elétrico da Green Line me levou à estação Lechmere em East Cambridge, e andei três quarteirões até o alto edifício de pedra cinza. Depois de passar por um detector de metais no andar térreo, subi de elevador ao sexto andar.

A sala do tribunal era toda atapetada para amortecer os ruídos, seus bancos eram de carvalho envernizado, e o teto tinha o formato de cúpula. Sabia, de experiências anteriores, que a cúpula conferia ao ambiente uma acústica de sala de concertos, tão ostensivamente que ninguém fora da área da tribuna do juiz precisava se esforçar muito para ouvir o depoimento das testemunhas. Na realidade, porém, um simples sussurro em qualquer ponto da sala – incluindo as mesas dos advogados – podia ser ouvido com facilidade em qualquer ângulo.

Tendo em vista a hora de almoço, pude conseguir um bom lugar do lado da promotoria. No primeiro banco do outro lado da passagem estavam sentadas as pessoas que presumi constituírem a família Monetti. Um homem de idade com as mãos calejadas e uma senhora também idosa com uma postura austera estavam espremidos por uma mulher cinqüentona cujo rosto revelava características comuns às dos seus supostos pais. Outras pessoas na segunda fila os confortavam acenando com as cabeças em uníssono ou apertando um ombro.

Súbito, uma porta lateral próxima da área da tribuna do magistrado abriu-se, e Bernie Wellington cruzou-a. Foi seguido por um sujeito lustroso, bem-vestido, aparentando cerca de quarenta anos, dois meirinhos – um homem e uma mulher – que o introduziram na sala do tribunal. Reconheci Michael Monetti pela ampla cobertura que a imprensa vinha dedicando à acusação que pesava sobre ele. Ostentava os mesmos traços da família, mas enquanto os outros tinham um ar íntegro, Mickey parecia um arpoador de baleias que alguém tivesse enfiado à força num jaquetão.

Quando Wellington estabeleceu contato visual comigo, Monetti virou sua cadeira na mesa da defesa para sua torcida. Sorrindo, ele disse que não se preocupassem. A comida da cadeia até que não era tão má assim, já tivera piores, perguntou como tinha sido o almoço deles e outras futilidades. A acústica da cúpula fez chegar cada sílaba até mim.

Depois de a estenógrafa se encaminhar para sua cadeira e o escrivão para seu posto em frente à tribuna, a juíza adentrou a sala do tribunal pela porta do seu gabinete, e todos levantaram-se. Ela era afro-americana e bastante jovem. Quando estávamos todos novamente acomodados, a meirinha que havia escoltado Michael Monetti dirigiu-se a uma outra porta lateral e bateu. Segundos após, os jurados começaram a entrar, encaminhando-se para a bancada retangular a eles destinada junto à parede. Uma vez sentados, a meirinha ocupou sua cadeira perto da mesa do telefone do nosso lado do júri.

Wellington então levantou-se e perguntou à juíza se poderia conceder-lhe um instante. Ela o concedeu e ele atravessou o pequeno portão de madeira que isolava a área da tribuna, avançando pela passagem até onde eu me encontrava.

Inclinando-se, Bernie aproximou os lábios da minha orelha, falando num tom de voz tão delicado quanto o beijo de um enamorado.

– Obrigado, John. Durand está sentado na cadeira doze, perto de você e do escrivão.

Fiz um gesto de cabeça, mas esperei até que Wellington tivesse chegado de volta à mesa da defesa, onde Monetti escreveu qualquer coisa num bloco de anotações e puxou a manga do paletó de Bernie. Depois desse pequeno interregno, lancei um olhar para a meirinha sentada no nosso lado da bancada do júri. Logo atrás dela, na última cadeira da primeira fila, um homem magricela coçava o nariz com o dedo indicador da mão esquerda. Seus cabelos escuros pareciam de fato recentemente cortados, as lapelas do seu paletó tinham saído de moda há mais de dez anos, e o colarinho da sua camisa dispensava o complemento de uma gravata. De repente, o magricela mudou ligeiramente de posição na cadeira e colocou a mão na boca, sussurrando alguma coisa no ouvido da jovem jurada à sua direita. Por sua vez, ela cobriu os dentes com uma das mãos, abafando uma risada.

A juíza olhou irritada para os dois de uma forma que dava a entender que não o estava fazendo pela primeira vez. Então o promotor – um jovem ruivo de rosto sardento que não parecia ter mais de dezesseis anos – chamou novamente uma de suas testemunhas para prestar depoimento.

Técnica de laboratório da polícia, ela discorreu eloqüentemente sobre diversas fibras encontradas no local do crime. Desviei momentaneamente o olhar da testemunha e observei o corpo de jurados. Era visível a olho nu que Durand estava prestando a maior atenção.

Depois da técnica de laboratório, o promotor chamou um perito em balística, que declarou que as três balas removidas do tecido subcutâneo da vítima procediam da mesma Sig Sauer de nove milímetros que Michael Monetti portava, violando esse e aquele estatuto. Saí da sala do tribunal assim que o perito em balística deixou o banco das testemunhas, porque queria me posicionar fora do edifício para seguir o jurado Durand a pé, de táxi ou transporte coletivo.

Pouco depois das cinco, Durand seguiu seu caminho furando a multidão na porta do edifício da Justiça, as solas de seus sapatos reproduziam o barulho do teclado de um computador barato enquanto ele se dirigia à estação Lechmere. Entretanto, em vez de pegar o metrô, embarcou num ônibus para Arlington Heights, e eu fiz o mesmo com muita naturalidade, juntamente com um bando de outros passageiros. O ônibus fez diversas paradas em East Cambridge e depois em Somerville; Durand desceu cerca de um quilômetro antes da linha urbana de Arlington.

Fui atrás dele, descendo do ônibus e atravessando a rua, para me emparelhar com o seu trajeto. Ele passou pelas bocas de alguns becos com latas de lixo transbordantes. Durand dobrou numa rua transversal mais larga. Quando atingi o cruzamento, avistei um quarteirão de casas de madeira de três andares.

Esperei até ele parar numa casa naquele tom lavanda de loja de ferragens. Se Durand não tivesse feito um aceno com a cabeça na direção do carro estacionado em diagonal mais adiante na rua, não tenho certeza se os teria percebido.

Dois homens estavam sentados no banco dianteiro de um Ford bege, modelo Crown Victoria, com pneus de banda branca. A distância em que me encontrava, não deu para distinguir as fisionomias, mas o sujeito ao volante estava tomando qualquer coisa num copo grande de papel com um canudo. O parceiro sentado ao seu lado estava imóvel, excetuando-se um puxão que dava no lóbulo da orelha, como Carol Burnett costumava fazer no fim do seu monólogo.

Depois Arthur Durand se curvou e entrou na casa de três andares pintada de lavanda. Continuei andando, mas só em torno do quarteirão.

O Crown Victoria estava agora a meia distância de mim na rua. Infelizmente, não pude ver sua placa traseira devido a um caminhão que se interpunha entre nós. Por outro lado, certamente já vira muitos veículos como aquele ao longo dos anos.

Era o carro sem placa favorito dos policiais à paisana em todo o estado, embora geralmente sem pneus de banda branca.

Não compreendi por que Arthur Durand estava recebendo proteção especial como jurado, a menos que o estúpido estratagema de Michael Monetti envolvendo a testemunha do caso anterior tivesse vazado. Contudo, o melhor era investir um pouco de tempo e tirar a limpo.

Passei para o outro lado da calçada, que me dava uma visão desobstruída das cabeças dos dois homens, mas ainda não me permitira ver sua licença. O motorista tinha parado de tomar sua bebida com o canudo e virou-se para o companheiro, dizendo alguma coisa. O homem ao volante tinha os cabelos ruivos, lisos, e o outro escuros e ondulados, o que era até onde podia chegar minha descrição sem correr o risco de tornar minha presença demasiado óbvia.

Descobri um vão de porta sossegado e esperei.

Era quase meia-noite – e eu morrendo de fome – quando o motorista se virou novamente para seu companheiro, o outro fez um aceno com a cabeça e puxou um pouco mais a orelha. Finalmente, o Crown Victoria esquentou o motor e arrancou.

Mas não tão depressa que não me permitisse anotar o número de sua placa.

TRÊS

Uma estonteada pergunta:
– Quem é o...?
Do meu lado da linha, digo:
– Claire, aqui é o John Cuddy.
– Que horas são?

— Pelo meu relógio, sete da manhã.
A voz dela se aguçou.
— Sete? Você pode ligar para fazendeiros fodidos às sete, Cuddy. Mas gênios da cibernética como nós gostam de dormir até mais tarde.
— Desculpe, Claire, mas vou ter um dia muito ocupado hoje, e só recebi seu recado depois da meia-noite de ontem.
— Tudo bem, güenta as pontas um minuto.
A linha transmitiu um ruído maluco juntamente com um distante, abafado — Merda.
A voz de Claire voltou a se fazer ouvir mais perto, mais clara.
— Telefone de merda. Devia arranjar um alto-falante, um desses troços incrementados, se vocês me pagassem a metade do que valho por fuçar as coisas mais absurdas que vocês me pedem.
— O seu peso em ouro, Claire.
— Está a fim de me gozar?
— De maneira alguma, é só...
— Perdi dois quilos e meio o mês passado, e não admito...
— É um elogio, Claire.
— Como é que é?
— Não é uma piada, é um modo elogioso de dizer que você vale seu peso em ouro.
— Tá legal. Lembre-se disso quando preencher meu cheque. — Um farfalhar de papéis. — Vejamos... vejamos... "Durand, Arthur", certo?
— Certo.
— OK, sem inicial no meio, não tinha certeza de quantos seria capaz de encontrar, mas achei três em Sprinfield, dois ao norte de Worcester, provavelmente negócio de pai e filho, e somente um na nossa Somerville.
— Não esquenta, Claire. Me dê o serviço apenas sobre o cara de Somerville.
— É um tal de Durand Arthur "G", como em George. — Mais farfalhar de papéis. — Vejamos... não prestou serviço militar, sem antecedentes criminais.
Então Durand tinha dito a verdade ao responder às perguntas.

Claire disse:
— Ele tem carteira de motorista, mas atualmente não tem nenhum carro licenciado. A Previdência Social é... você quer o número e o serviço completo?
— Não é necessário. Houve algum movimento na conta?
— Nada de emprego fixo. Apenas um... Isso mesmo, ele vem recebendo seguro desemprego há uns três meses. Tornando-o alguém que, como jurado, pode ser vulnerável a uma oferta de suborno.
— E antes disso?
— Trabalhou numa locadora de vídeos.
— Prestou serviços a "indústrias sensíveis"?
— Você está se referindo a empreiteiros da defesa, coisas desse tipo?
— Sim.
— Cuddy, acho que você está superestimando nosso Durand, Arthur G.
— O que me diz de cadastros bancários?
— Simples operações de poupança e saques — disse Claire. — Não há um movimento real além do depósito do seu cheque de desemprego e pagamentos de seu aluguel.
— Esses cheques são nominais.
— São. "Stralick", o nome é S-T-R-A-L-I-C-K, Rhonda M.
— Endereço?
— O mesmo que o seu cara tem em Somerville.
— Talvez a senhoria more no mesmo endereço. Cartões de crédito?
— Negativo.
— Empréstimos bancários?
— Também *negativo*, embora tenha de lhe dizer, Cuddy, não vejo como esse Durand pudesse se habilitar ao financiamento do que quer que fosse além de uma tatuagem.
— Descobriu mais alguma coisa, Claire?
— Não há registro de casamento, divórcio ou de nascimento de uma criança. O cara é o clássico solitário/perdedor.

– Posso perguntar se ele está disponível?
– Não estou tão fodidamente desesperada, muito obrigada. Deixe-me totalizar sua conta.
– Um minuto.
– Por quê?
– Tenho aqui o número de uma placa de automóvel que gostaria que você verificasse.
– Pelo amor de Deus, Cuddy, você faz alguma idéia da zorra que está o Registro de Veículos Motorizados com essa nova lei federal?
– Que lei é essa, Claire?
– Uma lei que veda aos "caras" que seguem mulheres acesso via computador aos endereços das beldades que vêem conduzindo seus veículos. Mas, se a Comunidade não decretar seu próprio estatuto, vamos...
– Claire?
– O quê?
– Só essa placa, por favor? E hoje, se possível.
Um resmungo.
– Por que não? Você me acordou de madrugada, terei tempo de sobra para mandar às favas o *carpe diem* e conseguir o registro para você também.

Esperei até que o tribunal reiniciasse os trabalhos às nove antes de sair do meu apartamento e me encaminhar para meu velho Honda Prelude atrás do edifício. Ir à casa onde morava Arthur Durand de carro seria muito mais direto do que pegar um ônibus elétrico, e em sete horas na noite anterior tinha visto apenas dois táxis passarem pela esquina da rua dele.

Fui a Somerville tomando o caminho da ponte da Western Avenue e o Central Square em Cambridge. Dobrei na esquina de Durand e dei uma passada pela casa lavanda de três andares, mas não vi nenhum Victoria Crown por perto. Havia uma vaga próxima do cruzamento e ocupei-a.

Voltando a pé ao prédio de Durand, estudei seu exterior. Perdoando-se a cor, a fachada de madeira estava razoavelmente bem conservada, especialmente quando comparada à das casas vizinhas. Galguei os degraus da entrada; três campainhas ao lado da porta tinham apenas o número da unidade, sem o nome do morador abaixo.

Presumindo que a proprietária morasse no primeiro andar para poder desfrutar o quintal, comecei pelo número 1. Depois de trinta segundos, tentei novamente. O mesmo lapso de tempo, e a mesma falta de resultado.

Já ia apertar o botão novamente quando a porta finalmente se abriu; um isolamento de borracha encaixava-a firmemente no batente. A mulher que veio atender esforçava-se para não aparentar mais de quarenta anos. Seus cabelos platinados enrolados no alto da cabeça pareciam algodão-doce, e não ocultavam totalmente as orelhas grandes. Os traços fisionômicos debaixo de camadas de maquiagem, e mesmo as unhas bem cuidadas não escondiam as veias salientes no dorso das mãos. Usava um conjunto de moletão da cor das ripas de madeira e chinelos de quarto felpudos.

– E quem seria o bonitão?

Um ligeiro sotaque britânico.

– John Cuddy.

– E então, John? Qual é a sua? – ela perguntou apertando os olhos.

– Ms. Stralick?

Seus olhos revelaram certa cautela.

– Sabe meu nome?

– "Stralick, Rhonda M." – Exibi minha identidade.

– Investigador particular?

– Exatamente.

– Não sei nada sobre coisa alguma.

– Tudo bem – fechei a carteira. – Estou aqui por conta de um empregador que está pensando em contratar um de seus inquilinos.

A cautela transformou-se em surpresa.

– O Arthur?

– Provavelmente. O nome que me deram é "Durand, Arthur G.".

Stralick não pareceu convencida.

— Quem está querendo empregar ele?

— Lamento, mas isso é confidencial. Não se preocupe, o que tenho a fazer não tomará muito seu tempo.

Outra mudança de expressão.

— Ótimo. Isso nos dará mais tempo para nos conhecermos, não é mesmo?

Disse a aranha para a mosca:

— Posso entrar?

Stralick fez um gesto largo com a mão direita.

Depois de fechar a porta da frente, ela me conduziu por um pequeno corredor à entrada de um apartamento atrás da escada que servia aos andares superiores de sua casa.

— Por favor, John, não repare a bagunça.

Era preciso realmente boa vontade. No *living*, *racks* de televisão tinham sido improvisados em porta-revistas, tablóides de supermercados estavam espalhados como cartas de baralho gigantescas sobre um desses tapetes em relevo usados há mais de vinte anos. Em frente ao sofá de tecido estampado uma TV Sony de tela grande com o vídeo ligado, mas sem som. Três garotas adolescentes – uma branca, uma negra e uma latina – apareciam sentadas desajeitadamente num palco enquanto um homem com cabelos de evangélico se movimentava pelo auditório com um microfone na mão. A legenda no canto esquerdo da tela dizia: ENTEADAS ENGRAVIDADAS POR SEUS PADRASTOS.

Pensei com meus botões: E as pobres mães que amavam os dois?

— O que foi que disse, John? – perguntou Stralick, atrás de mim.

Devo ter pensado em voz alta.

— Nada.

Ao lado do aparelho de televisão ficava uma poltrona com o desenho esparramado de um Chevrolet 52. Sentei-me nela enquanto minha anfitriã preferiu o sofá, bem perto de mim, quase encostando os joelhos na minha perna.

Aí ela apelou para o lance dos olhos semicerrados novamente.

— Então, sobre o que quer falar?

— O sr. Durand indicou no seu formulário que estava atualmente desempregado.
— Tem três meses — disse Stralick.
— Sinto muito.
— Não há motivo, meu querido. — Ela lambeu os lábios. — Só quis dizer que Arthur está com os aluguéis um pouco atrasados.
— Compreendo. Antes disso, porém, ele cumpria suas obrigações pontualmente?
— Em termos de dinheiro, sim.
— E de "outra maneira"?
Um erguer de ombros.
— O Arthur me ajuda em algumas tarefas domésticas, limpando vidraças, tirando a neve acumulada na entrada, essas coisas. Mas quanto a "outras maneiras" ele não é exatamente a alma da festa.
— Os tipos sóbrios, responsáveis é que fazem os bons empregados.
— Você não compreende, John. Depois que me divorciei do merda que me trouxe para o seu país, fiquei um pouco sozinha. Mas o Arthur não é de nada, é quieto como um rato de igreja.
A mulher fez uma pausa, talvez para me dar uma chance de avançar. Como não aconteceu nada, ela fez uma cara zangada antes de dizer:
— Passam-se semanas e eu nem escuto ele, muito menos vejo. O Arthur não tem alegria de viver. — Outra lambida nos lábios. — Se é que me entende.
— Ótimo para meu cliente.
Stralick apertou os olhos outra vez.
— Espero que você não seja sem graça como seu cliente, meu querido.
Dei-lhe um sorriso amistoso.
— Ocorre-lhe algum motivo pelo qual o sr. Durand não deva ser contratado?
— Só se isso fizesse com que você se demorasse mais um pouco.
Uma autêntica buldogue, essa Stralick.
— Será então que poderia dar uma olhada no apartamento dele?

Nova expressão de cautela.
— Pra quê?
— Só gostaria de ver o lugar onde vive um empregado em perspectiva. Ajuda-me a dar um toque mais pessoal ao meu relatório, talvez até a fazer uma recomendação mais calorosa.
— Só Deus sabe como isso seria uma mão na roda para o Arthur botar em dia seus aluguéis atrasados.
— Também seria bom que essa minha visita de hoje fosse mantida em segredo, tá legal?
— Gosto de "segredos" como qualquer mulher, meu querido, mas primeiro gostaria de lhe fazer uma pergunta.
— Qual é?
— Se sabe que Arthur está desempregado, o que faz você pensar que ele esteja lá em cima agora?
— Porque o sr. Durand informou ao meu cliente que está servindo como jurado temporariamente.
Stralick pareceu finalmente convencida.
— Muito bem, então. Só que tenho de ir com você.
— Naturalmente — disse, displicentemente.

— Ele anda meio empolgado, se é que me entende.
Rhonda Stralick dera um jeito de roçar ou esbarrar em mim três vezes ao subirmos a escada. O apartamento de Arthur Durand consistia em um *living* com uma janela saliente na frente, quarto de dormir ao lado do banheiro e cozinha nos fundos. Os móveis gastos e desbotados pareciam ser os únicos acessórios, e as peças tinham um jeito algo hispânico, o que não me disse grande coisa.
O que não estava lá, entretanto, me disse alguma coisa. Nada de bugigangas, lembranças ou mesmo fotos. Parecia mais um amplo e espartano quarto de motel.
Pelo menos até se chegar à cozinha.
— Maldito seja! — Stralick aproximou-se da pia, usando uma toalha de papel que arrancara do rolo para esmagar três ou quatro pequenas baratas correndo numa caixa com restos de pizza. — O Arthur costuma ser muito limpo.

Havia latas de cerveja e outras embalagens descartáveis jogadas na banca da pia.

– Talvez o sr. Durand tenha recebido alguém ontem à noite e tenha esquecido de lavar a louça.

– Nem pensar. Ele não tem família. Não recebe visitas. Não tem uma personalidade definida. – Ela começou a levantar a caixa, levantando-a nas pontas dos dedos.

– Talvez seja melhor deixar isso onde estava.

Stralick olhou para mim, intrigada.

– Por quê?

– Para que o sr. Durand não saiba que deixou alguém entrar para ver o apartamento dele.

– Tem razão. – Ela colocou a caixa de volta na pia, e depois transformou num ritual sensual o ato de enxugar as mãos nas pernas do seu moletão. – Espero que esse incidente com as baratas não tenha afetado nossa boa disposição.

Vislumbrando uma saída, não hesitei.

– Receio que sim, tenho o estômago delicado.

– Falta de sorte minha. – Rhonda Stralick tentou fazer uma cara agradável. – O que se há de fazer? Da próxima vez que estiver aqui por perto não deixará de me fazer uma visita, não é verdade? – E apelou novamente para o lance dos olhos semicerrados. – Se é que me entende.

Tinha acabado de enfiar a chave na trava de segurança do meu Prelude quando percebi o Victoria Crown bege, estacionado no cruzamento dessa vez. Abaixei um pouco a cabeça, mas não pude fazer grande coisa para disfarçar o fato de ter acabado de sair da casa lavanda de três andares.

Fiz uma curva fechada para evitar passar por eles e olhei pelo meu retrovisor. Em vez de me seguir, o motorista ruivo ficou olhando na minha direção e falando com seu companheiro de cabelos escuros, que estava tomando nota de alguma coisa.

Provavelmente das letras e números da placa do Prelude, mas também não havia nada que pudesse fazer a respeito.

QUATRO

De volta ao escritório, disquei o número do telefone de Bernie Wellington. Sua secretária me disse, sem me surpreender, que ele ainda estava no tribunal atuando no caso Monetti. Pedi-lhe que lhe dissesse para me ligar de volta o mais rapidamente possível.

Pensei em tentar Claire novamente, mas duas vezes no mesmo dia era abusar da sua frágil boa vontade. A papelada de outros casos me ocupou quase até as três, quando o telefone tocou.

Um som quase tão estridente quanto sua voz.

– John Cuddy.

– Está com um lápis na mão?

– Manda brasa, Claire.

– Vejamos... vejamos... É isso aí, a placa pertence a uma locadora de veículos.

Parecia não se encaixar, mas explicava os pneus de banda branca.

– Tem certeza?

– Sinto-me insultada, mas não tanto como se fosse a usuária da placa.

– Como é que é? Repete.

– Contei sobre o novo arrocho federal em cima do acesso via computador, certo?

– Certo.

– Tudo bem, então pedi a esse amigo meu no Registro de Veículos para dar uma busca. Ele diz que a chapa é de um Ford Crown Victoria, de uma cor ridícula parecida com bege, e que o carro pertence à Best Ride Car Rentals, Inc., pros lados do aeroporto. Anote o endereço.

O nome e a localização – a quase oito quilômetros do apartamento de Durand – não me dizem nada.

– Claire, você já ouviu falar nessa locadora?

– Não, mas meu amigo no Registro já.

– Em que contexto?

– O contexto "conectado".
Epa!
– Uma lavadora de dinheiro?
– Ou talvez um negócio de fachada que os mafiosos acionam quando suas atividades regulares não devem ser envolvidas. Ajudou alguma coisa?
– Talvez sim, talvez não. Mas obrigado, Claire.
– Ei, Cuddy, faça-me um favor, tá?
– O que é?
– Ponha no correio meu cheque antes de fazer uma visita a esse pessoal da Best-Ride, OK?
Não podia censurá-la por pedir.

Depois de mais dois recados para Bernie Wellington sem retorno, resolvi adiar a ida à agência locadora para a manhã seguinte. Fechei o escritório às cinco e quinze e fui até o estacionamento nos fundos do edifício. Enfrentei no Prelude o trânsito congestionado rumo a South Boston e à taberna Jack O'Lantern.

Essa parte da Broadway perto da L Street em Southie está passando por uma elitização geral – embora não muito gentil. Muitos dos bares proletários estão sendo expulsos da área, suas licenças para venda de bebidas alcoólicas sendo adquiridas por um comércio sofisticado direcionado para a fauna dos condomínios. Com lâmpadas laranja nas janelas, e um bar oval dentro de um fosso de passagem antes de se chegar às mesas, o "Jack" é uma espécie de meio-termo: um bom lugar para se jantar com a mulher e os filhos depois do trabalho, e um bar da pesada para os bebuns de plantão das nove em diante.

Talvez o fato de ainda ser cedo tenha sido o que me animou.

Estava sentado num banco do bar, terminando um filé acompanhado de um chope magistralmente tirado por Eddie Kiernam. Medindo pouco mais de um metro e setenta, e magro como um varapau, Eddie tinha jogado beisebol na segunda divisão antes de voltar para a vizinhança e abrir o Jack. Na verdade, passei a maior parte do meu jantar naquela noite ouvindo suas lamúrias sobre seus vizinhos grã-finos e o aumento exorbitante das tarifas de seguro de responsabilidade civil que os bastardos tinham trazido com eles como uma praga.

Ao olhar meu relógio, constatei que eram quase sete horas. Por isso me levantei para ir ao banheiro e tentar uma última vez falar com Bernie Wellington antes de ir para casa. Ao abrir caminho por entre o bar e as mesas, um sujeito deixando seu banco esbarrou em mim, cambaleando para trás. Um pouco teatralmente, lembro-me de ter pensado na ocasião.

Medindo talvez sólidos um metro e oitenta, com os cabelos ruivos lisos e o nariz quebrado, ele reagiu, encolerizado.

– Qual é, não enxerga, seu merda?

Respirei fundo.

– Parece-me que foi você quem esbarrou em mim.

– Foi ele, sim. E daí? – disse outro homem, encostado no bar.

Virei-me. Mesma estatura e compleição, mas cabelos pretos ondulados e nariz normal. Puxou o lóbulo da orelha esquerda e comecei a perceber o quadro.

O Ruivo atacou primeiro, desferindo um cruzado de direita na direção do lado esquerdo do meu rosto enquanto eu permanecia voltado para o seu parceiro. Aparei o soco surpresa, dando uma laçada com meu braço esquerdo por cima do direito do Ruivo e prendendo seu punho embaixo do meu sovaco. Com a munheca da minha mão esquerda calçando o cotovelo dele, forcei-o para cima violentamente. Pude sentir mais do que ouvir a junta se deslocar, mas ouvi mais do que senti o grito de dor do Ruivo quando desfiz o golpe.

O de cabelos crespos vibrou sua esquerda quando levantei meu ombro direito para proteger a cabeça e o pescoço, mas ele teve tempo de se dar conta de que seu primeiro golpe tinha de ser dos bons. Jogou-me contra a mesa de quatro pessoas, que a tinham empurrado para trás e se levantado quando a briga começou. O Ruivo estava caído no chão, amparando um antebraço frouxo, com a expressão facial alterada, e a voz reduzida a um gemido. Quando o Crespo avançou para me golpear com a direita, usei a mesa para apoiar meu joelho combalido. E dei um chute com o pé direito, atingindo sua panturrilha esquerda, todo o seu peso tendo se transferido para frente, para aquela perna.

Dessa vez ouvi o estalar dos ossos, o Crespo tombando como uma árvore abatida quase com o mesmo estrondo. Nessa altura, Eddie tinha saído de trás do balcão do bar com um bastão de beisebol nas mãos. Eu ia começar a interrogar os dois quando Eddie desfechou um golpe com seu bastão no meu plexo solar como se estivesse num exercício de baioneta.

Fui parar em cima dos pratos com hambúrgueres que estavam em cima da mesa.

Quando comecei a recuperar o fôlego, o Ruivo tinha conseguido pôr-se de pé e ajudado seu parceiro de cabelos crespos a levantar-se, os três braços e as três pernas incólumes arrastando os dois num esforço combinado em direção à porta do Jack O'Lantern e à noite de outubro que os aguardava do lado de fora.

Eddie estava de pé perto da minha coxa esquerda, com seu bastão a meio-mastro.

– Por que... eu? – perguntei.

– Estava apavorado, só via a hora em que você ia aleijar os dois sacanas. Os prêmios do meu seguro de responsabilidade civil iriam parar na estratosfera.

Forcei um pouco de ar para dentro dos pulmões.

– Então por que, que diabo... você não acertou os dois primeiro? Ele me olhou enviesado, com um sorriso amarelo.

– Eu disse que estava segurado, John, não que tinha perdido o juízo.

Enquanto Eddie prometia à mesa de quatro pessoas que iria servir novas refeições para todos, decidi que também não podia censurá-lo.

Quando consegui respirar contando até oito sem sentir cãibras, deixei a taberna e dirigi-me para meu Prelude. Ninguém tinha mexido nele. Entrei no carro e toquei para casa, subindo os degraus devagar, agradecido por não ter sofrido ferimentos mais graves.

Uma vez no apartamento, verifiquei minha secretária eletrônica. Havia um recado de Bernie Wellington, pedindo que eu entrasse em contato com ele no dia seguinte antes do tribunal.

Fui até o aparelho de som e escolhi um CD com um solo de saxofone suave e repousante, cortesia do falecido Art Porter. Depois me espichei num sofá, tentando encontrar sentido numa situação que era tudo menos suave e repousante.

Acordado no escuro, a dor um pouco acima da minha barriga impedia-me de ficar sentado. Tinha tido um sonho – com Rhonda Stralick, constrange-me admiti-lo – em que uma das suas tiradas durante minha "visita" naquela manhã se encaixava no lugar. E de repente algo que Bernie Wellington tinha mencionado também se encaixava.

Se eu estivesse certo, as perguntas bizarras do *voir dire* de Michael Monetti faziam perfeito sentido. Podia até compreender por que os dois caras que montavam guarda à casa lavanda de três andares tinham me agredido no Jack.

Mas precisava confirmar mais uma peça do quebra-cabeça para ter certeza, e tinha bolado uma forma de fazê-lo que poderia funcionar.

CINCO

Na manhã da quinta-feira seguinte, tive todo o cuidado ao deixar meu edifício de apartamentos por duas razões. Primeiro, meu plexo solar ainda estava um tanto avermelhado graças ao bastão de Eddie. Segundo, se o Ruivo e o Crespo também tivessem um amigo no Registro de Veículos Motorizados que verificasse minha placa, então eles – ou seus substitutos – também poderiam ter tido acesso ao endereço de minha casa.

No estacionamento, deitei-me no chão para examinar a parte inferior da carroceria do Prelude, a fim de prevenir surpresas no seu sistema de ignição. Ao ligar o motor, decidi evitar o escritório, uma vez que certamente teria sido o lugar onde os capangas tinham me esperado antes de me seguir até o Jack O'Lantern.

Poderia ter sido um dia longo e arrastado, mas nosso Museu de Belas-Artes na Huntington Avenue estava apresentando uma grande exposição de fotografias de Herb Ritts, afora suas outras habituais maravilhas. Por volta das 11 horas – sabendo que Bernie Wellington estava no tribunal – usei um telefone público para falar com sua secretária. Deixei apenas um recado para que ele ligasse para mim no escritório depois do almoço.

Não tinha sentido também pôr em risco a licença de Bernie.

Mais tarde na mesma quinta-feira, ao sair do museu atravessei a ponte sobre o rio Charles, e rumei para East Cambridge. Estacionei o Prelude alguns quarteirões a oeste do velho Palácio da Justiça do condado de Middlesex, e fiz hora discretamente na entrada principal. Às quatro e quarenta, Arthur Durand apareceu num grupo de pessoas vestidas de maneira muito informal para serem advogadas e com um ar visivelmente exausto para serem outra coisa senão "cidadãos convocados para servir". A mesma mulher jovem da bancada dos jurados estava caminhando ao lado de Durand, e ele parecia exagerar certos gestos de cabeça e de mãos ao dizer qualquer coisa a ela. Ela riu novamente, mas dessa vez sem cobrir a boca com a mão como havia feito na sala do tribunal, e os dois se despediram casualmente, Durand coçando o nariz com o indicador da mão esquerda.

Observei-o encaminhando-se para a estação Lechmere. Quando a mulher se virou na direção norte, fui atrás dela, mantendo meio quarteirão de distância e pelo outro lado da rua.

Às vezes, a gente tem sorte.

Na esquina, ela entrou pelo lado do passageiro do banco da frente numa caminhonete que estava parada, uma dessas Subarus que você vê o australiano Paul Hogan anunciando na televisão. Havia um homem mais ou menos da idade dela ao volante do veículo e uma criança pequena numa cadeirinha de plástico fixada no banco traseiro.

A jovem família entrou no fluxo do trânsito, e meu táxi seguiu-a de perto.

– Marjorie, como é que é? Você quer essa refeição família ou essa outra aqui?

– Calma, Phil, me dá um tempo, tá legal? Estive ouvindo testemunhas e advogados desde segunda-feira. Pelo jeito não vai acabar tão cedo, e esse tal de Monetti não é nenhum O. J. Simpson, tá sabendo?

Phil não deu o braço a torcer.

– É mesmo? Pois então experimente apanhar o Troy todas as tardes na creche.

– Como se eu não fizesse isso todas as semanas de nossas vidas!

Fiquei bisbilhotando a conversa deles enquanto avançávamos na fila da lanchonete de uma franquia do Boston Market, um negócio que tinha tido a sorte de sobreviver depois de ter trocado o antigo nome bem-sucedido de "Boston Chicken". A charmosa Marjorie e Phil estavam indecisos quanto ao que escolher – peru assado ou presunto cozido. Seu filhinho Troy estava entre eles, sua cabecinha acompanhando a discussão dos dois como um fã de tênis assistindo a uma importante partida.

Marjorie finalmente decidiu-se pelo peru, e Phil pagou ao caixa antes de levar as bandejas com as refeições e as bebidas para uma cabine de quatro lugares. Peguei meu prato de presunto e sentei-me numa mesa vazia em frente a eles.

Depois de todos devidamente acomodados, o marido disse sabiamente à mulher.

– Vamos mudar de assunto, OK?

– OK – respondeu Marjorie num tom de voz conciliador enquanto cortava um acompanhamento de brócolis para o garoto.

Phil levou uma garfada de peru à boca.

– Você ainda não pode falar sobre o caso?

— Não, enquanto o juiz não autorizar. Só depois de termos votado. Mas vou lhe dizer uma coisa. Se não fosse o Arthur, não sei não! Acho que estaria completamente biruta a esta altura.
— É o tal jurado que se senta ao seu lado?
— É esse mesmo. — Marjorie voltou a se ocupar com sua refeição.
— O juiz já teve de advertir ele duas vezes para que parasse de dizer coisas que me fazem rir durante os lapsos dos interrogatórios.

Voltei a me lembrar da avaliação que Rhonda Stralick tinha feito do seu inquilino, quando Phil perguntou:
— Piadas? Em pleno julgamento de um crime de morte?
— Tentativa de assassinato. — Marjorie tomou um gole do seu refrigerante. — Mas, sinceramente, sem o Arthur e suas imitações mantendo todos os jurados descontraídos, não sei o que seria de nós.

Phil serviu-se de mais um pedaço de peru.
— Imitações de quem?
— O Arthur é capaz de fazer imitações hilariantes do Sylvester Stallone e do Arnold Schwarzenegger...
— Da TV, mamãe? — perguntou Troy, até então calado, divertindo-se com sua comida, com a cara toda lambuzada de purê de batata.
— É, queridinho. Dos filmes que passam na televisão. — E voltando-se para Phil: — O Arthur também imita o Johnny Carson, melhor do que aquele cara fazia.
— Que cara?
— Oh, você sabe, Rich não sei das quantas.
— Rich o quê?
— Aquele que fazia uma imitação genial do presidente Nixon. Sem essa, Phil, você não pode deixar de saber a quem estou me referindo.

O marido dela insistia em afirmar que não sabia, mas eu tinha absoluta certeza de que sabia.

— Wellington.
— Bernie, é o John Cuddy.
— Até que enfim, John — chegou a voz do outro lado da linha. — Pelo amor de Deus, onde foi que você se meteu?

– Andei meio ocupado, Bern.

– *Meio ocupado?* A Comunidade não deverá se pronunciar amanhã, o que significa que precisarei dar início à defesa do caso segunda-feira, e venho tentando entrar em contato...

– É uma longa história, e talvez fosse melhor para você não ouvi-la na íntegra.

Uma hesitação.

– A coisa é tão feia assim, John?

– Deixe-me primeiro perguntar-lhe uma coisa.

– O quê?

– Quando você estava selecionando os jurados para Michael Monetti, aconteceu alguma coisa esquisita?

– Esquisita? Você está querendo dizer, além das perguntas estranhas que ele me obrigou a fazer?

– Sim. Especificamente com o Arthur Durand.

– Pensando bem, sim. – Outra hesitação. – Não propriamente esquisita, na verdade. Foi mais uma coincidência.

– Conte-me o que foi.

Do outro lado da linha, Wellington pareceu ordenar seus pensamentos.

– Depois de fazer ao sr. Durand a última das perguntas *voir dire* de Michael, voltei à mesa da defesa para consultar meu cliente sobre nossa impugnação. Precisamente nesse momento, um dos membros da família de Michael atrás de nós espirrou ruidosamente, e toda a sala do tribunal riu. – A voz de Bernie soou fatigada. – Acredite, John, foi meu único momento cômico durante todo o processo.

– Também foi isso o que aconteceu quando Monetti lhe disse para manter Durand no júri?

– Certo, quando Michael disse para não impugná-lo. E admito que ainda acho errado ter mantido esse sujeito na bancada dos jurados. Advogados de defesa são constantemente processados nos dias de hoje por "assistência jurídica inepta" quando sua retórica não consegue convencer os jurados e o veredito é "culpado", e enquanto isso meu cliente me ordena basicamente a não...

– Bern?

– O que é?
– Volto a ligar para você.
– John...

SEIS

Na manhã seguinte, sexta-feira, levantei-me às seis horas; meu plexo solar estava praticamente recuperado. Vesti umas roupas velhas, peguei o Prelude e atravessei a ponte da Western Street, cruzando novamente a Central Square e chegando ao pé da rua de Arthur Durand. Nenhum sinal de alguém vigiando a casa lavanda de três andares, mas isso não queria dizer que o plano geral deles não estivesse mais em vigor.

Deixei o carro e encaminhei-me para a entrada do beco mais próximo. Avancei mais dez passos nas pontas dos pés, protegendo-me por trás de uma caçamba de lixo.

Para esperar.

Às sete e quarenta, ouvi o barulho característico dos sapatos de uma certa pessoa vindo da direção da casa de Rhonda Stralick. Recuei novamente para a entrada do beco. Quando o homem magro que tinha o hábito de coçar o nariz e mexer-se na cadeira cruzou a abertura à minha frente, interceptei-o com meu antebraço esquerdo.

O tombo foi feio, mas não chegou a desacordá-lo.

Agarrei-o pela gola do paletó e puxei-o rapidamente para trás da caçamba de lixo antes de ele voltar a enxergar direito. Depois de colocá-lo sentado escorado na parede de tijolos do beco, fiquei de cócoras. Seus olhos registraram lentamente minha presença na sua frente.

– Que porra é essa? Que diabo está acontecendo?

– Meu amigo, precisamos ter uma conversa antes de o tribunal do júri voltar a se reunir hoje pela manhã.

Ele tentou soerguer-se, apoiando as palmas das mãos no chão.

Pressionei seus ombros com minhas mãos, impedindo-o de aprumar-se.

— Você está metido numa enrascada dos diabos, meu chapa.
— Você é que está fodido...
— Primeiro falo eu, depois você talvez tenha uma chance. Entendido?

Ele não disse nada.

— A carreira criminosa de Michael Monetti está por um fio. Mais uma condenação por delito grave, e ele não verá mais o sol a não ser na hora de exercícios no pátio de uma prisão. Além do mais, está prestes a ser julgado por tentativa de homicídio. Portanto, alguma coisa tem de ser feita. Uma vez, Mikey se deu mal quando mandou espancar uma testemunha que estava sob proteção do estado. Aprendeu a lição, e agora resolveu estudar sua posição com mais cuidado.

Olhei nos olhos do homem e me lembrei do discurso de Bernie Wellington sobre o sujeito de "boa família".

— Você, especificamente. Talentoso primo em segundo grau do acusado.

— Não sei o quê...

— Seja paciente. Ainda não terminei. Mikey facilitou as coisas para você. Sentou-se com o resto da família na primeira fila do auditório do tribunal no primeiro dia do julgamento na semana passada, simulando esconder-se à vista de todos. Depois observou o júri ser selecionado. Se um dos homens respondesse às perguntas *voir dire* de Mikey corretamente, você estudaria o sujeito, verificaria se ele também estava "certo" de outras maneiras. Aproximadamente a mesma altura e o mesmo peso seus, conseqüentemente alguns maneirismos fáceis de serem imitados.

Tinha agora a total e irrestrita atenção do meu interlocutor.

— Um homem chamado "Arthur Durand" corresponde à imagem com perfeição, especialmente porque seu cabelo desgrenhado e barba crescida toldavam a lembrança das pessoas de seus traços fisionômicos. Então, quando chega a hora de talvez impugnar o sujeito como jurado, você transmite a Mickey no tribunal um pequeno sinal para mantê-lo. Uma tossidela, quem sabe. Ou um espirro.

Os olhos do primo em segundo grau se arregalam.

– Agora, retroceda àquela noite, uma semana atrás. Os capangas do seu primo seguem Durand ao seu apartamento na casa de três andares de Rhonda Stralick. Enquanto isso, a irmã de Mickey, a esteticista, corta-lhe os cabelos, para que ninguém ache estranho o fato de "Durand" também ter feito a barba. Sua razoável semelhança com o sujeito e considerável talento darão conta do resto, particularmente para as pessoas como os demais jurados, que nunca tinham visto Durand antes.

– Eu sou... *eu sou* Arthur Durand.

– Você não está me ouvindo, meu amigo. Os capangas removem Durand da casa de três andares, dão sumiço nas fotografias dele, e colocam você no lugar dele. Bingo! No dia seguinte do julgamento, esta segunda-feira de manhã, há um jurado entre os doze selecionados que finalmente levará à impugnação do júri ao votar pela inocência do seu primo. Talvez você até tenha feito alguns amigos entre os jurados no transcurso do julgamento, graças a uma boa conversa e bossa para imitar gente famosa. Como aquele conhecido comediante, Rich Little, costumava fazer. Não era a verdadeira personalidade de Durand, mas você poderia influenciar outros jurados, levando-os a votar com você, especialmente se prestasse bastante atenção às provas e apresentasse argumentos convincentes durante a deliberação. O promotor público pensaria duas vezes antes de requerer um segundo julgamento caso houvesse um número de votos "inocente" significativo na primeira apreciação dos fatos. Até mesmo uma absolvição não estaria fora de cogitação se você caísse nas boas graças da maioria dos jurados.

– Estou-lhe dizendo. Sou Arthur Durand.

Sacudi a cabeça.

– Você está um pouco nervoso, certo?

Não houve resposta.

– Certo? – repeti.

– Certo. – Um "certo" resmungado.

– Tudo bem. O único problema é que você vem esquecendo de coçar o nariz como o Durand faz. Ou, mais precisamente, fazia.

– Do que está falando?

– Deixe-me adivinhar. Mikey lhe disse que iam seqüestrar Durand somente durante a duração do julgamento, depois o devolveriam à sua vidinha e você à sua, certo?

– Não vou dizer nada.

– Tá legal. Então escute. O questionário distribuído aos jurados indaga coisas como profissão, família e assim por diante. Sabe de uma coisa? Durand não tinha parentes, o que, em princípio, era ótimo para o plano do seu primo, pois assim ninguém sentiria falta de Durand enquanto ele estivesse fora de circulação por causa do julgamento. Mikey chegou a acampar seus capangas em frente ao prédio de três andares, provavelmente como guardiães de sua exuberante personalidade, para que ele não caísse na farra à noite e talvez acabasse entornando o caldo. Mas por que seu primo fez questão de que você morasse no apartamento de Durand durante esta última semana?

Sem resposta.

– Mikey lhe explicou por que, não é mesmo? "Ei, primo, precisamos de alguém fazendo barulho lá em cima, para que a proprietária ouça seu inquilino." Novamente, à primeira vista parece plausível. Mas também implica um risco. E se Rhonda Stralick desse com você na escada? Ou se batesse na porta de Durand para cobrar o aluguel? Ela conhece bem seu inquilino, não se deixaria enganar, pensando que você era ele. E isso me parece um risco maior do que deixar de ouvir os passos de Durand por alguns dias.

O primo em segundo grau ficou ponderando sobre o que acabara de ouvir porque seus olhos ficaram se mexendo, agitados, de um lado para outro.

Eu disse:

– Então exploremos um pouco mais as coisas. Mikey diz a você que está mantendo Durand no gelo apenas temporariamente. A única coisa que pega é como seu primo poderia ter certeza de que Durand não abriria o bico mais tarde sobre seu pequeno "interlúdio"?

Sem resposta.

– E se Durand não ia falar, porque tinha sido regiamente subornado ou estava justificadamente apavorado, por que a mão-deobra de substituí-lo por você? Por que não intimidar simplesmente o verdadeiro Arthur Durand, tornando-o o jurado que votará inquestionavelmente "inocente" e, por conseguinte, na pior das hipóteses garantirá a Mikey um segundo julgamento?

Nada exceto os olhos pestanejantes, como mariposas espadanando num jarro.

— Não se sinta burro, meu amigo. Também custei a matar a charada. Comece lembrando-se de que seu primo se deu mal quando abordou aquela testemunha do primeiro caso. Depois pense nas perguntas que Mikey mandou seu advogado fazer aos jurados de sexo masculino. Forças armadas, prisão, cargos em empresas de atividades sensíveis. Durand respondeu "não" a todas essas perguntas. Portanto, me diga o que essas experiências têm a ver com ele?

O primo em segundo grau sacudiu a cabeça.

— OK, de qualquer maneira o tempo esgotou-se. Exigem que a pessoa implicada tire as impressões digitais, o que significa que Durand nunca as tirou. Não sei se o mesmo se aplica a você.

Ele engoliu em seco, talvez percebendo aonde eu queria chegar.

— Agora, uma indagação pertinente: se os capangas de Mikey estavam acampados em frente à casa de três andares, e...

— Mas eles não apareceram ontem.

A primeira admissão verdadeira.

— Não me surpreende. Eles me viram xeretando na quarta-feira, descobriram quem eu sou e aprontaram uma briga de bar naquela noite.

O primo em segundo grau sacudiu novamente a cabeça.

— Mas... você não parece...

— Consegui dissuadi-los.

Ele limitou-se a olhar para mim.

— Voltemos à minha pergunta, certo? Se os capangas do seu primo estiveram tomando conta de você desde que seqüestraram o verdadeiro sr. Durand, e o resto do clã Monetti, incluindo até você, manteve-se devidamente sentado na sala do tribunal o tempo todo, quem ficou tomando conta da pobre vítima seqüestrada, confinada num quarto em algum lugar?

Os olhos do homem saltaram das órbitas.

— Santo Deus do céu! Não é possível!

— Receio que sim, meu amigo. Arthur Durand está morto, provavelmente eliminado pelos capangas de Mikey naquela primeira noite há uma semana atrás. Entretanto, quando o julgamento terminar, digamos, daqui a uma semana, qualquer "desaparecimento" de um jurado que participou de um julgamento ruidoso será cuidadosamente investigado pela polícia, o que seu primo não verá exatamente com bons olhos. Especialmente uma vez que a senhoria dele sustentará que seu inquilino era "sossegado como um rato de igreja", enquanto os outros jurados o tinham na conta do "palhaço da turma". Portanto, o melhor seria que o cadáver de Durand aparecesse rapidamente, resultado de um possível trágico "acidente". O único problema é que um cadáver de quase duas semanas será difícil de impingir a qualquer médico legista a quem tenham dito que "Arthur Durand" estava vivo e gozando de boa saúde até o final das deliberações do júri. Por conseguinte, estou pensando que Mikey precisará de um cadáver mais fresco para fazer as vezes do verdadeiro Durand.

— Mas... mas...

— O que nos leva de volta à pergunta que já formulei: por que seu primo queria que você permanecesse naquele apartamento do terceiro andar durante a semana que passou? Provavelmente você terá a mesma altura e o mesmo peso do Durand, mas sua arcada dentária será diferente. Portanto, depois de uma colisão que deixou a vítima desfigurada, pedirão ao médico legista para comparar o cadáver da vítima com o desaparecido Arthur Durand, e adivinhe só! As impressões digitais do cadáver coincidirão com as encontradas no apartamento de Durand.

— Você está dizendo... você está insinuando que Michael vai me matar?

— Veja as coisas do ponto de vista dele. Quando o julgamento tiver terminado, você será um fio perdido e potencialmente muito embaraçoso. O que acontecerá se sua carreira como comediante começar a decolar e um dos jurados que se sentou ao lado de "Arthur

Durand" durante duas semanas o reconhecer? Talvez ele ou ela procure a polícia com essa desconcertante informação.

— Mas o Michael... ele e eu temos o mesmo *sangue*.

— Sou capaz de apostar que seu primo está mais preocupado com o *futuro* dele. Por outro lado, você o conhece melhor do que eu. O que acha que pesará mais na decisão dele?

Seus olhos não exprimiam muita dúvida agora, mas tampouco havia qualquer razão para que ela perdurasse em sua mente.

Eu disse:

— Admitamos, entretanto, que eu esteja enganado quanto à maneira como Mikey vê os laços de família. Mesmo assim, meu amigo, lamento informá-lo que, no mínimo, será acusado de ser cúmplice na morte do verdadeiro Arthur Durand.

Ele olhou para baixo: os olhos pestanejaram novamente da direita para a esquerda, e depois diretamente para mim.

— Caceta! Que porra posso fazer?

— Vamos juntos ao tribunal esta manhã, e você vai ter uma conversa franca com o juiz e o promotor público.

Seus olhos se arregalaram de tal forma que só se via o branco em volta das pupilas.

— Você ficou maluco? Se eu estivesse a fim de morrer, já bastava o Michael.

— Você conta às autoridades o que ele aprontou aqui, e elas o colocarão no programa de proteção a testemunhas.

— Tudo bem, e qual é a garantia de segurança que me darão? Os caras de Michael já quebraram o esquema uma vez.

— Não foi só isso o que eles quebraram.

— O quê?

— O rolo no bar anteontem à noite. Os dois estão agora no estaleiro.

— E daí? O Michael vai pôr outros dois no meu encalço. E quais serão minhas chances então?

— Melhores do que agora.

O primo em segundo grau olhou para baixo novamente.

— Basicamente... — Ele tossiu duas vezes enquanto as lágrimas corriam pelo nariz que ele não estava mais coçando. — Basicamente, o que você está me dizendo é que devo me apresentar e dizer a verdade.
— É isso o que o sistema chama de *voir dire*.
Pela expressão do seu rosto, ele ficou na mesma.
— Como é que é?
— Deixa pra lá – disse eu.

PÓS-ESCRITO

Antes de lecionar direito e escrever histórias de mistério, eu atuava no foro de Boston como advogado de causas cíveis. Naquela época, a legislação do estado de Massachusetts não permitia que os advogados exigissem dos jurados em potencial dizer a verdade (*voir dire*). Ao selecionar o júri para um dos meus casos, me dei conta de uma coisa: no início, mesmo de um julgamento de maior envergadura, os homens e as mulheres sentados na bancada retangular eram em geral uma massa relativamente anônima. Na verdade, até o segundo dia dos depoimentos das testemunhas, as doze pessoas que decidiram a sorte do meu cliente eram-me quase tão estranhas quanto os mascarados numa festa de Dia das Bruxas, todos usando o mesmo tipo de máscara.

Anotei essa observação num pedaço de papel almaço e guardei-o numa pasta que rotulei com o título IDÉIAS PARA CONTOS. Quase vinte anos mais tarde, quando Bill Bernhardt me falou sobre esta antologia, tive a sorte de encontrar o pedaço de papel com a anotação do julgamento de que participara há tanto tempo. Espero que tenha contribuído de alguma forma para desembaraçar o fio da meada em "*Voir Dire*".

– JEREMIAH HEALY

Todo mundo tem um livro favorito de John Grisham, mas entre os advogados a novela preferida é quase sempre *Tempo de matar*, devido aos seus personagens brutalmente realistas e à arrebatadora ação nas salas dos tribunais. Em "O aniversário", Grisham exibe sua habilidade para criar uma narrativa igualmente envolvente em apenas poucas páginas, bem como seu talento para esboçar tipos que permanecerão com você muito depois de este conto ter terminado.

O ANIVERSÁRIO
John Grisham

O bom doutor acordou na escuridão pouco antes de meio-dia. De certa forma, através das vidraças pintadas de preto, um raio de sol balançava, refletia-se e pousava num círculo tênue no tapete. Desviou-se dele, gemendo e rangendo o estrado de metal barato que sustentava o colchão sujo.

Seus olhos ardiam, mas não os tocou. Abriu-os e fechou-os, pestanejando lentamente num esforço vão para enxergar sem que eles doessem. Seu cérebro batia furiosamente contra as paredes do seu crânio – conseqüência de um porre de vodca ordinária.

Hoje era dia de outro aniversário. O correio chegaria às duas. Amaldiçoou a vodca, um ritual de todas as manhãs. Era o oitavo aniversário. Ela o localizara no ano passado naquele trailer em escombros, no lugar horrível de um gueto de casas móveis, onde picapes desprovidas de seus motores ficavam abandonadas nas ruas como se fossem monumentos de que as pessoas se orgulhavam, e onde vagabundos cambaleantes urinavam nas sarjetas, enquanto aparelhos de televisão berravam sem parar por trás de portas despedaçadas. Ela conseguira rastreá-lo até ali. Sempre sabia onde encontrá-lo.

Ele arranjara um emprego de vendedor de suprimentos médicos e mudara-se para um quarto-e-sala onde ninguém poderia achá-lo. O sexto aniversário foi num domingo, e ele estava dormindo, sonhando, quando alguém bateu à porta. Escapou por um triz da mulher, mas ela deixou outro envelope com uma fotografia do aniversariante, um garoto agora mais magro, mais atrofiado, mais grotesco. Não havia nenhum bilhete. Ele chorou sobre a foto e buscou alívio no narcótico. Acordou três dias depois – desempregado.

Cumpriu pena de noventa dias por furtos em lojas e pediu dinheiro emprestado à mãe pela última vez. Reencontrou seu trailer. Vendeu alguns de seus entorpecentes para comprar comida.

Tomou um gole de vodca e leu pela centésima vez a reportagem do jornal sobre um médico conceituado que caíra em desgraça. O júri concedera a Jeffrey quatro milhões, e o tribunal de apelação ratificara a decisão. Sua ex-mulher levou o que quis, e ele estourou o resto. O seguro cobrindo imperícia médica pagou seu limite máximo de meio milhão ao pequeno Jeffrey e simplesmente não sobrou nada com a falência e tudo o mais. Ele gostava de jogar tênis, dizia a reportagem.

A sétima fotografia foi a pior de todas. A cabeça de Jeffrey era demasiado grande em relação ao corpo, e era claramente uma questão de tempo para que os aniversários cessassem. Quando abrira o envelope no ano passado, se sentou à mesma mesa e chorou copiosamente em cima das fotos, até sentir-se mal e vomitar.

De repente, sentiu frio. Fechou mais o roupão em volta do pescoço e enfiou as mãos nos bolsos. A pasta continha muitas outras coisas, os papéis do divórcio, cartas de advogados, avisos da junta médica estadual. Ele tinha lido tudo isso milhares de vezes, mas as palavras eram sempre as mesmas. Olhara as fotografias do menino outras milhares de vezes e rezara fervorosa e inutilmente para que a próxima mostrasse um garoto sadio numa bicicleta nova, exibindo um grande sorriso de aniversário. Tinha se desesperado ao olhar as fotografias, embriagara-se, levara uma vida nômade de cigano por causa delas, odiara-as, pensara muitas vezes em se suicidar, mas sempre queria ver a próxima. Talvez fosse diferente.

Estava bêbado. Tomou as últimas gotas do copo de plástico e o jogou no chão. Juntou as fotos, passou o elástico em torno delas e levantou-se. Suas mãos tremiam, e ele resmungava quando ouviu uma leve batida à porta. Ficou gelado, não tendo a menor idéia do que fazer. Outra batida. Apoiou-se na mesa. Uma voz feminina disse:

— Dr. Green? — Ela estava na escada.

Encaminhou-se para a porta e abriu-a devagar. Deu uma olhadela pelo visor da segunda porta de proteção contra o inverno. Os dois se estudaram por um instante. Ela parecia ter envelhecido consideravelmente nos sete anos decorridos desde que a vira a última vez. Usava um vestido vermelho e um longo casaco preto. Seus olhos estavam marejados. Podia ouvir o barulho do motor de um carro não muito longe. Não trazia nada nas mãos, um envelope ou o que quer que fosse.

— Não trouxe uma foto — ela disse.

Ele começou a sentir-se mal. Inclinou-se sobre a soleira da porta, mas não lhe ocorreu dizer uma só palavra. Os aniversários tinham acabado.

— Jeffrey morreu há dois meses — ela disse com a resignação de quem estava dilacerada, mas no íntimo sabia que o pior tinha passado. Enxugou uma lágrima no rosto.

— Sinto muito — ele disse com uma voz tão fraca e trêmula que era praticamente inaudível. Tentou novamente. — Sinto muito.

— Eu sei — ela disse. Outra lágrima rolou do seu olho e ela esboçou um sorriso triste. Respirou fundo. — Estou cansada de odiá-lo, dr. Green. Odiei-o com todas as minhas forças durante oito anos, e agora acabou. Jeffrey se foi. Está melhor agora, e eu tenho o resto de minha vida para viver, não é mesmo?

Ele conseguiu fazer um ligeiro aceno com a cabeça. Segurou a maçaneta da porta pelo lado de dentro.

— Não o odeio mais. Não vou mais persegui-lo, enviar-lhe fotografias. E lamento sinceramente ter feito essas coisas para atormentá-lo. — Ela fez uma pausa. — Quero que me perdoe.

Ele teve um colapso e caiu no chão, soluçando pateticamente. Ela se ajoelhou no degrau da escada e olhou pelo vão da porta. Ele cobriu os olhos com as mãos.

— Por favor, perdoe-me, doutor.

— Sinto muito — ele conseguiu dizer, soluçando convulsivamente. — Sinto imensamente. — Rolou para o lado e encolheu-se como uma criança dormindo. Ela continuou a olhá-lo por mais algum tempo. Depois deixou-o lá, chorando, tremendo, balbuciando.

Algumas horas mais tarde ele acordou deitado no chão. A porta ainda estava aberta, e através dela ele ouvia vozes de crianças andando de bicicleta e brincando na rua. Ouvia igualmente as televisões estridentes nas casas de pesadas matronas que recebiam a visita diária de Oprah, a famosa apresentadora de TV.

Ele estava muito debilitado e bêbado para poder levantar-se. Por isso rastejou pelo tapete verde esburacado da saleta até o ladrilho sujo do piso da cozinha, voltando para o tapete do corredor que conduzia ao quarto de dormir.

Trancou a porta do quarto como se alguém do lado de fora pudesse tentar impedi-lo. A pistola estava debaixo do colchão. Sabia que não teria coragem de usá-la, mas alguma coisa o impelia para ela. Sentiu um desejo incoercível de pelo menos segurar a arma.

Os personagens dos romances de Philip Friedman situam-se com certeza entre os mais brilhantemente delineados e psicologicamente ricos da ficção contemporânea, seja ela popular ou literária. Uma das ressalvas mais comuns em relação aos contos é que, devido à sua relativa brevidade, o enredo é geralmente enfatizado em detrimento do perfil psicológico dos personagens. Friedman prova que nem sempre isso é verdade nesta história sobre um advogado cujo passado volta para persegui-lo de uma forma que ele jamais poderia imaginar.

ESTRADAS
Philip Friedman

Na noite anterior, quando eles sugeriram, fez sentido para ele, aquela loucura de dirigir quase mil e seiscentos quilômetros para comparecer a uma sala de tribunal, a fim de tentar salvar mais um estranho da morte. Fizera até planos para aproveitar a viagem, repassando sua argumentação de defesa no julgamento da manhã seguinte ou adiantando o expediente de casos que estariam clamando por sua atenção quando voltasse.

Entretanto, até então não lhe tinha sido possível concatenar as idéias de maneira construtiva e agora não havia mais esperança, de tal forma o vitríolo que tomara com o nome de café no último posto de gasolina em que reabastecera o carro o deixara tenso. Não havia uma razão maior para justificar seu atraso, apenas uma série de pequenos erros de cálculo, começando com uma saída tumultuada de madrugada de um hotel num estado com o qual não estava familiarizado, resultando numa partida uma hora mais tarde do que havia planejado, e depois quase dois quilômetros de estrada em obras, deixando somente uma pista transitável, contratempos que o jogaram no trânsito congestionado da manhã que tentara evitar.

Mesmo que tudo corresse bem dali para frente, chegaria sem tempo para pelo menos uma cochilada razoável, daria apenas para sair do carro, talvez tomar uma ducha e comer alguma coisa, desentorpecer os músculos, estimular o cérebro com mais café, e já estaria na hora de o show começar.

E põe show nisso. Via de regra um processo de apelação não se presta a grandes lances teatrais, mas o caso em questão provocara intensa reação dramática em todas as suas fases – não tanto pela natureza hedionda do crime quanto pelo fato de o júri ter condenado à morte um acusado tão jovem e atraente e sem antecedentes criminais –, assegurando dessa forma que o austero recinto do tribunal seria palco de um confronto entre portentosos adversários e ficaria sob o foco da imprensa internacional. E como sempre os argumentos da promotoria e os dele acirrariam os ânimos já exaltados de ambas as partes: os parentes consternados da vítima e a família inconformada do réu ainda alimentando a idéia desesperada de que o veredito poderia ser revertido por algum dispositivo legal mágico de última hora – ou manobra cavilosa.

Quilômetros à sua frente, à direita – num descampado a perder de vista cuja monotonia era interrompida aqui e ali pela sede de uma fazenda, um silo ocasional e uma pequena, inverossímil plataforma de moinhos de vento de alta tecnologia –, ele viu grossas colunas de nuvens negras, cinzentas e prateadas serem rasgadas intermitentemente por raios e relâmpagos. Nuvens carregadas esparsas pareciam tocar o solo com suas barrigas prenhes, prenúncio de aguaceiros cuja intensidade ele não podia antecipar. O dia excessivamente quente e úmido prometia agora o falso alívio de pancadas d'água que deixariam a atmosfera fervendo, com o único mérito de proporcionar um espetáculo de majestosa beleza: a eclosão das forças da natureza.

Lembrou-se de quando vira espetáculo semelhante pela primeira vez nas excursões da juventude, ao atravessar o país de um lado ao outro, indo e vindo da universidade. E de certa vez em que se dera mal, cruzando as estradas de Nevada numa época em que não havia um limite rigoroso de velocidade. Pisara fundo no acelerador do seu *roadster*, fazendo mais de cento e sessenta quilômetros por hora até queimar as válvulas. A muito custo conseguiu vencer as estradas da montanha de Utah e chegar a uma cidadezinha em Wyoming, pouco antes das primeiras nevascas, esperando que alguém fosse capaz de consertar o carro, ou pelo menos deixá-lo em condições mínimas de andar, para que pudesse alcançar Rock Springs ou qualquer outro lugar suficientemente grande para ter uma oficina mecânica decente que providenciasse as peças necessárias.

Mas as coisas não aconteceram exatamente dessa maneira. Todos mostraram-se superficialmente gentis, mas sabia que no fundo o consideravam um hippie num carro esporte estrangeiro, com uma cabeleira que estava longe de ser curta, embora para seus amigos não passasse de um corte militar. Ligaram o motor do carro, enfiaram as cabeças debaixo do capô e estalaram suas línguas, mas o fato é que não possuíam peças que servissem para um veículo sofisticado como aquele – de onde mesmo você disse que ele era?

Acabou trocando-o com o dono do último posto de gasolina em que parou, por uma picape que provavelmente estava parada havia anos. O dono do posto pôs o caminhão funcionando como parte do trato, embora *funcionando* se revelasse um termo relativo. *Claudicando* talvez fosse mais adequado.

Caiu na estrada novamente, arrastando-se pela Interestadual ainda nova menos de um dia antes do mau tempo, com suas mochilas de couro de sela precariamente escoradas na porta do lado do carona para estancar o vento que penetrava silvando pelos buracos provocados pela ferrugem. A neve alcançou-o em Green River e ele se enfurnou num hotel que não era lá essas coisas durante três dias, até a borrasca desviar-se para o oeste e as estradas serem desobstruídas.

Ao emergir do hotel constatou que o motor da picape morrera. A princípio pensou que se tratasse de um problema de bateria, mas a melhor que conseguiu comprar não ressuscitou o defunto. Aparentemente, o problema era mais abrangente do que apenas falta de energia, embora um diagnóstico específico parecesse estar muito além da capacidade dos mecânicos locais, como se ele ainda estivesse dirigindo seu carro esporte. Como vestibulando de direito, seu orçamento, embora mais substancial do que o da maioria dos seus amigos, não comportava experiências para restituir a vida a um veículo motorizado que, em primeiro lugar, não havia querido comprar e não tinha razão para conservar.

A buzinada atrás dele trouxe-o de volta ao presente. Estava desenvolvendo vinte e quatro quilômetros por hora acima do limite de velocidade permitido, mas não tinha a menor intenção de impedir o avanço do mastodonte que ameaçava triturar seu pára-choque traseiro. Tinha visto o filme *Duelo* três vezes e apreciara a maneira como ele capturara a paranóia das estradas induzidas pela visão de um caminhão de dezoito rodas tão perto do seu retrovisor que era capaz de contar os insetos esmagados contra a grade do seu radiador. Desviou para a pista de menor velocidade, notou uma placa azul indicando comida na próxima saída e sentiu uma fisgada no estômago. Com exceção dos magros sanduíches que trouxera para a viagem e o café amargo que tomara no último posto de gasolina, não comia desde que deixara as montanhas às primeiras luzes do dia.

Naquela distante e radiosa manhã em Wyoming, tomara um lauto café, revigorando-se para enfrentar outro dono de oficina, dessa vez um jovem com pinta de artista de cinema ainda não descoberto, um rapagão que seria capaz de jurar que tinha um cavalo amarrado em algum lugar e o preferia como meio de locomoção a quaisquer veículos barulhentos e pouco confiáveis cujas mazelas pagavam-lhe o aluguel e garantiam a comida na sua mesa.

Dessa feita ele acabou com uma passagem de ônibus para Denver na mão – mais ou menos no mesmo rumo, embora não exatamente pela mesma estrada que ele havia mapeado. Era como o dono da oficina planejara ir com a mulher, para visitar a mãe dela que estava doente. Dinheiro vivo nunca entrara em cogitação nos entendimentos, tratava-se na verdade de uma permuta cujo objeto era o resultado da primeira troca de veículos. No fundo, o dono da oficina desfizera-se da passagem com evidente alívio, obviamente feliz por se livrar da viagem com a mulher.

Depois de outra noite maldormida num quarto congelado, acomodou-se na primeira poltrona ao lado da janela disponível no ônibus, no meio do carro, eqüidistante do motorista e do banheiro na traseira, presumindo que o lugar vazio ao seu lado seria ocupado pela mulher do garagista bonitão, pois as passagens tinham sido compradas juntas, e ouvira algum comentário sobre reserva de lugares. Por isso confundira o ônibus com um avião, ou com um teatro da Broadway; ou porque julgasse que a passagem que tinha no bolso, suja de óleo e graxa, lhe assegurava o assento do dono da oficina durante todo o percurso.

Portanto, aguardando subconscientemente a chegada de uma mulher que fizesse jus à figura apolínea do marido – igualmente alta, pele clara e traços delicados, contrastando com o tipo dele moreno de traços marcantes, com longos cabelos louros e olhos azuis, pernas rijas de anos galopando potros ariscos, ansiosa por libertar-se ainda que momentaneamente de sua vida estéril a pretexto de visitar a mãe doente, mas sonhando com as luzes brilhantes de Denver, o imenso e reluzente vestíbulo do Brown Palace Hotel – surpreendeu-se quando a poltrona vizinha foi ocupada por uma mulher obesa envolta num xale sebento, aparentando no mínimo sessenta anos – rosto flácido coberto de sinais, bolsas pronunciadas embaixo de olhos sem brilho, cabelos grisalhos escorridos arranjados em tufos com pretensões a tranças – embora imaginasse que a vida árdua no campo sob os rigores de um tempo inclemente, trabalhando numa fazenda ou como garçonete numa parada de caminhões, ou em qualquer outra atividade para sobreviver, mãe sabe-se lá de quantos filhos, envelhecesse precocemente as mulheres. Ela poderia ter qualquer idade – cinqüenta ou quarenta anos ou talvez até menos – uma mulher que pela catinga que seu corpo exalava não o lavava há tanto tempo quanto seu xale sebento ou a blusa vermelha manchada, cuja gola era visível no pescoço encardido.

No último minuto, quando o ônibus resfolegou, pondo-se em movimento e manobrando para deixar a rodoviária, sem levar a bordo qualquer mulher que remotamente pudesse ser a mulher retardatária, a picape – indubitavelmente a mesma, embora lhe parecesse inacreditável ver o calhambeque redivivo, dirigido pelo homem cuja passagem o motorista perfurara há poucos minutos – parou atravessada na frente do ônibus. Por acaso, o dono da oficina, descobrindo que a picape afinal funcionava, resolvera reaver sua passagem e embarcar no ônibus com sua mulher loura de pernas longas, devolvendo o caminhão ao seu legítimo dono?

Chegou a se mexer na poltrona, inventariando mentalmente seus pertences e preparando-se para desembarcar. Mas notou que o homem da oficina mecânica permanecia imóvel atrás do volante da picape, e que além de ressuscitar o dinossauro, tivera tempo para instalar um suporte de rifle em cima da janela traseira da cabine, acomodando um rifle e uma espingarda, ambas as armas parecendo – mesmo vistas através da janela do ônibus – amaciadas por muito uso e especial cuidado.

Uma mulher desceu do banco da frente da picape, deixando a porta enferrujada entreaberta ao correr para o ônibus e bater na carroçaria para que lhe permitissem entrar. Atravessou o corredor central, nada do que ele imaginara. Olhou-a curiosamente, sabendo que não podia deixar de ser a mulher do garagista e pensando que afinal era muito possível que tivesse a mãe doente, embora, retrospectivamente, sua cancha de advogado há muito lhe tivesse feito ver inúmeras maneiras de rejeitar essa suposição. O simples fato de duas pessoas estarem juntas numa picape estava longe de constituir uma prova concreta de que essas duas pessoas eram casadas uma com a outra, nem mesmo em Wyoming há um quarto de século.

Baixa, cabelos escuros, rosto rechonchudo, uma boca feita para sorrir embora não estivesse sorrindo, uma fofura generalizada caracterizava seu tipo roliço. Contudo, a despeito dessa aparência, quando ela passou meio de lado pelo corredor – como se receasse esbarrar em alguém ou alguma coisa –, ele percebeu pela abertura do seu casaco de pele de carneiro uma cintura tão fina que teve a nítida impressão de poder cingi-la com as mãos. E seus olhos, escuros e profundos, com as íris tão grandes que mal se distinguia o branco em volta, pareciam perturbados, assim como sua boca repuxada para baixo, ao cruzarem com os dele e se deterem rapidamente.

Aqueles olhos, aquele ar de doçura e sobretudo sua cintura inacreditavelmente delgada perseguiram-no por muitos anos. Não de forma constante, persistente, mas ressurgiam nos momentos mais inesperados e sem nenhuma explicação aparente. Com o tempo sua imagem foi se diluindo, e com ela a sensação de uma possibilidade infinita que tivera naquele dia – seus cabelos negros contrastando dramaticamente com um travesseiro de linho, a sensualidade do seu corpo realçada por um cheiro de maresia, o brilho do sol reverberando nas paredes caiadas – tudo fruto de sua imaginação, baseado em nada: naquele dia em que a vira, ela simplesmente continuou avançando pelo corredor do ônibus até encontrar um lugar atrás dele.

Seu estômago roncou, a fome interferindo rudemente nas suas lembranças. Olhou o relógio novamente embora não precisasse fazê-lo, pois sabia que não podia perder tempo parando para comer. O tanque de gasolina ainda estava pela metade; esperava completar o percurso parando somente mais uma vez para reabastecer. Esticou o braço a fim de apanhar o saco plástico que estava no chão do carro, e o colocou no assento para poder alcançá-lo com facilidade enquanto dirigia. Continha mais restos do que outra coisa: cascas de banana e latas vazias de sucos de legumes, mas retirou uma última lata que pelo seu peso ainda não tinha sido aberta, e uma barra de aveia com mel e nozes, e sabe-se lá o que mais, tudo condensado num bloco que parecia de concreto e não muito mais saboroso.

A comida ajudou, mas não o tranqüilizou suficientemente para que afastasse da mente o caso que motivara sua viagem. Pelo menos sua bexiga estava agüentando, o que já era um consolo. Mas se tivesse necessidade imperiosa de aliviá-la, continuaria dirigindo e mijaria na garrafa vazia de água mineral que rolava no chão do carro.

Uma hora depois do início daquela viagem de ônibus de Green River para Denver num passado remoto, levantou-se para ir ao banheiro no fundo do ônibus recendendo um cheiro forte de desinfetante, andando devagar pelo corredor, segurando os encostos das poltronas para não perder o equilíbrio, sem tirar os olhos dela – sentada ao lado de uma janela na penúltima fila, olhando atentamente para a paisagem descampada em que se viam apenas as montanhas distantes. Ela ergueu os olhos quando ele chegou mais perto e os desviou rapidamente, não o suficiente para evitar aquele primeiro e impactante contato, nada que ele pudesse razoavelmente interpretar como um convite ou mesmo uma discreta insinuação para que ele lhe fosse fazer companhia.

Fez o resto da viagem para Denver consciente o tempo todo da presença da mulher sentada seis filas atrás dele, mas não deixando seu lugar porque, com exceção da poltrona vazia ao lado dela, nenhuma outra parecia melhor do que a que ocupava, e também porque lhe pareceu que seria uma afronta à mulher do xale levantar-se e trocar de lugar ostensivamente.

Submeteu-se ainda à humilhação de precisar telefonar de Denver para sua casa e pedir aos pais que lhe arranjassem uma passagem aérea na agência de viagens que programava a excursão anual deles à Toscana. E à humilhação adicional da censura silenciosa de seu pai por ter inutilizado o carro ou pelo dinheiro jogado fora que ele representava ou simplesmente por sua incorrigível inconfiabilidade. O que poderia esperar de um futuro advogado que se mostrava incapaz de administrar sensatamente os pequenos detalhes de sua vida, fundindo irresponsavelmente o motor do seu carro?

Malgrado os prognósticos pessimistas, revelou-se um advogado bastante decente, embora não correspondesse exatamente ao tipo de causídico que seu pai tinha em mente: o profissional de terno com colete, camisa branca impecável, pronto para ocupar uma escrivaninha na austera firma de advocacia que cuidava das questões jurídicas da Companhia. A Companhia, com C maiúsculo implícito, era a única maneira como seu pai se referia ao aglomerado de imóveis, máquinas e empregados sobre o qual ele presidia com tranqüila ainda que neofeudal autoridade.

Ao invés, foi diretamente para o gabinete do promotor, movido pela idéia ingênua de que a melhor maneira de fazer o sistema funcionar era trabalhar no seu mais problemático segmento. Embora a inconsistência dessa concepção logo se tornasse evidente para ele, penou quatro anos na promotoria, enfronhando-se nas sutilezas do seu funcionamento, e embora cumprisse suas obrigações sem maior entusiasmo, prestava muita atenção nos detalhes. Finalmente, abandonou o navio e foi trabalhar como defensor público, como devia ter feito desde o início, tendo acumulado considerável experiência que lhe permitia avaliar a força e a vulnerabilidade da função de promotor público. Mostrou-se incansável no exercício dessa função, tornando-se em pouco tempo não só um advogado de sucesso como uma espécie de consultor itinerante, até que seus dias ficaram muito preciosos para que pudesse se ocupar com outra coisa que não fosse seu trabalho mais premente e importante.

Havia sempre mais trabalho para ele do que era capaz de dar conta, e não podia mais fingir que não detestava essa situação. Quantos casos assistira ou defendera pessoalmente? Quantas vezes comparecera perante quantos juízes?

A maré estava mudando – *tinha mudado*, para ser honesto consigo mesmo. Não eram apenas os legisladores doutrinários, era a verdadeira vontade de muitos representantes do povo. As execuções tornaram-se mais comuns do que em qualquer outra época desde que começara a advogar, talvez mesmo desde que nascera. Não somente de sentenças de morte, mas de autênticos extermínios judiciais. Era uma tendência que abalava até sua crença na retidão fundamental e na perfeição do sistema de leis, e ele sabia que a situação iria piorar, embora também soubesse que a tendência trazia no próprio bojo as sementes de sua reversão: mais cedo ou mais tarde surgiria um caso suficientemente notório para revoltar o estômago nacional, um malogro da justiça de tamanha repercussão que o pêndulo começaria a oscilar ao contrário e o seu trabalho se tornaria mais fácil e um pouco – surpreendeu-se pensando, não pela primeira vez – menos ingrato.

Mas isso estava errado, ou pelo menos *devia* estar errado, levando-o a perceber que "ingrato" era precisamente o oposto, que em geral não havia agradecimento pelo que ele fizera porque ele era quase sempre a derradeira esperança, o último a entrar na arena quando a situação muitas vezes já era irremediável. Por isso o máximo que recebia era uma gratidão momentânea dos que tinham amado o réu que ele não conseguira salvar daquela vez, gratidão que era externada com sinceridade, mas tão evanescente que parecia não ter sido efetivamente sentida.

A despeito de tudo isso, continuava afundando o pé na tábua, correndo ao encontro do desespero que o aguardava, a tempestade distante constituindo apenas um detalhe decorativo da paisagem. Esperava que ela se mantivesse longe, não contribuindo para aumentar seu atraso, obrigando-o a estacionar no acostamento da estrada, embora admitisse que um rápido cochilo não seria nada mal. Ultimamente, costumava sentir-se cansado na parte da tarde sem nenhuma razão particular, exceto o fato de andar dormindo mal, o que, por sua vez, também não tinha nenhum motivo especial a não ser o excesso de trabalho e não comer, além de ter deixado de fazer qualquer exercício, desculpando-se consigo mesmo que era por causa do joelho, embora houvesse exercícios que não o afetariam, e soubesse o quanto eles lhe eram importantes. A verdade é que dispunha do seu tempo com avareza, tinha sempre muito o que fazer, seus casos eram importantíssimos para que se permitisse interromper o que estivesse fazendo a fim de ir a algum lugar onde pudesse nadar e voltar correndo para o escritório. Foi por esse motivo que alugara uma casa com piscina naquele verão, mas sempre encontrava um pretexto para não usá-la.

Sua vida talvez fosse mais racional, mais organizada se tivesse se casado, mas sua vida amorosa tinha sido sempre como aquela viagem de ônibus interrompida há tantos anos – fantasias irrealizadas, mulheres reais que o obcecavam e desapontavam a curto prazo, e mulheres desajustadas que com constante agressividade tentavam monopolizar o espaço ao lado dele, e que ele, autodestrutivamente, custava a rejeitar. Lera certa vez algo que definia à perfeição sua experiência sentimental: "A volubilidade das mulheres que amo só é comparável à constância infernal das mulheres que me amam" epígrafe que George Bernard Shaw, com seu humor ferino, dera a um de seus romances, de que ele só se lembrava que o fizera rir do princípio ao fim. Mas Bernard Shaw omitira – ou deixara implícito – como pode ser difícil nos desvencilharmos de um amor infernalmente constante, ou nos tornarmos tão pouco amoráveis que ele acabe por evaporar-se sozinho.

O céu cada vez mais escuro trouxe sua mente de volta à tarefa que tinha em mãos. As nuvens estavam se tornando rapidamente parte do seu mundo imediato, não mais uma simples imagem distante, um pedaço do mundo de cartão-postal que ele estava invadindo. Se tivesse realmente de parar por causa da tempestade, o melhor seria fazê-lo num lugar onde pudessem abastecer seu estômago e seu tanque de gasolina. Porque definitivamente não estava a fim de enfrentar uma tempestade violenta com raios e trovões. Uma parada forçada poderia atrasá-lo ainda mais do que já estava, mas o contratempo precisava ser aceito quando a alternativa era a hipótese muito concreta de não conseguir chegar ao seu destino.

Embora àquela altura, por mais que tentasse, não pudesse prever até onde realmente adiantaria estar presente. Todos os documentos tinham sido anexados ao processo em tempo útil, e a equipe de advogados de defesa debatera a linha de argumentação oral por telefone, e-mail e fax, valendo-se de todo o arsenal de uma colaboração a distância. Não faria grande diferença quem comparecesse à sala do tribunal para sustentar uma defesa consistente. Mas à última hora seus colegas acharam que tinham errado ao se preocupar com o efeito negativo que o fato de ele ser um advogado da cidade grande poderia ter sobre os juízes, concluindo que sua capacidade de persuasão e experiência na defesa daquele tipo de argumentação mais do que compensavam o possível inconveniente de ser um ianque numa sala de tribunal do Sul. Uma medida, ele pensou, da futilidade deles, do seu desejo de não serem responsabilizados face a uma eventual decisão desfavorável.

Saiu da estrada principal no primeiro desvio, ao avistar outra placa azul, acenando com a promessa de comida e combustível. No fim da rampa de saída havia uma placa PARE e uma estrada de asfalto de duas pistas. Uma placa verde e branca mostrava os nomes de duas cidades de que nunca ouvira falar, uma à direita e outra à esquerda. Não havia outra informação, e olhando para a direita e para a esquerda não viu qualquer sinalização indicando de que lado encontraria comida ou combustível. Colinas e pequenas ondulações do terreno truncavam a vista ilimitada das pradarias por onde passara há uma hora atrás, e o céu estava escuro, o ar pesado da umidade que prenunciava a tempestade iminente, tornando impossível calcular qualquer distância, avaliar qual das duas estradas que se perdiam nas curvas da escuridão seria a mais promissora.

Estava faminto e muito cansado para ter paciência até de tirar a sorte na cara ou coroa. Dobrou à direita, quando mais não fosse para evitar passar por baixo da rodovia.

Como notara no cruzamento, a estrada fazia uma curva logo no começo, e depois virava novamente para o outro lado. Subia e descia suavemente, cercada de ambos os lados por denso matagal que não deixava ver o que pudesse haver por trás. Lembrou-se de anotar a quilometragem. Se por algum motivo tivesse de voltar para a estrada principal debaixo de chuva, não queria ser surpreendido pelos acidentes do percurso.

Dirigia devagar, forçando a vista para distinguir qualquer vestígio de civilização à frente ou dos lados. Passou por cercas, ocasionais celeiros e casas de fazenda recuados alguns metros da estrada. Nada que se parecesse com um edifício comercial, nada de cartazes, nenhum sinal de vida humana.

À medida que avançava, o céu ficava mais escuro e as nuvens mais baixas, de sorte que mesmo com os faróis dianteiros acesos tinha a sensação de estar dirigindo através de um infindável túnel sinuoso cujas paredes nem sempre eram visíveis, mas cujo teto ameaçava desabar sobre ele. Estava à beira do desespero, convencido de que optara pelo caminho errado e precisaria voltar e tomar a outra direção, alimentando poucas esperanças de chegar a um posto de gasolina ou a uma lanchonete antes do temporal, não lhe restando alternativa senão parar e ver o que iria acontecer.

Frustrado, furioso, xingando-se de idiota, começou a procurar um lugar onde pudesse manobrar para percorrer de volta o mesmo trajeto sem correr o risco de fazer uma curva perigosa na estrada sinuosa e escura. Respirou fundo e tentou convencer-se de que sua agitação era proveniente em parte da fome e do cansaço, que estava onde estava e que entrar em pânico só iria complicar as coisas. À frente, logo depois da primeira curva, vislumbrou o que lhe pareceu um desvio à direita ao completar o arco da estrada, constatando em seguida que era de fato o começo de uma espaçosa área de estacionamento, e logo avistou bombas de gasolina e um prédio baixo com a frente envidraçada encimada pelo painel luminoso com o nome da rede de lojas de conveniência.

Suspirou aliviado e diminuiu a velocidade, embicando o carro no estacionamento por trás das bombas, ao lado da entrada da loja. Suas rodas dianteiras tinham acabado de ultrapassar uma das faixas divisórias do estacionamento quando um relâmpago iluminou abruptamente o espaço à frente, fixando momentaneamente uma imagem na sua retina. Quase simultaneamente um trovão ecoou com estrondo, balançando o carro e uma chuva torrencial eclipsou tudo diante dele. Orientou-se mais pelo efeito residual provocado pelo relâmpago do que pelo que efetivamente conseguia ver, grato por já ter chegado ao estacionamento.

Havia um carro parado ao lado de uma das bombas, dois carros nas vagas próximas da porta, e uma motocicleta entre os dois. Contornou o segundo carro e parou. Permaneceu sentado por um momento enquanto o carro continuava a balançar. Certificou-se de que os vidros de todas as janelas estavam levantados e o motor e tudo que era elétrico desligado, e depois se chegou para o lado do passageiro para não ter de correr a distância extra ao dar a volta pela frente do carro, recompôs-se e abriu a porta. Pisou no chão e correu, batendo a porta sem olhar para trás, sem parar para trancá-la. Venceu os dez metros que o separavam da porta de entrada fustigado pela chuva que caía em gotas grandes, pesadas, duras, abriu a porta e entrou, parando para recuperar o fôlego e deixar a água pingar. Seu joelho latejava e suas roupas estavam completamente encharcadas; a água lhe escorria dos cabelos para o rosto e as costas. Pensou se devia sacudir-se como um cachorro ao sair de uma piscina.

Olhou em volta. Era uma loja de conveniência de tamanho médio, com os habituais corredores ladeados de prateleiras repletas de produtos alimentícios em latas e embalagens de todo tipo, galões de óleo lubrificante e produtos sanitários; congeladores cheios de refrigerantes e cervejas; a luz brilhante e áspera das lâmpadas fluorescentes tornava o ambiente chocantemente irreal depois da soturna escuridão da Mãe Natureza. Não viu ninguém ao sondar os corredores. Deu alguns passos com água ainda escorrendo pelos pés, notando que o lugar da caixa estava vazio. Limpou a garganta para perguntar em voz alta se não havia ninguém, mas um movimento que viu pelo canto do olho o deteve; era alguém dando a volta no fundo do último corredor.

Olhou e viu num relance a mulher do ônibus de Denver há mais de vinte anos, a mulher do homem da oficina mecânica, por incrível que pudesse parecer – teria o dobro da idade da mulher que então deveria ter menos de vinte e cinco anos. Não fosse a improbabilidade da situação, seria capaz de jurar que era a mesma mulher – cabelos mais compridos, mas as mesmas faces carnudas e a boca ligeiramente arqueada nos cantos, o mesmo busto saliente e as cadeiras arredondadas, a mesma cintura extremamente fina. E, o mais espantoso, os mesmos olhos profundos, escuros, grandes. O mesmo olhar, mas não exatamente o mesmo, porque quando o seu cruzou com o dela, ela não o desviou. Tudo o que fez foi erguer a mão, chamando a atenção dele para a arma que empunhava.

Enquanto ele continuava parado com a roupa pingando, ela o olhou de cima a baixo, avaliando-o – vendo o quê? Um sujeito envelhecido? Mas ele não era tão velho assim – na verdade, estava em pleno vigor da maturidade. Contudo, seu cabelo estava mais ralo e grisalho, sua natural rigidez atlética começava a ceder na cintura e nos quadris, usava óculos bifocais... Resistiu ao impulso de encolher a barriga, de aprumar o corpo a despeito da dor no joelho – tratava-se, afinal, de um assalto à mão armada e não de um concurso de beleza nem de um bar para solteiros.

Com outro ligeiro movimento da arma, fez sinal para que ele caminhasse para o fundo da loja, onde quatro pessoas estavam deitadas de bruços no chão, os corpos alinhados lado a lado – uma cena que o deixou sem fôlego até verificar que estavam todos respirando: estavam vivos e não havia sinais de violência. Notou que todos tinham as cabeças viradas para a esquerda, provavelmente para que não pudessem ver os rostos uns dos outros e se comunicarem, ou ver o que estava acontecendo atrás deles. Presumiu que seria o quinto corpo a ser alinhado com os demais. Não se importava com o desconforto, mas receava que se ela exigisse que se levantasse bruscamente poderia agravar o estado do seu joelho acometido ele mesmo não sabia de quê, e isso significava que na manhã seguinte teria de fazer a defesa oral do acusado sob intensa dor ou, pior ainda, exausto e com a mente toldada pelo efeito de analgésicos.

Ao se aproximar da fila horizontal de reféns – uma caixa gorducha, meninota de uns dezoito anos, e três fregueses: um homem de trinta e poucos anos num uniforme verde de trabalho, uma adolescente de cabelos castanhos em trajes que deviam ter sido adquiridos num brechó; e um rapaz de pouco mais de vinte anos, corpulento, de jeans e jaqueta preta de couro, muito provavelmente o dono da moto –, ficou admirado por não ver sinais dos cúmplices da mulher. A menos que estivesse assaltando a loja sozinha, embora isso parecesse praticamente impossível, o jeito de quem está esperando deixava claro que estava dando cobertura a alguém.

Ela andava de lado na frente dele, observando-o cuidadosamente, com a arma apontada para a barriga dele. Parou e, como ele esperava, fez um gesto indicando que ele também devia deitar-se no chão na mesma posição dos outros. Ele acenou com a cabeça, tentou sorrir, esticou as mãos com as palmas para cima, para deixar absolutamente claro que não constituía nenhuma ameaça. Sentia-se ridículo, embora seu coração batesse descompassadamente e o medo tivesse paralisado seu peito. Abaixou-se com todo o cuidado, praticamente afastando a intenção de proteger o joelho, não só pelo embaraço que isso acarretaria como pelo perigo de que sua lerdeza pudesse provocar uma reação impaciente da parte dela.

Porque não abusar da sua paciência se tornara o principal objetivo da vida dele, do futuro com que ainda contava, nada de preocupações com a dor crônica no joelho, e com certeza nenhuma idéia absurda de preservar sua capacidade de argumentação num tribunal ao qual muito provavelmente só conseguiria chegar a tempo de tomar conhecimento do fato consumado – se é que lá chegaria.

Por mais que temesse o pânico, sabia que tinha de admitir a possibilidade de que aquilo pudesse acabar mal, não ignorava que pessoas alinhadas no chão daquela maneira às vezes eram eliminadas com um tiro na nuca como forma de abrir caminho para uma fuga e complicar a perseguição subseqüente.

Deitado no chão empoçado com água da chuva em torno dele, o rosto encostado no piso frio e sujo – duvidava que tivesse sido lavado recentemente –, tentou ordenar seus pensamentos dispersos. Como agir numa situação como aquela, subjugado, impotente, à mercê de gente cujas mentes e cujos motivos eram-lhe completamente desconhecidos? Passara toda a vida lidando com pessoas capazes de fazer coisas como aquela, defendendo-as na justiça, até uma que fizera exatamente a mesma coisa – o motorista de uma quadrilha de ladrões de lojas de conveniência, um dos quais, não seu cliente, enlouquecera certa vez e deixara quatro pessoas com furos nas nucas e muito pouca coisa nas testas e faces. Mas em todo esse contato, em todo o rigoroso e indispensável levantamento das histórias, influências e motivos, não conseguiu pinçar qualquer *insight* da motivação dessas pessoas que lhe pudesse ser útil na situação em que se encontrava no momento, qualquer indicação do que pudesse dizer ou fazer para aumentar suas chances de sobrevivência.

Relâmpagos e trovões pontuavam o mundo do lado de fora da loja. Ouviu pisadas fortes, uma voz áspera de homem.

– Algum problema?

A pergunta não teve resposta. Visualizou a mulher sacudindo a cabeça e dizendo: tudo ok. Ou acenando-a na sua direção, apontando-o com o cano da arma para enfatizar, para que seu cúmplice soubesse que havia mais um deitado no chão.

Ouviu então o barulho de movimentos atrás dele, e a voz de uma mulher jovem – a caixa ou a freguesa adolescente.

– Por favor, moço, deixa a gente ir embora. Não vamos contar nada.

– Onde está o dinheiro? Não encontrei nada. – Devia ser, portanto, a caixa.

A princípio não houve resposta, mas logo em seguida.

– Por favor, moço. O gerente deve ter levado. Ele esteve aqui pouco antes para conferir a féria...

– Então isso é tudo, sua gorda de merda?

– Por favor, moço...

A voz aguda e desesperada foi abafada pelo súbito estampido de uma arma de fogo e um grito que encobriram o que poderia ter sido o barulho surdo de um impacto seguido de soluços – da freguesa adolescente –, e com os soluços palavras incoerentes de súplica.

– Eu não, não me mate, não quero morrer...

– Cala a boca! – rosnou o pistoleiro e ouviu-se outro tiro, e no bojo da reverberação uma fímbria extra de som, um som horroroso ao mesmo tempo sólido e líquido cuja causa exata ele não fez questão de saber.

Um uivo de homem, algo entre um grito e um berro lancinante, e em seguida um rumor de luta. Alguém lhe deu um pontapé ao passar por cima dele, e novamente a voz áspera do pistoleiro:

– Pare! – Ele viu o operário dar uma corrida e logo se ouviu um tiro. O homem tropeçou, e outro tiro o atingiu quando ele estava caindo.

Barulhos estridentes de um conflito. Rolou o corpo rapidamente e viu a mulher na expectativa pouco adiante, o pânico estampado no rosto enquanto observava o motociclista engalfinhar-se com um homem que só podia ser o pistoleiro, seu cúmplice, os dois tentando se apoderar de uma grande pistola prateada.

Levantou-se, não tomando conhecimento da dor no joelho, e jogou-se na direção da mulher, caindo em cima dela, tateando em volta à procura da arma que ela empunhava, enquanto se debatia sob o peso dele e procurava afastá-lo. Ele só tinha olhos para a arma, não havia mais nada no seu universo, nem o motociclista nem o pistoleiro nem as coisas horripilantes que jaziam no chão, somente a arma, que abruptamente veio ter às suas mãos, a mulher recuou ao mesmo tempo em que o pistoleiro se desvencilhava do motociclista e atirava repetidamente enquanto o corpo do motociclista corcoveava sob o impacto das balas.

Estava com a arma sob controle na sua mão, puxando o gatilho em vão, apertando-o com mais força, como se isso adiantasse alguma coisa. O pistoleiro começou a avançar na sua direção...

Desesperado, puxou o cursor, que deslizou suavemente para trás, voltando à sua posição automaticamente depois de injetar uma bala na câmara. Com o cão da arma levantado, segurando-a com ambas as mãos, os braços estendidos, apontou-a para o pistoleiro; não ouviu os gritos da mulher quando apertou o gatilho, procurando manter a arma firme contra o coice; ignorando a dor no joelho, viu as flores vermelhas se ampliarem na estampa de uma camiseta suja de uma corrida de calhambeques enquanto o pistoleiro dava os mesmos passos de dança que impusera ao motociclista, caindo finalmente no chão.

Seus ouvidos zumbiam. Não conseguia ouvir nada. Seu joelho era só dor, assim como toda a sua perna e todo o seu lado. Virou-se devagar para encarar a mulher, com a arma ainda apertada na mão de juntas exangues e dedos trêmulos. Ela continuava parada, com os olhos escuros perplexos.

Olhando para ela viu o rosto, cada momento inevitável – o julgamento e a condenação, a sentença pelas mortes da caixa e dos fregueses, da mesma forma que o motorista que defendera certa vez tinha sido condenado como assassino, embora não tivesse saído do carro. Outras imagens se misturavam – um desocupado executado por ter matado um homem que jurava nunca ter visto, um zelador analfabeto cujo advogado compareceu bêbado a todas as sessões de um julgamento por crime de morte que acabou em três dias...

A chuva continuava fustigando a fachada de vidro da loja, despencando de um céu assustadoramente negro. Divisou na linha do horizonte uma estreita e brilhante faixa azul pálido e luminoso branco. Baixou a arma.

A mulher permanecia imóvel.

Ele esperou, com a arma voltada para o chão ensangüentado.

Finalmente, com exasperante lentidão, ela deu um passo de lado. Depois outro. Sem olhar diretamente para ele, com os ombros tremendo de medo do que ele poderia fazer.

Fechou os olhos momentaneamente, esmagado por uma exaustão tão grande que, por incrível que pareça, eliminou a dor de sua perna. Abriu-os e a viu na metade do corredor, andando mais depressa agora, concentrada no seu objetivo. Um pouco antes de chegar à porta virou-se para trás e olhou para ele – lançando um olhar tão desamparado quanto o que se lembrava de ter visto no ônibus – e depois abriu a porta, enfrentando a chuva.

Seu joelho vergou. Ia caindo, mas apoiou-se nas prateleiras ao seu alcance, espalhando no chão comprimidos de aspirina e o conteúdo de embalagens de cereais para o café da manhã. Firmou-se e foi-se deixando escorregar até sentar-se. Colocou a arma no chão e recostou-se para esperar a polícia.

Tom Moran é um advogado-herói no molde clássico: raciocínio ágil, brilhante retórica e a extraordinária capacidade de arrancar tudo o que quer das testemunhas com seus devastadores interrogatórios — mesmo em circunstâncias extremamente estressantes. Neste conto, Lisa Scottoline lembra-nos que os advogados também são seres humanos — mais ou menos.

CARGA OCULTA
Lisa Scottoline

Eram quase sete horas da manhã e o promotor público assistente Tom Moran estava atrasado para o tribunal. Barbeou-se temerariamente rápido, enfiou às pressas as calças e o paletó do terno listrado, ensaiando o tempo todo as perguntas que iria fazer no seu interrogatório. Se Tom não dobrasse a testemunha naquele dia, certamente perderia o caso. Ajustou as calças e lançou-se escada abaixo com a gravata esvoaçando atrás dele.

Tom aterrissou no piso de madeira e, sem perder o embalo, pegou sua pasta no assoalho como se fosse um bastão de beisebol na marca final. Tinha aperfeiçoado sua pegada na Escola Preparatória São José e ainda ouvia o brado da torcida frenética. Mas Tom logo se deu conta de que não era a torcida ensandecida que estava ouvindo, e sim uma das gêmeas se esgoelando na cozinha. Com apenas três meses, os bebês choravam muito. *Reflexo gástrico* era o que Marie dizia, mas ele achava que essas duas palavras nunca deveriam aparecer juntas.

Parou em frente à porta da rua, já com a mão na maçaneta. O choro que vinha da cozinha aumentara de intensidade. Tom conferiu o relógio. 7:12. Sentiu-se cheio de culpa. Tinha trabalhado a noite toda no escritório, e Marie ficara sozinha com as gêmeas. Não podia sair sem ir ver como estava sua cara-metade. Tom deixou a pasta num canto e correu para a cozinha, onde ficou estarrecido. Marie estava dormindo em pé, ninando a criança nos braços.

– Querida, acorde!

As pálpebras de Marie abriram-se preguiçosamente.

– Vocês têm em azul-marinho? – ela perguntou, sonolenta.

— Marie, acorde, acorde! — Tom cruzou a cozinha apressadamente e pegou no colo a criança chorona. Era Ashley, o favorito dos bebês, embora Marie o tivesse feito jurar que não teria favoritos. — Você estava dormindo.

— Não, estava fazendo compras — ela disse. Marie apoiou-se no balcão da cozinha, com olheiras profundas em torno dos olhos azuis e os cabelos louros despenteados. Ainda não perdera o excesso de peso que ganhara com a gravidez e usava um roupão de chenile folgado por cima de uma camiseta. Não era a garota com quem se casara, mas Tom era um cara bastante sensível para esperar que pudesse ser diferente. Contudo, seria bom voltarem a fazer sexo.

— Sente-se, você está exausta. Conseguiu dormir um pouco à noite?

— Estou bem. Acredite. Dormi um pouquinho. No duro. — Marie deixou-se cair numa cadeira, esbarrando na mesa da cozinha. Duas chupetas cor-de-rosa balançaram no tampo de pinho e uma garrafa de plástico vazia rolou para o chão. No meio da mesa, como se fosse um arranjo de centro humano, estava o outro bebê, Brittany, cochilando tranqüilamente a despeito de todo o escarcéu, numa cadeirinha acolchoada de bebê. Marie passou os dedos carinhosamente pelos cabelos da menina. — O resfriado de Ashley está piorando, ela está tossindo e respirando com dificuldade. Apliquei-lhe o nebulizador três vezes durante a noite.

— Que é um nebulizador?

— Aquela coisa ali — disse Marie, apontando para um aparelho acinzentado no balcão. Um tubo de plástico claro saía serpenteando do aparelho, e na extremidade do tubo havia uma pequena concha também de plástico como uma máscara de oxigênio de boneca. — Peguei com o pediatra, mas não adiantou nada. Tenho de levá-la novamente, e o pediatra estará amanhã no seu consultório de Cherry Hill. Quero dizer, hoje.

— Cherry Hill? — Tom teve pena dela. — Como é que você vai poder se abalar daqui pra Cherry Hill com dois bebês? Você não tem a menor condição. Está simplesmente esgotada.

— Eu me viro. Pode deixar. Ashley não chega a ser um problema. Posso arranjar alguém para ficar com a Brittany.
— Sua mãe não poderia quebrar o galho?
— Numa terça-feira? Dia de ela jogar golfe?
Tom mordeu a língua. A vaca da mãe dela! Santa Teresa do Perpétuo Cigarro.
— E sua irmã?
— Viajou.
— Novamente? — Era sempre assim. Sua cunhada nunca estava à mão, a não ser quando era para pedir dinheiro emprestado. Sem-vergonha! Tom procurou embalar Ashley, mas tremeu nas bases com o berreiro. O bebê chorava tão alto que ele nem conseguia concatenar os pensamentos. — Gostaria de poder ajudá-la — disse Tom, e subitamente Marie olhou para ele com olhos derretidos, cheios de adoração. Era assim que costumava olhar para ele, nos tempos em que ainda faziam amor.
— Você poderia? — Marie perguntou com um sorriso de alívio. — Mas você está com um caso em julgamento.
— O quê? — Tom perguntou, confuso. Ashley estava chorando a todo pano e ele ainda estava pensando em sexo.
— Tom, como é que você vai poder tomar conta de Brittany se tem de estar no tribunal?
— Tomar conta *de quem*?
— De Brittany. — Marie continuava olhando para ele com expressão apaixonada, e Tom engoliu em seco.
— *Eu tomar conta de Brittany?*
— Julguei que tinha sido isso o que você disse. — A expressão amorosa de Marie caiu como uma máscara. — Que ficaria com a Brittany para que eu pudesse levar Ashley ao pediatra. Não foi isso o que você disse?
O quê? Ela estaria maluca?
— Certo. Perfeitamente. Claro. — Como Tom poderia dizer não? Não tinha tempo para pensar no assunto. Precisava bolar alguma coisa. Havia 34.350 secretárias na Promotoria Pública. Uma delas tinha de estar amamentando.

— Que gesto maravilhoso da sua parte, Tom! Não sei o que dizer. Tem certeza de que pode fazer isso?

— Não se preocupe. Não é problema. Nada é problema. — Tom sentiu-se mal. Não queria pensar no tempo que uma criança de colo acrescentaria à sua viagem até o centro da cidade. Perderia no mínimo uma hora, amarrando-a como um pára-quedista no banco do carro.

— Mas hoje é o dia do seu grande caso no tribunal, não é verdade?

— Não se preocupe, cuide de Ashley. Estou atrasado. Tenho que ir embora — disse Tom, entregando Ashley a Marie e soltando Brittany da sua cadeirinha de bebê. Sua cabecinha tombou para um dos lados e seus pezinhos descalços penderam da manta cor-de-rosa. Ergueu-a, acomodou-a contra o ombro e beijou a mulher no rosto.

— Será que estou praticando algum ato de heroísmo ou coisa parecida?

— Leve a bolsa das fraldas.

— Heróis não precisam de bolsas de fraldas — disse Tom, saindo precipitadamente da cozinha com o bebê no colo, procurando proteger o terno da baba da criança.

— Pegue meu carro! — Marie gritou para ele. — As chaves estão na mesa do hall.

— Falou! — Tom respondeu, e dirigiu-se para o hall, flexionando o corpo para apanhar a pasta e as chaves de Marie. Abriu a porta e saiu para o sol, correndo meio curvado para proteger a cabeça de Brittany. Por sorte era uma amena manhã de primavera, e Brittany estava bem agasalhada na sua manta cor-de-rosa.

Tom deu uma corrida pelo gramado em direção ao enorme Ford Expedition de Marie, o único veículo maior do que a casa deles, abriu a porta e jogou sua pasta dentro. Colocou cuidadosamente o bebê na cadeirinha encaixada no encosto do assento do passageiro virada para trás. A cabeça da menina pendeu ligeiramente; ela, porém, não abriu os olhos enquanto ele se atrapalhava todo com as tiras e alças, acabando por amarrá-las com um nó. Não tinha tempo para maiores elaborações.

Tom instalou-se ao lado do bebê, ligou a ignição e arrancou, deixando a entrada para carros com a mão na barriga de Brittany. Seu peito minúsculo arfava com tranqüilizante regularidade. Sua manta felpuda dava uma sensação de quentura e maciez. Ela cheirava a leite e doçura. Dormia a sono solto, como um bebê.

Tom sorriu. Ia ser uma barbada.

— BUABUABUÁ! — Brittany abriu o berreiro, e um Tom Moran em pânico parou o carro numa zona de estacionamento proibido, sujeito a reboque, em frente à Promotoria Pública. — BUABUABUÁ! — Ondas de choque ecoaram no interior do Ford, reverberando no pára-brisa e nas paredes. Tom pensou que seus tímpanos iam explodir.

— Não chore, queridinha — ele disse, pelejando para desfazer o nó que dera nos tirantes que prendiam a cadeirinha ao encosto do banco. Seus dedos tremiam. Seu crânio latejava. Seu cérebro doía. — Está tudo ok, meu bem, fique quietinha; por favor, quietinha. — Tom não ouvia a própria voz, mas notou pelo espelho retrovisor que os seus lábios se moviam.

— BUABUABUÁ! — Ela fechou os olhinhos. Seu rostinho ficou perigosamente vermelho. Sua boca era uma trombeta tonitruante, soando como o clarim do anjo Gabriel.

Tom começou a suar abundantemente. Olhou o relógio digital do carro: 8:21. Tinha de estar no tribunal às 9:00. Não podia entrar no gabinete histérico daquela maneira. O que um advogado podia fazer naquelas circunstâncias?

— BUABUÁ!

Tom olhou freneticamente em volta à procura de alguma coisa. Será que não havia algo que pudesse distraí-la? Brinquedos de bebê, argolas de plástico, coisas que fizessem barulho. Tom procurou por toda parte, tapando os ouvidos com as mãos. Nada. Que diabo! Marie também não precisava ser tão arrumada assim. Seus olhos bateram na ignição. Chaves! Os bebês adoravam suas chaves Fisher-Price. Tom arrancou-as da ignição e começou a balançá-las na frente do rosto de Brittany como um móbile da Pep Boys.

– Chaves! Chaves, Brit! – ele repetia incessantemente.

– BUÁ! – O bebê continuava chorando, e Tom balançou as chaves com mais força.

– Chaves! Olhe só, Brit! Chaves! Você adora chaves! Veja como estas são bacanas! Não são uma porcaria qualquer.

– BUÁ! – Não havia meios de Brittany parar de chorar, mas já não o fazia com o mesmo empenho. Olhava para as chaves com os olhos marejados de lágrimas não derramadas.

– Olhe só! Chaves de verdade! Estoque limitado! Faça o seu pedido agora! – Tom chocalhou as chaves, e finalmente o bebê estendeu a mão para elas, como se fosse um gatinho brincando com uma bola. – Isso! – Tom exclamou, entregando-lhe as chaves. Ela fez beicinho quando não conseguiu segurá-las, inteiramente absorvida pela ingente tarefa. Tom enfiou o dedo do bebê na argola do chaveiro, e ele parou de chorar tão depressa quanto tinha começado. – Obrigado, Senhor – disse Tom, aliviado.

Tirou Brittany da cadeirinha, pegou a pasta e saltou do carro. Não se deu ao trabalho de trancá-lo, não podia arriscar-se a tirar as chaves de Brittany. Os punks que roubassem o carro, os guardas que o rebocassem. Ele era um só. Tom rodopiou pela porta giratória, com o bebê no colo, e ouviu a esperada reação de espanto de Luz Diaz, a estonteante recepcionista.

– Um bebê! Você trouxe um dos bebês! – ela disse, alvoroçada, entreabrindo os lábios pintados, obviamente encantada. Luz tinha cabelos negros crespos e lustrosos, e um corpo esculturial que nunca engravidara. A razão, sem dúvida, do seu entusiasmo ao ver um bebê.

– Luz, esta aqui é a Brittany! Diga olá para ela! – Tom atravessou apressadamente a recepção já cheia de gente àquela hora e depositou Brittany nos braços de uma Luz estupefata. Possessão era nove décimos da lei.

– Oh, que gracinha, ela é tão bonitinha! – Luz sorriu para a coisinha fofa enrolada na manta cor-de-rosa e ficou abismada. – Tom, ela está comendo as chaves do carro.

– Ela adora chaves de carro. – Tom olhou o grande relógio de parede. Seus ponteiros marcavam 8:29. – Não toque nas chaves dela.

– Mas ela está com as chaves na boca – disse Luz, horrorizada, e Tom lançou um olhar para a menina. Brittany estava chupando a chave de ignição. E daí? Quando ele era criança, comia minhocas.

– Escute aqui, Luz. Preciso que você me ajude. Tenho de ir para o tribunal e quero que você tome conta de Brittany. Somente hoje.

– Como é que é? – Luz olhou para Tom como se ele tivesse pirado. – Estou de serviço aqui na recepção. Não posso fazer isso.

– Então entregue-a a quem possa.

– Quem?

– Alguém de sua confiança. Uma das outras secretárias. Menos a Janine. – Tom sabia o que se dizia dela. Era voz corrente que guardava objetos pornográficos na gaveta.

– Não posso fazer isso. – Luz devolveu Brittany aos braços de Tom. – Preciso deste emprego, não posso perdê-lo. Peça a uma das garotas da sua unidade, lá em cima.

– Tudo bem. De qualquer maneira, obrigado. – Ele deixou afobadamente a recepção e embarafustou-se pelo corredor, cruzando com seus colegas que se encaminhavam para o tribunal, na direção oposta, sem crianças no colo.

– Moran, você não devia estar julgando *Ranelle*? – perguntou Stan Kullman, ao passar por ele, sobraçando duas pastas com autos do processo referentes ao julgamento.

– Estou em todas – respondeu Tom, a caminho da escada. Talvez uma das moças da sua Unidade de Julgamentos Extraordinários pudesse ajudar. Sua secretária estava de férias naquela semana, pois ele estava atuando no tribunal. Tom subiu os degraus da escada de dois em dois, protegendo a cabeça de Brittany com a mão em concha. Ela começava a choramingar novamente. Não ouviu mais o tilintar das chaves. Só Deus sabe onde estariam.

Tom chegou ao segundo andar e passou rapidamente pelas mesas vazias das secretárias. Estavam todas na cantina, onde ele também estaria se não tivesse de julgar um crime de morte e descarregar um bebê. Tom virou à esquerda, entrando numa sala acanhada com forte aroma de café misturado a perfume.

– É uma menina! – Tom anunciou ao grupo, que logo cercou Brittany, com embevecimento.

– Ela é tão pequenina! – disse Rachel.
– Tão fofinha! – disse Sandy.
– Tão boazinha! – disse Franca.

– É o melhor bebê do mundo – disse Tom, sorrindo. – É pequenina, uma gracinha, um anjinho. Dorme muito. Adora chaves. Uma de vocês não poderia tomar conta dela hoje?

As secretárias olharam para Tom como se ele tivesse ficado biruta.

– Tom, nós *trabalhamos* aqui – disse Rachel. Ela era uma mulher de mais idade, e sua voz era ao mesmo tempo amável e enérgica. – Simplesmente não podemos deixar de lado nossas obrigações para cuidar da neném durante o expediente.

– Talvez vocês pudessem se revezar, tocando uma hora para cada uma. Eu pago, juro. A cada uma de vocês. Hora extra.

Rachel sacudiu a cabeça grisalha.

– Ela é um bebê, Tom. Precisa de atenção permanente. Não posso bater à máquina com ela no colo, você sabe muito bem. – Atrás dela, Sandy, Franca e Judy acenaram com a cabeça, concordando. Tom entrou em pânico. Estavam todas se recusando a ajudá-lo.

– Trata-se de uma emergência. Preciso de ajuda, e ela não dá nenhum trabalho. Ela dorme o tempo todo. Quer dizer, bastante.

– Meu chefe está viajando – disse uma voz no fundo, e o coração de Tom encheu-se de esperança.

– Quem foi que falou? – ele perguntou na ponta dos pés, e o grupo se dispersou, revelando uma minissaia de couro preto e um par de sapatos com saltos agulha. Janine. Nossa Senhora das Algemas! A boca de Tom ficou seca. Ele a olhou de alto a baixo. – Oh, não, obrigado. Talvez eu mesmo dê um jeito – ele disse, e saiu voando da cantina.

Brittany choramingou enquanto Tom corria desabaladamente pelo corredor, com a cabeça a mil. O relógio de parede era um borrão,

8:42. Tom tinha de pensar em alguma coisa rapidamente. Enfiou-se no escritório, fechou a porta com o calcanhar, jogou a pasta no chão e acomodou Brittany em cima de uma pilha macia de correspondência. Foi aí que sentiu o cheiro. Cocô de bebê. Não era à toa que Brittany estava reclamando. Estava de cocô até os joelhos. Agora ela podia ter uma idéia do que era ser promotor público assistente.

Tom abriu o fecho da manta e puxou os pezinhos dela para fora, expondo a fralda Pampers. A fedentina era de morte e a visão, cruel e inusitada. Brittany precisava de fraldas e roupas limpas. Tom enfiou a mão na sacola de fraldas, mas não havia nenhuma.

– Deus me ajude! – murmurou, mas não teve tempo para pensar, somente para reagir.

Tom retirou a fralda e a manta borradas, arrancou umas folhas de um bloco de papel para limpar a criança, fez uma bola da sujeira e jogou-a na cesta. Brittany, rechonchuda que nem um querubim, agitou os pezinhos e acalmou-se instantaneamente, o que por pouco a tornou sua nova favorita.

Mas o bebê estava nu. Como Tom poderia pegar um bebê nu, e ainda um pouco pegajoso? Precisava urgentemente de uma fralda. Tinha que improvisar uma. Apanhou uma moção de repressão, que não servia mesmo para coisa alguma, e rasgou-a ao comprido em quatro tiras. Pegou uma das tiras e colocou-a entre as pernas do bebê como se fosse uma tanga.

– Bem, é uma cuequinha, né? – disse a Brittany, que sorriu como se tivesse entendido.

Mas como prender a fralda? Um elástico não serviria, seria muito pequeno. Eureca! Apelou para um rolo de fita adesiva, arrancou um bom pedaço, e passou-o em volta da cintura de Brittany. Ela esperneou alegremente durante todo o processo e depois tremeu visivelmente.

– Está com frio, filhinha? – Tom perguntou, preocupado. Não havia nada para agasalhar as pernas do bebê.

Tom não pensou duas vezes, descalçou os sapatos, tirou as meias pretas, e enfiou uma na perna esquerda e a outra na perna direita de

Brittany. Em seguida grampeou as meias na fralda de papel e olhou para seu relógio de mesa: 8:47.

O edifício do tribunal ficava uns quinze minutos distante. O suor pingava do rosto de Tom, e Brittany remexia-se em cima da pilha de correspondência, fazendo suas fraldas legais estalarem. Seu rostinho contraiu-se, e a boca abriu-se e fechou-se como a de um cachorrinho. Epa! Tom sabia o que aquilo significava. Ela estava com fome.

Droga! Certas coisas não podiam ser improvisadas. Amamentar era uma delas. Tom pensou um minuto. Brittany ainda era muito pequena para ingerir alimentos sólidos. O único líquido à mão era Half & Half. Não servia. O que Marie costumava dar quando não podia amamentar? Chá. Tom era um bebedor de chá inveterado. Chá era o que nunca faltava no seu escritório.

Remexeu umas coisas atrás de sua escrivaninha, colocando um pouco d'água de uma jarra de plástico num copo de isopor, e mergulhando no copo uma espiral elétrica juntamente com um saquinho de chá Lipton. Tom calçou os sapatos quando o ponteiro do relógio pulou para 9:01. *Rápido, anda logo!* Testou a temperatura da água com a ponta do dedo. Não estava nem muito quente nem muito fria. Perfeito!

Tom retirou a espiral e o saco de chá da infusão e correu com a beberagem para Brittany, cujos lábios comprimidos sugavam o ar. Suspendeu o bebê, ergueu o copo e deteve-se abruptamente. O que lhe teria passado pela cabeça? Tom tinha alimentado as gêmeas vezes sem conta, mais do que o suficiente para saber que elas ainda não bebiam diretamente de um recipiente, fosse ele qual fosse. Hum! Outra charada, mas Tom tinha sido um charadista de mão cheia nos seus bons dias.

– É isso aí – ele disse. – Pegou um canudo de plástico marrom que encontrou em cima de sua mesa, limpou-o na calça, e imergiu-o no chá. Apertou o dedo no orifício superior até o canudo ficar cheio e aproximou-o da boca de Brittany, aninhada no seu braço.

– Beba, queridinha – disse Tom, retirando o dedo do orifício do canudo e deixando o chá pingar na boca do bebê. O rostinho da menina contorceu-se quase imediatamente e pareceu que ela ia chorar, mas seus lábios sugaram avidamente o canudo como se fosse o bico de uma mamadeira.

– Essa é a minha garota! – disse Tom embevecido, enchendo novamente o canudo e deixando o conteúdo pingar na boca do bebê. Ela o sugou gulosamente, e ele já ia reabastecer o canudo pela terceira vez quando o telefone tocou. Tom deixou que ele tocasse, mas depois reconsiderou. Talvez fosse uma das secretárias arrependida do seu excesso de zelo profissional. Apertou o botão do aparelho.

– Moran, você está aí? – bradou uma voz de homem poderosa. Tom deu um pulo, derramando o chá em cima das fraldas improvisadas de Brittany. Bill Masterson, o próprio promotor público, é quem estava ao telefone. *Jesus, Maria, José!* Tom teria se jogado de joelhos mas precisava alimentar um bebê. – Moran, você está me ouvindo? – Masterson trovejou.

– Sim... senhor.

– Está no seu gabinete, Moran?

– Estou, sim senhor.

– Que diabo está fazendo aí? Não tinha nada de estar aí. Tinha de estar no tribunal. Que merda é essa, Moran?

– Tive, uh, de vir apanhar umas provas.

– Não me interessa. Não consigo compreender. Você está escalado para julgar o caso, mas permanece tranqüilamente no seu gabinete. Eu estou no tribunal e você não está aqui!

– O senhor *está* no tribunal?

– Estou aqui, mas você continua aí no seu gabinete. Por que isso sempre acontece com você, Moran?

– Irei imediatamente para aí.

– Que merda você está fazendo aí no seu gabinete? Você tinha obrigação de estar no tribunal, não no seu gabinete. Não estou atuando no caso, mas já estou aqui no tribunal. E você que o está julgando está no seu gabinete. Não consigo entender. Será que você consegue, Moran? Por quê?

– Estou indo, senhor.

— É foda, Moran! — disse Masterson sem maiores elaborações e desligou.

Tom desligou o telefone em pânico. Masterson ia assistir ao julgamento naquele dia. Cacilda! Tom tinha de ir voando para o tribunal. Olhou, impotente, para Brittany, aninhada numa manjedoura de correspondência, protegida com meias pretas e fraldas de papel improvisadas. Não podia deixá-la ali. Não podia tampouco entregá-la a qualquer um. Era seu pai. Ela balbuciava, contente, com a barriguinha temporariamente cheia.

Só havia uma saída.

Tom encaminhou-se para a área de recepção, carregando a pasta numa das mãos e uma grande bolsa preta na outra. A bolsa do advogado era tão grande quanto a bolsa-mostruário de um vendedor, analogia não de todo descabida, estava acolchoada com pedaços de papel rasgado, e revelara-se um berço espaçoso para Brittany, que dormia alheia a tudo. Um observador mais atento teria percebido buracos de ventilação na parte superior da bolsa, mas nenhuma das pessoas sentadas na sala de espera era suficientemente observadora. Afinal, eram testemunhas da comunidade. Só eram capazes de ver o que lhes diziam para ver.

— Tom, onde está o bebê? — perguntou Luz, quando ele passou por ela.

— Tudo resolvido — ele respondeu. — Saiu pela porta giratória e chegou à calçada a tempo de ver o Ford Expedition de Marie ser rebocado. Tom fechou os olhos numa oração, depois deu de ombros resignadamente. De qualquer maneira tinha perdido as chaves do carro. Fez sinal para um táxi.

Um táxi da Yellow Cab parou. Tom embarcou com sua bagagem.

— Centro de Justiça Criminal — disse, fechando a porta.

— Nhen-nhen — o som partiu da bolsa preta.

— O que foi isso? — perguntou o motorista. Era um homem de certa idade, atarracado, precisando fazer a barba, com um boné sujo de um time de beisebol (Phillies) enfiado na cabeça.

– Nada.

– Ouvi qualquer coisa, como se fosse um chiado.

– Devem ser os meus sapatos, são novos – disse Tom, sabendo que o ruído se repetiria. Brittany não ficaria quietinha o dia todo dentro da bolsa. Mas Tom era um pai experiente, sabia o que tinha de fazer. – Pare ali adiante naquela loja e espere por mim – disse, apontando, e o táxi parou junto ao meio-fio.

Tom saltou com a bolsa preta e entrou na loja, esbaforido, olhando o relógio: 9:11. Onde é que fica a merda da prateleira? Fez um esforço de memória. Tratava-se de uma cadeia de lojas, e a disposição dos corredores era a mesma em todas elas. Foi direto ao 4D, apanhou a mercadoria na prateleira e dirigiu-se à caixa, pagando com uma nota de dez dólares.

– Pode ficar com o troco.

– Nhen-nhen – reclamou a criaturinha dentro da bolsa. E os dois saíram às pressas da loja.

Tom voltou para o táxi, depositou a bolsa no chão, soltou seus fechos de metal, e retirou Brittany da bolsa. Ela saiu contorcendo-se, dando a impressão de estar com cólica. Tom agiu na hora certa.

– Seus sapatos, né? – disse o motorista com ironia.

– Não é o que pode estar parecendo.

– Tá na cara que é.

– Chega de conversa e vamos em frente.

O táxi arrancou, e Tom pôs o bebê no colo. Pegou a bolsa para apanhar a compra que fizera, rompeu o invólucro de celofane com os dentes e rasgou o papelão da parte superior da embalagem. TYLENOL INFANTIL, dizia o rótulo cor-de-rosa, acrescentando embaixo: "Xarope – Gotas."

Tom rasgou o selo de segurança do vidro, e fez o mesmo com o pequeno conta-gotas anexo. Uma dose de Tylenol lhe asseguraria três horas de sono ininterrupto do bebê. Tom sentiu a consciência pesada, mas era uma necessidade. Não faria mal a ela, só a faria dormir. Com uma dose agora e outra na hora do almoço, Brittany só acordaria depois de o júri ter se decidido pela condenação do réu.

– Onde foi que descolou o bebê? – perguntou o motorista, olhando cautelosamente pelo espelho retrovisor.
– É meu.
– O que está fazendo com ele dentro dessa bolsa?
– Não é da sua conta.
– Nenhum homem é uma ilha, meu camarada.
– Fale comigo quando tiver gêmeos, professor. – Tom pegou o conta-gotas, enfiou-o no vidro e extraiu uma dose da poção sonífera cor-de-rosa. A marca da dosagem no conta-gotas indicava 8 mililitros, mas Tom não tinha a menor noção do que fosse um mililitro. Sabia apenas que aquela era a dosagem que Marie costumava dar à menina.
– O bebê está doente, o que ele tem? – perguntou o motorista, intrigado.
– Não, não está doente, está apenas um pouco sonolento.
– Não me parece.
– Mas está – Tom encerrou o papo categoricamente. Apertou o conta-gotas, e pingou o xarope com sabor cereja na boca do bebê. Brittany engoliu-o, aparentemente com muito prazer. – Isso é que é uma boa menina – disse Tom. Deu-lhe um beijo rápido e acomodou-a de volta na bolsa, exatamente quando o táxi parou em frente ao Centro de Justiça Criminal. Tom tirou uma nota de dez da carteira e deu-a ao motorista. – Fique com o troco – ele disse, mas o motorista devolveu-a, franzindo as sobrancelhas.
– É dinheiro sujo – ele rosnou. Tom jogou a nota no banco da frente e bateu a porta com força.

A calçada em frente ao Centro de Justiça Criminal estava cheia de policiais com seus uniformes azuis, conversando e fumando, aguardando a vez de testemunhar. Normalmente Tom sentia-se à vontade entre eles, mas agora que se tornara uma sinistra ameaça à integridade de crianças indefesas as coisas eram diferentes. Um dos policiais acenou para ele, e Tom respondeu com um gesto de cabeça nervoso, entrando apressadamente no prédio do tribunal com sua preciosa carga humana.

O saguão estava apinhado de gente, com longas filas em frente aos detectores de metais. O relógio do tribunal marcava 9:14. Oh, não! Estava atrasadíssimo. Tom furou a multidão o mais delicadamente possível. Se não se apresentasse imediatamente ao andar superior seria processado por desacato. Seria multado, demitido.

Apertou o passo e encaminhou-se para a entrada dos advogados no fim do balcão da segurança. Como bacharel, Tom não precisava passar pelo detector de metais nem pelo pessoal de segurança, que era a única maneira de entrar clandestinamente com sua filha na sala do tribunal. Nenhum guarda do esquema de segurança poderia prever hipótese tão estapafúrdia, provavelmente porque nenhum advogado seria tão desmiolado para tentá-la. Não é aconselhável superestimar os advogados.

Tom atravessou o piso de mármore em direção aos elevadores. Uma fila de ternos de paletó e colete aguardava em frente às modernas portas revestidas de latão, e Tom levou um tranco de um advogado de defesa.

– Ei, preste mais atenção – disse Tom.

– A culpa não foi minha – disse o advogado de defesa, e Tom virou as costas quando as portas do elevador se abriram. Para proteger sua carga, deixou que os outros entrassem primeiro na cabine, ficando para o fim. As portas se fecharam quase em cima do nariz de Tom, e ele pôde se ver de perto na face interna da porta espelhada. Um irlandês alto, esguio, de cabelos escuros alvoroçados, e olhos azuis parecendo tão culpados quanto os de um malfeitor carregando uma pasta com elementos materiais de prova e um malote de julgamento contendo um bebê. Que espécie de pai desnaturado ele era? Ocultando sua filha recém-nascida no fundo de uma bolsa, dopando-a com xarope de cereja? E ainda por cima tinha uma favorita. Tom tinha realmente muito o que confessar.

Ping! soou o elevador e Tom viu-se cercado por uma multidão ainda maior. Segundo andar, o caso *Ranelle*. Até então Tom pensava que esse caso é que era o seu "bebê". Abriu caminho por entre a chusma de repórteres, advogados, testemunhas e espectadores que não tinham conseguido lugares no sorteio da manhã. Numa das extremidades da turba destacava-se a figura impaciente de Masterson. O estômago de Tom manifestou-se. Suas mãos começaram a suar. Ia perder o caso, seu diploma seria cassado, e sua filha teria pesadelos para o resto da vida por ter estado um dia em confinamento na escuridão. Para completar, tinha perdido as chaves do carro de Marie. Tom estremeceu, apavorado.

– Elegantemente atrasado, hein, Moran? – Masterson saudou-o, procurando disfarçar a indignação. Tom até se sentiu aliviado com a reação fingida de Masterson, dirigindo-se ao chefe com naturalidade, como se estivesse num coquetel.

– Vamos? – disse Tom, com uma confiança artificial.

– Claro – disse o promotor público, surpreso, e Tom abriu caminho para a Sala de Julgamentos 206, driblando os repórteres e suas perguntas. Ele não fazia o tipo grandiloquente, o que significava que conseqüentemente não se firmaria como promotor público assistente. Tom era um desses indivíduos que se tornara promotor porque queria praticar o bem. Por incrível que pareça, ainda havia algumas pessoas assim no mundo.

– Algum comentário, dr. Moran? – os repórteres perguntaram com seus blocos de apontamentos em punho. – O que vai fazer hoje, Tom? – Qual é sua estratégia em relação a Hammer, dr. Moran? – Acredita que obterá uma condenação?

– Sem comentários – disse Tom, segurando a bolsa preta rente ao corpo. Nenhum dos repórteres pareceu ter percebido os furos de ventilação no malote.

– É claro que ele vai conseguir uma condenação, meus amigos – Masterson declarou bombasticamente, abrindo os braços enquanto os repórteres o cercavam. – Como podem ter dúvida de um de nossos mais competentes e brilhantes promotores assistentes?

Tom deixou-os para trás e entrou na sala do tribunal, onde o julgamento estava começando.

Tom detestava cada centímetro estéril da Sala de Julgamentos 206, idêntica a todas as outras salas de tribunal do novo Centro de Justiça

Criminal. Era imponente, moderna e espaçosa, com as paredes revestidas de tecido cinza, ampla tribuna, boxe para os jurados, e bancos de jacarandá reluzente para a galeria. Tom preferia as antigas salas de tribunal no palácio da Prefeitura, um velho e desconjuntado prédio vitoriano, com lampiões de bronze e radiadores empoeirados que chocalhavam. Tom gostava de que as coisas não se modificassem. Preferia que a missa ainda fosse celebrada em latim.

Ele se mexia, indócil na sua cadeira escorregadia na mesa da promotoria. A bolsa preta ressonava ao seu lado, e Tom protegia com a ponta do pé o lado em que repousava a cabeça do bebê. Já tinha decidido que não se afastaria muito da mesa durante seu interrogatório, mesmo que precisasse prejudicar os efeitos teatrais. O cerebelo de Brittany era mais importante. Tom tinha algumas prioridades.

Procurou se compor durante o exame das testemunhas feito pela defesa. Na confusão da manhã, o cuidadoso preparo de sua linha de argumentação na noite anterior foi por água abaixo e ele esquecera acidentalmente suas anotações embaixo de Brittany no malote do julgamento. Tom suspirou. Pelo menos o bebê estava dormindo. Fez força para se esquecer de Brittany e concentrar-se no exame direto da defesa.

– Está certo, trabalho meio expediente no estande de tiro – a testemunha estava dizendo. A testemunha, Elwood "Elvis" Fahey, era um punk de meia-tigela, de uma palidez de cocaína e cabelos pretos como azeviche. Tinha um aspecto esquelético no estande metido num blusão preto com as palavras SOMENTE SÓCIOS gravadas no bolso. Tom imaginou o clube de que Elvis poderia ser sócio, e fez uma anotação mental para jamais entrar para ele.

– O que o senhor faz no estande de tiro? – perguntou o advogado de defesa Dan Harrison. Harrison era um quarentão em forma, um pouco baixo mas elegante num terno bege italiano. Os advogados que defendiam traficantes de drogas sempre vestiam ternos italianos. Era uma espécie de marca registrada. SOMENTE PARA SÓCIOS ADVOGADOS.

– No estande de tiro? Faço a limpeza. Entrego os fones de ouvido, coisas desse tipo.

Harrison acenou com a cabeça.

— Trata-se de um emprego fixo, remunerado?

— É claro. Trabalho lá tem três anos. Três dias por semana. Regularmente.

— E o senhor conheceu o finado Guillermo Juarez no estande de tiro?

— Conheci. Ficamos amigos, eu e Chicken Bill.

Harrison estremeceu.

— Por "Chicken Bill" está se referindo ao finado Guillermo Juarez?

— Tô, Guillermo é o cara que abotoou o paletó — Elvis respondeu, com um riso alvar.

Os jurados não acharam nenhuma graça, embora não morressem de amores pelo falecido. Um grupo consciencioso de nove mulheres e três homens, o júri já tinha ouvido testemunhos de que Chicken Bill tinha sido um traficante de *crack*. Ninguém estava chorando sua morte, muito menos o acusado, James Ranelle, que ouvia calado, com o rosto dócil coberto de sardas e os cabelos cortados rente da cor de batatas coradas. Ranelle parecia mais um sacristão do que um traficante de drogas, mas Tom não se deixou enganar. Ele era um católico melhor do que a maioria.

— O senhor poderia nos dizer — continuou Harrison —, com suas próprias palavras, o que aconteceu a Chicken Bill na noite de 12 de agosto, por volta das onze horas da noite?

— Bem — começou Elvis, pegando o microfone como o seu homônimo. Ele vivia entrando e saindo da cadeia, e seus freqüentes comparecimentos às salas dos tribunais tinham-lhe dado certa cancha. — Ouvi um tiro no andar térreo, me levantei e desci a escada correndo.

— Onde o senhor estava no momento?

— No meu quarto, dormindo. Ouvi o barulho, desci a escada e encontrei um verdadeiro inferno. Tinha muita luz, chamas por toda parte. Vi fumaça. Senti cheiro de gasolina. Estava tudo alaranjado e muito quente. Vi logo que era um incêndio.

Tom anotou. O clube dos gênios.

– E o que os outros moradores da casa estavam fazendo?
– Estavam gritando, berrando, saindo pela porta da rua. – Elvis agitou os braços para emprestar mais dramaticidade ao relato. – Sammy e sua namorada Raytel, depois Jamal. Todos eles saíram correndo para não se queimar.
– Quando foi que o senhor avistou Chicken Bill?
– Assim que desci. Ele estava deitado no chão. Eu me aproximei para ver se ele estava bem, mas ele estava meio morto.
– E que fez o senhor quando viu Chicken Bill agonizando no chão?
– Levantei seu tronco e amparei ele nos meus braços.
– E disse alguma coisa a ele?
– É lógico. Perguntei: "Quem foi que ateou esse fogo, Chicken? Você viu quem foi que acendeu esse fogaréu?"
– E Chicken Bill lhe respondeu?
Tom levantou-se num pulo.
– Protesto, inconsistente, Meritíssimo – ele disse, e Harrison deu uma meia-volta estudada para a tribuna do juiz.
– Meritíssimo – Harrison argumentou –, acredito que esse depoimento se situe na exceção da declaração à beira da morte à regra do comentário inconsistente. Chicken Bill – o sr. Juarez – estava claramente *in extremis* na ocasião em que fez a declaração.
Uma declaração in extremis? Tom não podia acreditar no que estava ouvindo. Não ouvia falar num caso de declaração à beira da morte desde os tempos de faculdade. O argumento era tão absurdo que tudo o que Tom pôde dizer foi:
– *Uma declaração in extremis, Meritíssimo?*
– Uma declaração à beira da morte, dr. Harrison? – O juiz Amelio Canova repetiu, só que mais devagar. Canova era um homem baixote, lerdo, de seus sessenta e cinco anos, e sua cabeça calva emergia da toga como a de uma tartaruga, esticando o pescoço sobre os papéis.
– Sim, Meritíssimo – Harrison disse. – Nossos peritos estabeleceram ontem em seu depoimento a hora aproximada da morte, como Vossa Excelência se recorda. O sr. Juarez faleceu em conse-

qüência de queimaduras de terceiro grau cerca das onze horas da noite. Qualquer declaração que ele tenha feito à testemunha se enquadra perfeitamente nessa exceção consagrada à regra do simples boato, ouvir dizer.

O juiz Canova piscou os olhos com as pestanas pesadas.

— Aceito-a — ele disse, exausto, e Tom afundou na cadeira.

Harrison voltou-se para seu cliente.

— Vejamos: antes de ser interrompido pelo promotor, o senhor ia revelar ao júri o que Chicken Bill lhe disse pouco antes de morrer.

— Ia, sim. — Elvis empertigou-se em frente ao microfone. — Seguinte, Chicken quase não podia falar, sua garganta estava toda queimada, ele só conseguia sussurrar. Ele me disse: "Foi o Caubói Ron que fez isso comigo, Elvis. Foi ele quem provocou esse incêndio."

Os jurados reagiram, mexendo-se nas cadeiras e trocando olhares entre si. Eles não gostavam de Elvis, mas Tom sabia que teriam dificuldade de rejeitar completamente seu testemunho mais tarde. Elvis era a única testemunha, e a defesa tinha convocado uma bateria de peritos. Tom tinha visto testemunhas-peritos seduzirem até mesmo os júris mais qualificados.

O sangue de Tom ferveu. Ele sabia como o crime tinha ocorrido, só precisava prová-lo; Ranelle tinha posto fogo num ponto de *crack* concorrente, explorado por Chicken Bill. Chicken Bill havia morrido conforme planejado, e todo mundo tinha escapado vivo, inclusive Elvis, que imediatamente percebeu que a eliminação do seu amigo era a grande oportunidade de sua vida. Se Elvis ajudasse Ranelle a se safar da acusação que pesava sobre ele, conseguiria um novo emprego na organização de Ranelle. O teto de um homem é o chão de outro, mesmo numa boca de *crack*.

Harrison inclinou-se sobre o boxe da testemunha.

— O senhor sabia a quem Chicken Bill se referia como Caubói Ron?

— Sim. Ele estava se referindo a um cara que usava um chapéu de caubói, um chapéu marrom. Ele morava num quarteirão adiante.

– E, ao que o senhor saiba, esse tal de Caubói Ron é um traficante de drogas?

– É, tanto quanto sei, Caubói Ron era concorrente de Chicken Bill.

– Caubói Ron se encontra neste tribunal agora?

O olhar de mormaço de Elvis varreu a sala, só para constar.

– Não, senhor.

– O acusado James Ranelle também é conhecido como Caubói Ron?

– Não. O acusado não é Caubói Ron. Caubói Ron é outra pessoa. Caubói Ron não está aqui hoje.

– Compreendo. – Harrison desfilou devagar, com as sobrancelhas franzidas, na frente do boxe do júri. Fazia de conta que estava pensando, mas Tom sabia que ele estava apenas fazendo uma pausa para que o depoimento da testemunha criasse raízes. Harrison não tivera um único momento de sua vida que não houvesse sido previamente ensaiado. Isso o fazia um excelente advogado de defesa. – Não tenho mais nenhuma pergunta a fazer – disse Harrison. – Obrigado, Meritíssimo.

Tom levantou-se rapidamente.

– Se puder iniciar meu interrogatório, Excelência – ele disse, mas não concluiu a frase ao perceber o assessor jurídico murmurar alguma coisa no ouvido do juiz.

O juiz Canova olhou para baixo do alto de sua tribuna e acenou a mão enrugada.

– Ainda não, dr. Moran. Sente-se, por favor.

Tom voltou a acomodar-se na cadeira e olhou para Harrison, que parecia satisfeito na mesa da defesa. Qualquer interrupção só contribuiria para consolidar o testemunho como concreto.

– Senhoras e senhores do júri – o juiz Canova disse, voltando-se para eles –, por favor, desculpem-me por um ou dois minutos. Tenho de atender a um assunto urgente no meu gabinete, e como minha ausência será muito breve não vou molestá-los interrompendo o julgamento e reconvocando-os mais tarde. Por favor, fiquem conosco, como dizem na televisão. – Os jurados sorriram, e o juiz deixou a tribuna, se encaminhando para a porta lateral.

Os jurados se descontraíram quando o juiz se retirou da sala do tribunal, mas o mesmo não aconteceu com Tom. Enquanto eles estivessem no boxe, ele continuava no palco. Harrison virou-se para fingir que estava conversando com Ranelle, que se mantinha imperturbável como se fosse um candidato ao sacerdócio. Tom fazia força para se lembrar de sua linha de raciocínio da noite anterior. Dera graças a Deus pelo recesso, mas ao mesmo tempo estava preocupado. O efeito do Tylenol não ia durar muito mais tempo. Deu uma olhada no relógio. 10:15.

Tom disse a si mesmo para relaxar. Não começaria a se preocupar antes das 11:45. E ainda faltava muito para isso.

Mas às 11:45 o juiz ainda não tinha retornado. Os jurados estavam cochilando no boxe. O meirinho lia a página de esportes do jornal. A escrivã do tribunal estava limpando os tipos de sua máquina estenográfica. Os espectadores conversavam em voz baixa. A sala do tribunal estava num estado de animação temporariamente suspensa.

Exceto Tom, que estava em pânico. Sua camisa estava ensopada debaixo do paletó. Seu bloco de anotações estava cheio de rabiscos e garatujas. Ele cruzou e descruzou as pernas. De repente, ouviu um farfalhar de papéis no malote do julgamento. Santo Deus. Será que Brittany estava acordando?

Tom curvou-se e abriu o malote o mais naturalmente possível. Um raio de luz fluorescente bateu no rosto do bebê. A menina contorceu-se com a súbita claridade e abriu os olhinhos azuis. Tom fechou o malote mais do que depressa. Oh, não. O que iria fazer? Onde estava o juiz?

Tom olhou em volta, desesperado. Masterson, sentado na primeira fila da galeria, debruçou-se sobre a barra do tribunal e entregou-lhe um bilhete. Tom leu-o com a mão trêmula:

Que porra está acontecendo com você, Moran?

Tom enfiou o bilhete no bolso e fechou os olhos, contrito. *Senhor, perdoai meus pecados. Perdi meus apontamentos. Encarcerei minha filhinha num malote. Não sei a quanto equivale um mililitro.* Abriu os olhos precisamente quando o juiz Canova entrou na sala do tribunal. O rosto de Tom era a própria imagem da desolação.

– Senhoras e senhores – disse o juiz, antes mesmo de chegar à sua poltrona de couro. – Rogo-lhes que me perdoem. Fiquei preso por um problema administrativo imprevisto que levou mais tempo que imaginara. Sabem como são essas coisas – ele disse, sentando-se com o rosto esfogueado. Os jurados sorriram indulgentemente, e o juiz Canova fez um gesto para Tom. – Dr. Moran, por favor, prossiga de onde parou. Gostaria de que chegássemos a alguma conclusão antes de interromper os trabalhos para o almoço, às doze e trinta.

– Naturalmente, Meritíssimo. – Tom chegou-se mais para a beira da sua cadeira, inseguro. Tinha de começar o interrogatório de um assassino antes que Brittany explodisse. – Então, sr. Fahey, o senhor estava na casa de Chicken Bill na noite em questão, certo?

– Sim, senhor.

– O senhor mora naquela casa?

– Não. Estava de visita.

– Por que foi fazer uma visita?

Elvis olhou para Harrison, que não objetou.

– Por nenhum motivo especial.

– Assim, sem mais nem menos? – Tom levantou-se, firmando o pé ao lado do malote, que farfalhou novamente. Devia ser a fralda de papel de Brittany roçando nas suas perninhas agitadas. Seu coração bateu disparado no peito.

– Costumo matar o tempo na casa de Chicken Bill.

– Por matar o tempo, o senhor quer dizer fumar *crack*, não é verdade?

– Protesto! – Harrison ganiu, pondo-se de pé com seus mocassins Gucci.

– Meritíssimo – disse Tom –, a defesa abriu uma porta nesse testemunho ontem. A testemunha é confessadamente um usuário de *crack*, e a promotoria tem o direito de impugná-la.

— Concedido — disse o juiz Canova. Ele bateu o martelo sem grande entusiasmo, mas o barulho provocou mais agitação no malote e um discreto, embora inconfundível, bocejo de bebê. Tom olhou em volta nervosamente. Ninguém pareceu ter notado o som. Ele era a única pessoa suficientemente próxima para poder ouvi-lo. Quanto duraria a sua sorte? E seu bebê?

— Sr. Fahey — disse Tom, enxugando a testa —, o senhor declarou que desceu a escada correndo quando ouviu o disparo, e sentiu cheiro de gasolina.

— É isso aí.

— Viu de onde vinha a gasolina?

— Não, estava espalhada no chão, em chamas.

— Viu alguém jogar a gasolina na casa?

— Não.

— Viu alguém atirar na gasolina para que ela entrasse em ignição?

— Não.

— Portanto, o senhor só ficou sabendo quem era o autor desse crime porque Chicken Bill lhe disse?

— É isso aí, ele mesmo me disse.

— Nhen — o malote resmungou baixinho, e Tom engoliu em seco. Harrison olhou na direção de onde vinha o som, e Tom tossiu duas vezes.

— Sr. Fahey — ele continuou, limpando a garganta —, o senhor declarou no seu depoimento que as pessoas saíam correndo pela porta, não é verdade?

— Perfeitamente. Elas saíam correndo, gritando, chorando.

— Nhen — ouviu-se novamente o chorinho vindo do malote, e Tom começou a tossir alucinadamente, como se estivesse com tuberculose.

O juiz Canova esticou o pescoço, preocupado.

— Dr. Moran, o senhor talvez devesse fazer uma pausa e tomar um pouco d'água.

— Não, muito obrigado, não há necessidade — Tom gaguejou. — Na realidade, Meritíssimo, se parássemos para almoçar, tenho certeza de que me recomporia.

O juiz Canova sacudiu a cabeça.

– Prefiro esperar um pouco mais, doutor. Façamos o mais que pudermos. Por favor, prossiga. Um copo d'água talvez ajude.

– Sim, Excelência – disse Tom, sentindo uma dorzinha na boca do estômago. Bebeu a água e olhou de relance para o malote, que começava a balançar ligeiramente no tapete. Tom ficou gelado. Brittany estava acordada, esperneando dentro da bolsa. Ela estava com fome. Ela estava com sede. Sua agitação era a prova disso.

– Por favor, prossiga, dr. Moran – o juiz Canova repetiu.

– Sim, senhor – disse Tom, depositando seu copo na mesa. – Sr. Fahey, o senhor desceu e estava no meio da gritaria, da confusão, correto?

– Sim. Todos estavam gritando e correndo para salvar a vida.

– Nhen – insistiu o malote, e Harrison olhou novamente, erguendo a sobrancelha.

– Sr. Fahey – Tom falou em voz alta para disfarçar o som –, o senhor desceu a escada e foi ao encontro do Chicken Bill, correto?

– Correto, ele estava deitado no chão todo ferido, todo queimado.

– Nhen – mais um resmungo da bolsa, e Tom tossiu novamente. Pelo canto do olho, viu quando a retratista da sala do tribunal interrompeu o desenho. Um repórter pestanejou, segurando seu bloco de estenografia. Os que estavam sentados no banco da frente da galeria estavam olhando na direção do malote do julgamento. Não demoraria muito para que Harrison escutasse. *Jesus, Maria e José!*

– E o senhor perguntou a Chicken Bill quem tinha provocado o incêndio?

– Perguntei.

– Nhen-nhen – o malote se manifestou um pouco mais alto do que antes, e Tom olhou sem poder fazer nada quando a escrivã do tribunal se mostrou intrigada com o som. Dois dos jurados na primeira fila trocaram olhares admirados. Tom estava com o coração na boca. O que ia fazer? Seu ataque de tosse não funcionara. Talvez o melhor fosse simplesmente ignorar o que estava acontecendo. Desviou-se do malote para se distanciar dele.

— Sr. Fahey — Tom perguntou, postando-se à frente da testemunha —, seu testemunho é de que Chicken Bill apontou Caubói Ron como o incendiário?

— É. Foi isso que ele disse, Caubói Ron foi quem cometeu o crime. — Elvis fez um gesto com a cabeça na direção do seu novo empregador, mas Ranelle estava olhando para o malote.

— Nhen-nhen — outra vez, mas Tom fingiu não ouvir. Viu, atrás dele, Masterson mexendo-se, irritado, no banco.

— E enquanto ele lhe dizia quem tinha ateado o fogo, os outros gritavam e berravam?

— Sim.

Os vagidos do bebê tornavam-se mais altos à medida que sua fome aumentava, e o meirinho inclinou a cabeça na direção do barulho. Ao seu lado, o assessor jurídico deu uma risadinha, e os jurados olharam em volta, voltando as cabeças para o ponto de onde vinha o rebuliço.

Tom prosseguia com o interrogatório, aparentemente alheio ao que se passava.

— E saíram correndo pela porta, sr. Fahey?

— Foi.

O choro agora era um decibel mais alto. A atenção do júri tinha sido completamente desviada pelo barulho, e até mesmo o juiz Canova regulou seu aparelho contra a surdez. Foi nesse preciso momento que Tom percebeu uma coisa estranha. Todos estavam ouvindo Brittany choramingar, menos Elvis.

— Como o senhor conseguiu ouvir o que Chicken Bill lhe dizia com todo aquele barulho? — Tom perguntou rapidamente, seguindo um palpite.

— Eu ouvi ele muito bem.

— Conseguiu ouvi-lo bem, a despeito da gritaria e da confusão?

— Consegui.

— Mesmo com o barulho das chamas crepitando? Apesar do pânico, do tumulto?

— Sim, senhor.

O choro agora era franco, e somente Elvis continuava impassível.

– Embora Chicken Bill estivesse ferido, à beira da morte, e mal conseguindo murmurar?

– Ouvi o que ele estava dizendo perfeitamente – Elvis insistiu, conquanto não demonstrasse qualquer reação diante do choro declarado, que fazia os jurados olharem do malote para Elvis e de volta para o malote. O juiz Canova inclinou-se sobre a tribuna e fez um sinal para o meirinho. Súbito, Tom soube exatamente o que tinha de fazer.

– O senhor não trabalha numa galeria de tiro ao alvo, sr. Fahey? – ele perguntou.

– Já disse que trabalho lá há três anos. Faço a limpeza.

– O senhor faz seu trabalho mesmo quando os tiros estão sendo disparados?

– É claro – Elvis respondeu, esboçando um risinho irônico. – Pergunta gozada! O senhor mesmo não acabou de chamar o lugar de galeria de tiro ao alvo? Como é que eu ia trabalhar?

– O senhor costuma usar fones para proteger os ouvidos enquanto faz o serviço de limpeza?

– De jeito nenhum. Aquele troço é um trambolho. – Elvis olhou para o júri e deu uma de suas risadas cretinas, mas novamente ninguém achou graça. Mantiveram-se todos sérios, começando a compreender. Tom estava dando aos jurados uma forte razão para que rejeitassem o testemunho de Elvis e eles certamente iam endossá-la. Enquanto isso, os espectadores na galeria não paravam de cochichar uns com os outros. Masterson abriu um largo sorriso.

– Protesto! – disse Harrison, suficientemente alto para Elvis ouvir, mas o juiz Canova fez um gesto, reconduzindo o advogado de defesa ao seu lugar.

– Sr. Fahey, não é um fato comprovado que sua audição foi afetada pelo seu trabalho na galeria de tiro, de forma a impedi-lo de ouvir o que Chicken Bill estava lhe dizendo no meio de toda aquela zoeira?

— O que está dizendo? — retrucou Elvis, e então o malote abriu um berreiro ensurdecedor.

— Não tenho mais nenhuma pergunta a fazer — disse Tom, precipitando-se para abrir o malote e resgatar sua auxiliar de acusação.

Mais tarde, Tom e Marie cochilavam em cima da colcha de retalhos de sua cama, completamente vestidos. Os bebês finalmente tinham sossegado e estavam aconchegados entre o casal. Ashley dormia a sono solto, embora sua respiração ainda estivesse ligeiramente congestionada. Brittany ressonava serenamente. Uma luz dourada emanava de um abajur de porcelana na mesinha-de-cabeceira. O despertador marcava 2:13 da manhã. Era muito tarde. Tom pensou em apagar a luz, mas estava exausto até para fazer isso.

— Tem certeza de que não vão demiti-lo, querido? — Marie murmurou, estremunhada. .

— Nem pensar. Sou um herói.

— Eu já sabia disso — ela disse, esticando o dedo do pé para tocar no dele, ainda sem meia.

— Isso é um avanço sexual? — Tom perguntou.

— O que você acha?

— Engraçado. Tinha uma lembrança de sexo um pouco diferente — disse Tom, e Marie deu uma gargalhada. Tom fechou os olhos, ouvindo sua mulher rir expansivamente e suas filhas ressonarem, e de repente se deu conta de que o céu deveria ser apenas uma ligeira variação daquela cena... com alguém para apagar a luz por você.

E caiu no mais profundo e justo dos sonos.

PÓS-ESCRITO

Fui solicitada a revelar o que inspirou "Carga oculta", e minha única desculpa é que tenho um fraco por homens como Tom Moran. Tom apareceu pela primeira vez como um personagem secundário no meu romance *Rough Justice*, e ele reúne integridade, brio e um coração terno. Ele sabe lidar com fraldas. É melhor católico do que eu. E não é o Super-Homem: como todos nós, combina o lar com a carreira, com resultados mistos. Acima de tudo, adora ser pai.

O que é uma coisa maravilhosa.

Esta antologia está prevista para ser publicada pouco antes do Dia dos Pais, e meu conto é dedicado ao triunvirato de pais maravilhosos com que fui abençoada na minha vida: meu pai Frank, meu sogro Carl e meu marido Peter, todos três bem-sucedidos e adoráveis malabaristas. Obrigada por tudo, cavalheiros.

– LISA SCOTTOLINE

SOBRE OS AUTORES

WILLIAM BERNHARDT

William Bernhardt fez sua estréia como romancista em 1992, com *Primary Justice*, um bestseller reeditado oito vezes nos seus primeiros três meses. Bernhardt é mais conhecido pela série de romances de tribunal Justice, protagonizada pelo advogado Ben Kincaid, que lhe conferiu o título de "mestre do drama dos tribunais". O autor integrou o Oklahoma Writers Hall of Fame (Galeria da Fama dos Escritores de Oklahoma) e recebeu o Oklahoma Book Award de melhor ficção. Seus livros foram traduzidos e publicados em mais de uma dúzia de países. Entre eles estão *Perfect Justice* e *Extreme Justice*.

JAY BRANDON

Jay Brandon é mestre em literatura pela Johns Hopkins University. Formado também em direito, atuou como advogado no gabinete do promotor público de San Antonio, sua cidade natal, e ainda pratica direito criminal e de família. Entre seus romances estão *Fade the Heat* (indicado para o prêmio Edgar de melhor novela de mistério), *Loose Among the Lambs, Angel of Death* e *Local Rules*. Todos foram editados em diversos países e, em alguns casos, foram feitas opções de direitos para o cinema por Steven Spielberg, Bill Cosby e Burt Reynolds, entre outros. O autor vive em San Antonio, com a mulher e três filhos.

PHILIP FRIEDMAN

Philip Friedman nasceu na cidade de Nova York e foi criado na cidade vizinha de Yonkers. Formou-se em direito.

É autor dos bestsellers internacionais *Reasonable Doubt, Inadmissible Evidence* e *Grand Jury*.

JOHN GRISHAM

John Grisham nasceu no Arkansas, em 1955. Formado em direito pela Universidade do Mississípi, a atividade de advogado influenciou a temática de seus livros. Desde 1991, é um dos seis escritores mais lidos nos EUA, com mais de 100 milhões de livros vendidos e traduzidos para 31 idiomas. Sua carreira é pontuada por sucessos como *Tempo de matar, A firma, O cliente, O homem que fazia chover, A câmara de gás, O júri, O sócio, O advogado, O dossiê Pelicano, O testamento, A confraria, A intimação* e *A casa pintada*, publicados no Brasil pela Rocco. Alguns dos seus livros foram adaptados para o cinema. Grisham vive com a família em Oxford, EUA.

JEREMIAH HEALY

Jeremiah Healy, formado pela Faculdade de Direito de Harvard, foi professor de direito de New England durante 18 anos. É criador do personagem Francis Cuddy, um investigador particular baseado em Boston.

Seu primeiro romance, *Blunt Darts*, foi considerado um dos sete melhores romances de mistério de 1984. Seu segundo trabalho, *The Staked Goat*, recebeu o prêmio Shamus de Melhor Romance Policial.

MICHAEL A. KAHN

Michael Kahn é autor de romances de suspense protagonizados pela astuta advogada criminal Rachel Gold. O romancista é advogado criminal e também professor adjunto de mídia jurídica na Webster University. Entre seus romances, traduzidos para diversos idiomas no mundo inteiro, estão *Sheer Gall, Due Diligence, Firm Ambition*.

PHILLIP M. MARGOLIN

Phillip Margolin cresceu na cidade de Nova York e em Levittown, no estado de Nova York. Foi advogado de defesa em Portland, Oregon, atuando em vários casos de assassinato. Também advogou no Tribunal Superior do Estado. A convincente percepção que tem dos meandros da mente criminosa vem, portanto, da sua longa e valiosa experiência no Direito Penal. É casado com Doreen Margolin há 34 anos e tem dois filhos. Desde 1998, Margolin é escritor em tempo integral e, de sua autoria, a Rocco publicou *Rosas para lembrar, Depois do anoitecer, Coração de pedra, Prova de fogo* e *Justiça selvagem*.

STEVE MARTINI

Escritor antes de ser advogado, Steven Paul Martini trabalhou como repórter num jornal de Los Angeles e foi correspondente do Congresso na Assembléia Legislativa de Sacramento. *The Simeon Chamber, Compeling Evidence, Prime Witness, Under Influence, The Judge* e *The List* são famosos livros de sua autoria.

RICHARD NORTH PATTERSON

Richard North Patterson, advogado formado em direito pela Case Western Reserve University, aprendeu a escrever ficção com Jesse Hill Ford na Universidade de Alabama. Seu primeiro romance, *The Lasko Tangent*, foi o vencedor do prêmio Edgar Allan Poe, em 1979. *Grau de culpa* (Grande Prêmio Francês de Literatura Policial de 1995) e *Olhos de criança* deram origem a uma minissérie televisiva. *Proteger e defender*, um de seus mais recentes romances, aborda a política presidencial e a controvérsia em torno do aborto.

LISA SCOTTOLINE

Lisa Scottoline exerceu a advocacia como criminalista numa conceituada firma da Filadélfia e atuou como assistente jurídica de juízes do Tribunal de Apelação da Terceira Vara e do Superior Tribunal da Pensilvânia.

Ganhou o Prêmio Edgar pelo seu *legal thriller, Final Appeal*. *Justiça brutal* e *Capricho da lei* foram traduzidos, assim como seus demais romances, em mais de vinte idiomas. Natural da Filadélfia, Lisa Scottoline vive com a família na região da Filadélfia.

GRIF STOCKLEY

Grif Stockley é advogado há mais de trinta anos, no Centro de Serviços Legais de Arkansas, uma corporação sem fins lucrativos fundada pelo governo federal para prestar assistência legal a indigentes em questões cíveis. Recebeu o Prêmio de Advocacia Jim Miles da Associação de Pais Adotivos de Arkansas. A ele também foi conferido o título de Cidadão-Advogado do Ano, pela Ordem dos Advogados do Condado de Pulaski.

Ele é autor de *Expert Testimony, Probable Cause, Religious Conviction, Illegal Motion* e *Blind Judgement*.

Este livro foi impresso na Editora JPA Ltda.,
Av. Brasil, 10.600 – Rio de Janeiro – RJ,
para a Editora Rocco Ltda.